Aldous Huxley

Aldous Huxley est né le 26 juillet 1894, dans une famille appartenant à l'élite intellectuelle britannique. Une maladie des yeux le rend presque aveugle lorsqu'il a 16 ans, il parvient pourtant à obtenir son diplôme à Oxford, où il rencontre de nombreux écrivains, et se lie d'amitié avec D.H. Lawrence. En 1916, il publie un premier recueil de poèmes. Trois ans plus tard, il épouse Maria Nys, qui lui donne un fils, Matthew. Installés à Londres, ils voyagent en Inde et aux États-Unis. *Le Meilleur des mondes*, publié en 1932, est écrit en seulement quatre mois, et l'ouvrage connaît rapidement un succès international. En 1937, il s'installe avec sa famille aux États-Unis, où il devient scénariste pour Hollywood. La suite de son premier roman, *Retour au meilleur des mondes*, a paru en 1958. Dans les années cinquante, il s'intéresse aux drogues psychédéliques, et publie *Les Portes de la perception*, *Le Ciel et l'Enfer* ou encore *Île*. En 1959, il se voit décerner le Award of Merit for the Novel par l'Académie américaine des Arts et Lettres. Il s'éteint quatre ans plus tard, à l'âge de 69 ans.

LE MEILLEUR
DES MONDES

ÉGALEMENT CHEZ POCKET

LE MEILLEUR DES MONDES
RETOUR AU MEILLEUR DES MONDES
TEMPS FUTURS
ÎLE

ALDOUS HUXLEY

LE MEILLEUR DES MONDES

Traduit de l'anglais par Jules Castier

Tout est pour le mieux dans le meilleur des mondes possibles.

VOLTAIRE, *Candide.*

PLON

Titre original :
BRAVE NEW WORLD

MIXTE
Papier issu de sources responsables
FSC® C003309

Pocket, une marque d'Univers Poche, est un éditeur qui s'engage pour la préservation de son environnement et qui utilise du papier fabriqué à partir de bois provenant de forêts gérées de manière responsable.

ISBN : 978-2-266-28303-8

Cet ouvrage a été publié en langue anglaise sous le titre : *BRAVE NEW WORLD*[1] avec l'épigraphe suivante en français :

« Les utopies apparaissent comme bien plus réalisables qu'on ne le croyait autrefois. Et nous nous trouvons actuellement devant une question bien autrement angoissante : comment éviter leur réalisation définitive ?… Les utopies sont réalisables. La vie marche vers les utopies. Et peut-être un siècle nouveau commence-t-il, un siècle où les intellectuels et la classe cultivée rêveront aux moyens d'éviter les utopies et de retourner à une société non utopique moins "parfaite" et plus libre. »

Nicolas BERDIAEFF.

---

1. *How many goodly creatures are there here!*
How beauteous mankind is! O brave New World!
That has such people in't!

(*Tempest,* V, 1.)

PRÉFACE

NOUVELLE DE L'AUTEUR

(1946)

Le remords chronique, tous les moralistes sont d'accord sur ce point, est un sentiment fort indésirable. Si vous vous êtes mal conduit, repentez-vous, redressez vos torts dans la mesure du possible, et mettez-vous à l'œuvre pour vous mieux conduire la prochaine fois. Sous aucun prétexte, ne vous abandonnez à la méditation mélancolique sur vos méfaits. Se rouler dans la fange n'est point la meilleure manière de se nettoyer.

L'art, lui aussi, a sa morale, et un grand nombre des règles de cette morale sont identiques, ou au moins analogues, aux règles de l'éthique ordinaire. Le remords, par exemple, est aussi indésirable en ce qui concerne notre mauvaise conduite qu'en ce qui concerne notre mauvais art. Ce qu'il y a de mauvais doit être traqué, reconnu, et, si possible, évité à l'avenir. Méditer longuement sur les faiblesses littéraires d'il y a vingt ans, tenter de rapetasser une œuvre défectueuse pour lui donner une perfection qu'elle a manquée lors de son exécution primitive, passer son âge mûr à essayer de réparer les péchés artistiques commis et légués par cette personne différente qui était soi-même dans sa jeunesse – tout cela, assurément, est vain et futile. Et voilà pourquoi ce nouveau *Meilleur des mondes* est le même que l'ancien. Ses défauts, en tant qu'œuvre d'art, sont considérables ; mais pour les redresser, il m'eût fallu récrire le livre – et, au cours de ce travail de rédaction nouvelle auquel je me serais livré en qualité de personne plus âgée, et différente, je me déferais probablement non seulement de quelques-uns des défauts du récit, mais aussi des quelques mérites qu'il a pu posséder à l'origine. C'est pourquoi, résistant à la tentation de me vautrer dans le remords artistique, je préfère me dire que le mieux est l'ennemi du bien, comme le pire est celui du mal, et penser à autre chose.

Entre-temps, il semble cependant qu'il soit utile de citer tout au moins le défaut le plus sérieux du récit, qui est celui-ci : on n'offre au Sauvage qu'une seule alternative : une vie démente en Utopie, ou la vie d'un primitif dans un village d'Indiens, vie plus humaine à certains points de vue, mais, à d'autres, à peine moins bizarre et anormale.

À l'époque où le livre a été écrit, cette idée, suivant laquelle le libre arbitre a été donné aux êtres humains afin qu'ils puissent choisir entre la démence, d'une part, et la folie, de l'autre, était une notion que je trouvais amusante et considérais comme pouvant parfaitement être vraie. Toutefois, pour l'amour de l'effet dramatique, il est souvent permis au Sauvage de parler d'une façon plus rationnelle que ne le justifierait effectivement son éducation parmi les pratiquants d'une religion qui est mi-parti le culte de la fécondité et mi-parti la férocité du *Pénitente.* Même sa connaissance de Shakespeare ne justifierait pas en réalité de semblables propos. Et au dénouement, bien entendu, on le fait battre en retraite devant la raison : son

Penitente-isme natal réaffirme son autorité, et il finit par la torture démente qu'il s'inflige à lui-même, et le suicide sans espoir. « Et c'est ainsi qu'ils moururent misérablement à tout jamais » – ce qui rassura fort l'esthète amusé et pyrrhonien qui était l'auteur de la fable.

Je n'éprouve aujourd'hui nul désir de démontrer qu'il est impossible de rester sain d'esprit. Au contraire, bien que je demeure non moins tristement certain qu'autrefois que la santé de l'esprit est un phénomène assez rare, je suis convaincu qu'elle peut être atteinte, et je voudrais la voir plus répandue. Pour l'avoir dit dans plusieurs livres récents, et, surtout, pour avoir élaboré une anthologie de ce que les sains d'esprit ont dit sur la santé de l'esprit et sur tous les moyens par lesquels elle peut être obtenue[1] je me suis fait dire par un critique académique éminent que je suis un symptôme déplorable de la faillite d'une catégorie d'intellectuels en temps de crise. Ce jugement sous-entend, je le suppose, que le professeur et ses collègues sont des symptômes joyeux de succès. Les bienfaiteurs de l'humanité méritent congrûment l'honneur et la commémoration. Édifions un panthéon pour les professeurs. Il faudrait qu'il fût situé parmi les ruines d'une des villes éventrées d'Europe ou du Japon, et au-dessus de l'entrée de l'ossuaire, j'inscrirais, en lettres de deux mètres de haut, ces simples mots :

AU SOUVENIR
DES ÉDUCATEURS DU MONDE
SI MONUMENTUM REQUIRIS,
CIRCUMSPICE

1. *La philosophie éternelle*, traduction française de Jules Castier, Plon, 1 vol., 1948. (Note du Tr.)

Mais pour en revenir à l'avenir… Si je devais récrire maintenant ce livre, j'offrirais au Sauvage une troisième possibilité. Entre les solutions utopienne et primitive de son dilemme, il y aurait la possibilité d'une existence saine d'esprit – possibilité déjà actualisée, dans une certaine mesure, chez une communauté d'exilés et de réfugiés qui auraient quitté *Le Meilleur des mondes* et vivraient à l'intérieur des limites d'une Réserve. Dans cette communauté, l'économie serait décentraliste, à la Henry George, la politique serait kropotkinesque et coopérative, La science et la technologie seraient utilisées comme si, tel le Repos Dominical, elles avaient été faites pour l'homme, et non (comme il en est à présent, et comme il en sera encore davantage dans le meilleur des mondes) comme si l'homme devait être adapté et asservi à elles. La religion serait la poursuite consciente et intelligente de la Fin Dernière de l'homme, la connaissance unitive du Tao ou Logos immanent, de la Divinité ou Brahman transcendante. Et la philosophie dominante de la vie serait une espèce d'Utilitarisme Supérieur, dans lequel le principe du Bonheur Maximum serait subordonné au principe de la Fin Dernière – la première question qui se poserait et à laquelle il faudrait répondre, dans chacune des contingences de la vie, étant : « Comment cette pensée ou cet acte contribueront-ils ou mettront-ils obstacle à la réalisation, par moi-même et par le plus grand nombre possible d'individus, à la fin dernière de l'homme ? »

Élevé parmi les primitifs, le Sauvage (dans cette hypothétique version nouvelle du livre) ne serait transporté en Utopie qu'après avoir eu l'occasion de se renseigner de première main sur la nature d'une société composée d'individus coopérant librement et se consacrant à la poursuite de la santé de l'esprit. Ainsi modifié, *Le Meilleur des mondes* posséderait quelque chose de complet, artistiquement et (si l'on peut se permettre d'employer un si grand mot au sujet d'un ouvrage d'imagination) philosophiquement, qui lui fait évidemment défaut sous sa forme actuelle.

Mais *Le Meilleur des mondes* est un livre sur l'avenir, et, quelles qu'en soient les qualités artistiques, un livre sur l'avenir ne peut nous intéresser que si ses prophéties ont l'apparence de choses dont la réalisation peut se concevoir. De notre observatoire actuel, à quinze ans plus bas, le long du plan incliné de l'histoire moderne, quel est le degré de plausibilité que semblent posséder ses pronostics ? Que s'est-il passé, au cours de ce douloureux intervalle, pour confirmer ou invalider les prévisions de 1931 ?

Il y a un défaut de prévision énorme et manifeste qui apparaît immédiatement. *Le Meilleur des mondes* ne fait aucune allusion à la fission nucléaire. En fait, il est assez curieux qu'il en soit ainsi : car les possibilités de l'énergie atomique constituaient un sujet de conversation préféré depuis des années avant que ce livre ne fût écrit. Mon vieil ami Robert Nichols avait même écrit à ce sujet une pièce à succès, et je me souviens que j'en avais moi-même dit un mot, en passant, dans un roman publié dans les dernières années vingt. Il semble donc, comme je le dis, fort curieux que les fusées et les hélicoptères du septième siècle de Notre Ford n'aient pas eu, pour puissance motrice, des noyaux en désintégration.

Cet oubli peut n'être pas excusable, mais du moins il peut s'expliquer facilement. Le thème du *Meilleur des mondes* n'est pas le progrès de la science en tant que tel ; c'est le progrès de la science en tant qu'il affecte les individus humains. Les triomphes de la physique, de la chimie et de l'art de l'ingénieur sont pris tacitement comme allant de soi. Les seuls progrès scientifiques qui y soient spécifiquement décrits sont ceux qui intéressent l'application aux êtres humains des recherches futures en biologie, en physiologie et en psychologie. C'est uniquement au moyen des sciences de la vie que la qualité de la vie pourra être modifiée radicalement. Les sciences de la matière peuvent être appliquées d'une façon telle qu'elles détruiront la vie, ou qu'elles rendront l'existence inadmissiblement complexe et inconfortable ; mais, à moins qu'elles ne soient utilisées comme instruments par les biologistes et les psychologues, elles sont impuissantes à modifier les formes et les expressions naturelles de la vie elle-même. La libération de l'énergie atomique marque une grande révolution dans l'histoire humaine, mais non (à moins que nous ne nous fassions sauter en miettes, et ne mettions ainsi fin à l'histoire) la révolution finale et la plus profonde.

La révolution véritablement révolutionnaire se réalisera, non pas dans le monde extérieur, mais dans l'âme et la chair des êtres humains. Vivant comme il l'a fait à une époque révolutionnaire, le Marquis de Sade s'est tout naturellement servi de cette théorie des révolutions afin de rationaliser son genre particulier de démence. Robespierre avait effectué le genre de révolution le plus superficiel, la politique. Pénétrant un peu plus profondément, Babeuf avait tenté la révolution économique. Sade se considérait comme l'apôtre de la révolution véritablement révolutionnaire, au-delà de la simple politique et de l'économique – de la révolution des hommes, des femmes et des enfants individuels, dont le corps allait devenir désormais la propriété sexuelle commune de tous, et dont l'esprit devait être purgé de toutes les connaissances naturelles, de toutes les inhibitions laborieusement acquises de la civilisation traditionnelle. Il n'y a, bien entendu, aucun lien nécessaire ou inévitable entre le Sadisme et la révolution véritablement révolutionnaire. Sade était un fou, et le but plus ou moins conscient de sa révolution était le chaos et la destruction universelle. Les gens qui gouvernent le *Meilleur des mondes* peuvent bien ne pas être sains d'esprit (au sens qu'on peut appeler absolu de ce mot) ; mais ce ne sont pas des fous, et leur but n'est pas l'anarchie, mais la stabilité sociale. C'est afin d'assurer la stabilité qu'ils effectuent, par des moyens scientifiques, la révolution ultime, personnelle, véritablement révolutionnaire.

Mais, en attendant, nous sommes dans la première phase de ce qui est peut-être l'avant-dernière révolution. Il se peut que la phase suivante en soit la guerre atomique, auquel cas nous n'avons pas à nous préoccuper des prophéties au sujet de l'avenir. Mais il est concevable que nous puissions avoir assez de bon sens, sinon pour cesser complètement de nous battre, du moins pour nous conduire aussi raisonnablement que l'ont fait nos ancêtres du dix-huitième siècle. Les horreurs inimaginables de la Guerre de Trente Ans ont bel et bien appris quelque chose aux hommes, et pendant plus de cent ans les hommes politiques et les généraux de l'Europe ont sciemment résisté à la tentation de faire usage de leurs ressources militaires jusqu'à la limite de leur capacité de destruction, ou (dans la plupart des conflits) de continuer à se battre jusqu'à ce que l'ennemi fût complètement anéanti. C'étaient des agresseurs, bien entendu, avides de profit et de gloire ; mais c'étaient également des conservateurs, résolus à garder à tout prix intact leur monde, en tant qu'entreprise florissante. Au cours des trente dernières années, il n'y a pas eu de conservateurs ; il n'y a eu que des radicaux nationalistes de gauche, et des radicaux nationalistes de droite. Le dernier homme d'État conservateur a été le cinquième Marquis de Lansdowne ; et lorsqu'il écrivit une lettre au *Times*, pour suggérer de mettre fin à la guerre par un compromis, comme il avait été fait pour la plupart des guerres du dix-huitième siècle, le rédacteur en chef de ce journal jadis conservateur refusa de l'imprimer. Les radicaux nationalistes en firent à leur tête, avec les conséquences que nous connaissons tous – le bolchevisme, le fascisme, l'inflation, la crise économique, Hitler, la Seconde Guerre mondiale, la ruine de l'Europe et la quasi-famine universelle.

En admettant, donc, que nous soyons capables de tirer de Hiroshima une leçon équivalente de celle que nos ancêtres ont tirée de Magdebourg, nous pouvons envisager une période, non pas, certes, de paix, mais de guerre limitée, qui ne soit que partiellement ruineuse. Au cours de cette période, on peut admettre que l'énergie nucléaire sera attelée à des usages industriels. Le résultat, la chose est assez évidente, sera une série de changements économiques et sociaux plus rapides et plus complets que tout ce qui s'est vu à ce jour. Toutes les formes générales existantes de la vie humaine seront brisées, et il faudra improviser des formes nouvelles pour se conformer à ce fait non humain qu'est l'énergie atomique. Procuste en tenue moderne, le savant en recherches nucléaires préparera le lit sur lequel devra coucher l'humanité ; et, si l'humanité n'y est pas adaptée, ma foi, ce sera tant pis pour l'humanité. Il faudra procéder à quelques extensions et à quelques amputations – le même genre d'extensions et d'amputations qui ont lieu depuis le jour où la science appliquée s'est réellement mise à marcher à sa cadence propre ; mais cette fois, elles seront considérablement plus rigoureuses que par le passé. Ces opérations, qui seront loin de se faire sans douleur, seront dirigées par les gouvernements totalitaires éminemment centralisés. C'est là une chose inévitable : car l'avenir immédiat a des chances de ressembler au passé immédiat, et dans le passé immédiat les changements technologiques rapides, s'effectuant dans une économie de production en masse et chez une population où la grande majorité des gens ne possède rien, ont toujours eu tendance à créer une confusion économique et sociale. Afin de réduire cette confusion, le pouvoir a été centralisé et la mainmise gouvernementale accrue. Il est probable que tous les gouvernements du monde seront plus ou moins totalitaires, même avant l'utilisation pratique de l'énergie atomique ; qu'ils seront totalitaires pendant et après cette utilisation pratique, voilà qui paraît à peu près certain. Seul un mouvement populaire à grande échelle en vue de la décentralisation et de l'aide individuelle peut arrêter la tendance actuelle à l'étatisme. Il n'y a présentement aucun indice permettant de penser qu'un semblable mouvement aura lieu.

Il n'y a, bien entendu, aucune raison pour que les totalitarismes nouveaux ressemblent aux anciens. Le gouvernement au moyen de triques et de pelotons d'exécution, de famines artificielles, d'emprisonnements et de déportations en masse, est non seulement inhumain (cela, personne ne s'en soucie fort de nos jours) ; il est – on peut le démontrer – inefficace : et, dans une ère de technologie avancée, l'inefficacité est le péché contre le Saint-Esprit. Un État totalitaire vraiment « efficient » serait celui dans lequel le tout-puissant comité exécutif des chefs politiques et leur armée de directeurs auraient la haute main sur une population d'esclaves qu'il serait inutile de contraindre, parce qu'ils auraient l'amour de leur servitude. La leur faire aimer – telle est la tâche assignée dans les États totalitaires d'aujourd'hui aux ministères de la propagande, aux rédacteurs en chef de journaux, et aux maîtres d'école. Mais leurs méthodes sont encore grossières et non scientifiques. Les jésuites se vantaient jadis de pouvoir, si on leur confiait l'instruction de l'enfant, répondre des opinions religieuses de l'homme : mais c'était là un cas de désirs pris pour des réalités. Et le pédagogue moderne est probablement, à tout prendre, moins efficace, dans le conditionnement des réflexes de ses élèves que ne l'étaient les révérends pères qui instruisirent Voltaire. Les plus grands triomphes, en matière de propagande, ont été accomplis, non pas en faisant quelque chose, mais en s'abstenant de faire. Grande est la vérité, mais plus grand encore, du point de vue pratique, est le silence au sujet de la vérité. En s'abstenant simplement de faire mention de certains sujets, en abaissant ce que Mr. Churchill appelle un « rideau de fer » entre les masses et tels faits ou raisonnements que les chefs politiques locaux considèrent comme indésirables, les propagandistes totalitaires ont influencé l'opinion d'une façon beaucoup plus efficace qu'ils ne l'auraient pu au moyen des dénonciations les plus éloquentes, des réfutations logiques les plus probantes. Mais le silence ne suffit pas. Pour que soient évités la persécution, la liquidation et les autres symptômes de frottement social, Il faut que les côtés positifs de la propagande soient rendus aussi efficaces que le négatif. Les plus importants des « Manhattan Projects » de l'avenir seront de vastes enquêtes instituées par le gouvernement, sur ce que les hommes politiques et les hommes de science qui y participeront appelleront *le problème du bonheur*, – en d'autres termes, le problème consistant à faire aimer aux gens leur servitude. Sans la sécurité économique, l'amour de la servitude n'a aucune possibilité de naître ; j'admets, pour être bref, que le tout-puissant comité exécutif et ses directeurs réussiront à résoudre le problème de la sécurité permanente. Mais la sécurité a tendance à être très rapidement prise comme allant de soi. Sa réalisation est simplement une révolution superficielle, extérieure. L'amour de la servitude ne peut être établi, sinon comme le résultat d'une révolution profonde, personnelle, dans les esprits et les corps humains. Pour effectuer cette révolution, il nous faudra, entre autres, les découvertes et les inventions ci-après. D'abord une technique fortement améliorée et la suggestion – au moyen du conditionnement dans l'enfance, et plus tard, à l'aide de drogues, telles que la scopolamine. *Secundo,* une science complètement évoluée des différences humaines, permettant aux directeurs gouvernementaux d'assigner à tout individu donné sa place convenable dans la hiérarchie sociale et économique. (Les chevilles rondes dans des trous carrés[1] ont tendance à avoir des idées dangereuses sur le système social et à contaminer les autres de leur mécontentement.) *Tertio* (puisque la réalité, quelque utopienne qu'elle soit, est une chose dont on sent le besoin de s'évader assez fréquemment), un succédané de l'alcool et des autres narcotiques, quelque chose qui soit à la fois nocif et plus dispensateur de plaisir que le genièvre ou l'héroïne. Et *quarto* (mais ce serait là un projet à longue échéance, qui exigerait, pour être mené à une conclusion satisfaisante, des générations

1. Cette expression métaphorique est courante en anglais pour désigner des individus qui ne sont pas à leur place ; nous l'avons gardée en raison de son pittoresque. *(N. d. T.)*

de mainmise totalitaire), un système eugénique à toute épreuve, conçu de façon à standardiser le produit humain et à faciliter ainsi la tâche des directeurs. Dans *Le Meilleur des mondes* cette standardisation des produits humains a été poussée à des extrêmes fantastiques, bien que peut-être non impossibles. Techniquement et idéologiquement, nous sommes encore forts loin des bébés en flacon, et des groupes Bokanovsky de semi-imbéciles. Mais quand sera révolue l'année 600 de N.F., qui sait ce qui ne pourra pas se produire? D'ici là, les autres caractéristiques de ce monde plus heureux et plus stable – les équivalents du soma, de l'hypnopédie et du système scientifique des castes – ne sont probablement pas éloignées de plus de trois ou quatre générations. Et la promiscuité sexuelle du *Meilleur des mondes* ne semble pas, non plus, devoir être fort éloignée. Il y a déjà certaines villes américaines où le nombre des divorces est égal au nombre des mariages. Dans quelques années, sans doute, on vendra des permis de mariage comme on vend des permis de chiens, valables pour une période de douze mois, sans aucun règlement interdisant de changer de chien ou d'avoir plus d'un animal à la fois. À mesure que diminue la liberté économique et politique, la liberté sexuelle a tendance à s'accroître en compensation. Et le dictateur (à moins qu'il n'ait besoin de chair à canon et de familles pour coloniser les territoires vides ou conquis) fera bien d'encourager cette liberté-là. Conjointement avec la liberté de se livrer aux songes en plein jour sous l'influence des drogues, du cinéma et de la radio, elle contribuera à réconcilier ses sujets avec la servitude qui sera leur sort.

À tout bien considérer, il semble que l'Utopie soit beaucoup plus proche de nous que quiconque ne l'eût pu imaginer, il y a seulement quinze ans. À cette époque je l'avais lancée à six cents ans dans l'avenir. Aujourd'hui, il semble pratiquement possible que cette horreur puisse s'être abattue sur nous dans le délai d'un siècle. Du moins, si nous nous abstenons, d'ici là, de nous faire sauter en miettes. En vérité, à moins que nous ne nous décidions à décentraliser et à utiliser la science appliquée, non pas comme une fin en vue de laquelle les êtres humains doivent être réduits à l'état de moyens, mais bien comme le moyen de produire une race d'individus libres, nous n'avons le choix qu'entre deux solutions : ou bien un certain nombre de totalitarismes nationaux, militarisés, ayant comme racine la terreur de la bombe atomique, et comme conséquence la destruction de la civilisation (ou, si la guerre est limitée, la perpétuation du militarisme) ; ou bien un seul totalitarisme supranational, suscité par le chaos social résultant du progrès technologique rapide en général et de la révolution atomique en particulier, et se développant, sous le besoin du rendement et de la stabilité, pour prendre la forme de la tyrannie-providence de l'Utopie. On paie son argent et l'on fait son choix.

Aldous HUXLEY.

PRÉFACE

À L'ÉDITION FRANÇAISE

TOUT livre est le produit d'une collaboration entre l'écrivain et ses lecteurs. Se fiant à cette collaboration, l'écrivain suppose l'existence, dans l'esprit de ses lecteurs, d'une certaine somme de connaissances, d'une familiarité avec certains livres, de certaines habitudes de pensée, de sentiment et de langage. Sans les connaissances nécessaires, le lecteur se trouvera inapte à comprendre le sujet du livre (c'est le cas ordinaire chez les enfants). Sans les habitudes appropriées de langage et de pensée, sans la familiarité nécessaire avec une littérature classique, le lecteur ne percevra pas ce que j'appellerai les harmoniques de l'écriture. Car, ainsi qu'un son musical évoque tout un nuage d'harmoniques, de même la phrase littéraire s'avance au milieu de ses associations. Mais tandis que les Harmoniques d'un son musical se produisent automatiquement et peuvent être entendus de tous, le halo d'associations autour d'une phrase littéraire se forme selon la volonté de l'auteur et ne se laisse percevoir que par les lecteurs qui ont une culture appropriée.

Dans une traduction les tons seulement sont entendus, et non leurs harmoniques – non pas, en tout cas, les harmoniques de l'original ; car il va sans dire qu'un bon traducteur essaiera toujours de rendre cet original en des mots qui ont, pour le nouveau lecteur, des harmoniques équivalents.

Il y a pourtant certaines choses qu'aucun traducteur ne peut rendre, pour la bonne raison qu'il n'existe, entre lui et l'auteur de l'original d'un côté et les nouveaux lecteurs de l'autre, aucune base de collaboration. Certains passages de ce volume appartiennent à la catégorie des choses intraduisibles. Ils ne sont pleinement significatifs qu'à des lecteurs anglais ayant une longue familiarité avec les pièces de Shakespeare et qui sentent toute la force du contraste entre le langage de la poésie shakespearienne et celui de la prose anglaise moderne. Partout où ces passages se trouvent j'ai ajouté le texte de Shakespeare dans une note au bas de la page. Des notes dans un roman – pédantisme insupportable ! Mais je ne vois pas d'autre manière d'appeler l'attention du lecteur français sur ce qui était, en anglais, un moyen littéraire puissant pour souligner le contraste entre les habitudes traditionnelles de penser et de sentir et celles de ce « monde possible » que j'ai voulu décrire.

Aldous HUXLEY.

1

Un bâtiment gris et trapu de trente-quatre étages seulement. Au-dessus de l'entrée principale, les mots : Centre d'Incubation et de Conditionnement de Londres-Central, et, dans un écusson, la devise de l'État mondial : Communauté, Identité. Stabilité.

L'énorme pièce du rez-de-chaussée était exposée au nord. En dépit de l'été qui régnait au-delà des vitres, en dépit de toute la chaleur tropicale de la pièce elle-même, ce n'étaient que de maigres rayons d'une lumière crue et froide qui se déversaient par les fenêtres. Les blouses des travailleurs étaient blanches, leurs mains, gantées de caoutchouc pâle, de teinte cadavérique. La lumière était gelée, morte, fantomatique. Ce n'est qu'aux cylindres jaunes des microscopes qu'elle empruntait un peu de substance riche et vivante, étendue le long des tubes comme du beurre.

— Et ceci, dit le Directeur, ouvrant la porte, c'est la Salle de Fécondation.

Au moment où le Directeur de l'Incubation et du Conditionnement entra dans la pièce, trois cents Fécondateurs, penchés sur leurs instruments, étaient plongés dans ce silence où l'on ose à peine respirer, dans ce chantonnement ou ce sifflotement inconscient, par quoi se traduit la concentration la plus profonde.

Une bande d'étudiants nouvellement arrivés, très jeunes, roses et imberbes, se pressaient, pénétrés d'une certaine appréhension, voire de quelque humilité, sur les talons du Directeur. Chacun d'eux portait un cahier de notes, dans lequel, chaque fois que le grand homme parlait, il griffonnait désespérément. Ils puisaient ici leur savoir à la source même. C'était un privilège rare. Le D.I.C. de Londres-Central s'attachait toujours à faire faire à ses nouveaux étudiants, sous sa conduite-personnelle, le tour des divers services.

« Simplement pour vous donner une idée d'ensemble », leur expliquait-il. Car il fallait, bien entendu, qu'ils eussent un semblant d'idée d'ensemble, si l'on voulait qu'ils fissent leur travail intelligemment, – et cependant qu'ils en eussent le moins possible, si l'on voulait qu'ils fussent plus tard des membres convenables et heureux de la société. Car les détails, comme chacun le sait, conduisent à la vertu et au bonheur ; les généralités sont, au point de vue intellectuel, des maux inévitables. Ce ne sont pas les philosophes, mais bien ceux qui s'adonnent au bois découpé et aux collections de timbres, qui constituent l'armature de la société.

— Demain, ajoutait-il, leur adressant un sourire empreint d'une bonhomie légèrement menaçante, vous vous mettrez au travail sérieux. Vous n'aurez pas de temps à consacrer aux généralités… D'ici là…

D'ici là, c'était un privilège. De la source même, droit au cahier de notes. Les jeunes gens griffonnaient fébrilement.

Grand, plutôt maigre, mais bien droit, le Directeur s'avança dans la pièce. Il avait le menton allongé et les dents fortes, un peu proéminentes, que parvenaient tout juste à recouvrir, lorsqu'il ne parlait pas, ses lèvres pleines à la courbe fleurie. Vieux, jeune ?

Trente ans ? Cinquante ? Cinquante-cinq ? C'était difficile à dire. Et, au surplus, la question ne se posait pas ; dans cette année de stabilité, cette année 632 de N.F., il ne venait à l'idée de personne de la poser.

— Je vais commencer par le commencement, dit le D.I.C., et les étudiants les plus zélés notèrent son intention dans leur cahier : *Commencer au commencement.* Ceci – il agita la main – ce sont les couveuses. – Et, ouvrant une porte de protection thermique, il leur montra des porte-tubes empilés les uns sur les autres et pleins de tubes à essais numérotés. – L'approvisionnement d'ovules pour la semaine. Maintenus, expliqua-t-il, à la température du sang ; tandis que les gamètes mâles – et il ouvrit alors une autre porte – doivent être gardés à trente-cinq degrés, au lieu de trente-sept. La pleine température du sang stérilise. Des béliers, enveloppés de thermogène, ne procréent pas d'agneaux.

Toujours appuyé contre les couveuses, il leur servit, tandis que les crayons couraient illisiblement d'un bord à l'autre des pages, une brève description du procédé moderne de la fécondation ; il parla d'abord, bien entendu, de son introduction chirurgicale, « cette opération subie volontairement pour le bien de la société, sans compter qu'elle comporte une prime se montant à six mois d'appointements » ; il continua par un exposé sommaire de la technique de la conservation de l'ovaire excisé à l'état vivant et en plein développement ; passa à des considérations sur la température, la salinité, la viscosité optima ; fit allusion à la liqueur dans laquelle on conserve les ovules détachés et venus à maturité ; et, menant ses élèves aux tables de travail, leur montra effectivement comment on retirait cette liqueur des tubes à essais ; comment on la faisait tomber goutte à goutte sur les lames de verre pour préparations microscopiques spécialement tiédies ; comment les ovules qu'elle contenait étaient examinés au point de vue des caractères anormaux, comptés, et transférés dans un récipient poreux ; comment (et il les emmena alors voir cette opération) ce récipient était immergé dans un bouillon tiède contenant des spermatozoïdes qui y nageaient librement, – « à la concentration minima de cent mille par centimètre cube », insista-t-il ; et comment, au bout de dix minutes, le vase était retiré du liquide et son contenu examiné de nouveau ; comment, s'il y restait des ovules non fécondés, on l'immergeait une deuxième fois, et, si c'était nécessaire, une troisième ; comment les ovules fécondés retournaient aux couveuses ; où les Alphas et les Bêtas demeuraient jusqu'à leur mise en flacon définitives, tandis que les Gammas, les Deltas et les Epsilons en étaient extraits, au bout de trente-six heures seulement, pour être soumis au Procédé Bokanovsky.

« Au Procédé Bokanovsky », répéta le Directeur, et les étudiants soulignèrent ces mots dans leurs calepins.

Un œuf, un embryon, un adulte, – c'est la normale. Mais un œuf bokanovskifié a la propriété de bourgeonner, de proliférer, de se diviser : de huit à quatre-vingt-seize bourgeons, et chaque bourgeon deviendra un embryon parfaitement formé, et chaque embryon, un adulte de taille complète. On fait ainsi pousser quatre-vingt-seize êtres humains là où il n'en poussait autrefois qu'un seul. Le progrès.

— La bokanovskification, dit le D.I.C. pour conclure, consiste essentiellement en une série d'arrêts du développement. Nous enrayons la croissance normale, et, assez paradoxalement, l'œuf réagit en bourgeonnant.

Réagit en bourgeonnant. Les crayons s'affairèrent.

Il tendit le bras. Sur un transporteur à mouvement très lent, un porte-tubes plein de tubes à essais pénétrait dans une grande caisse métallique, un autre en sortait. Il y avait un léger ronflement de machines. Les tubes mettaient huit minutes à traverser la caisse de bout en bout, leur expliquait-il, soit huit minutes d'exposition aux rayons durs, ce qui est à peu près le maximum que puisse supporter un œuf. Un petit nombre mouraient ; des autres, les moins influencés se divisaient en deux ; la plupart proliféraient en quatre bourgeons ; quelques-uns, en huit ; tous étaient renvoyés aux couveuses, où les bourgeons commençaient à se développer ; puis, au bout de deux jours, on les soumettait soudain au froid, au froid et à l'arrêt de croissance. En deux, en quatre, en huit, les bourgeons bourgeonnaient à leur tour ; puis, ayant bourgeonné, ils étaient soumis à une dose d'alcool presque mortelle ; en conséquence, ils proliféraient de nouveau, et, ayant bourgeonné, on les laissait alors se développer en paix, bourgeons des bourgeons des bourgeons, – tout nouvel arrêt de croissance étant généralement fatal. À ce moment, l'œuf primitif avait de fortes chances de se transformer en un nombre quelconque d'embryons compris entre huit et quatre-vingt-seize, « ce qui est, vous en conviendrez, un perfectionnement prodigieux par rapport à la nature. Des jumeaux identiques, mais non pas en maigres groupes de deux ou trois, comme aux jours anciens de reproduction vivipare, alors qu'un œuf se divisait parfois accidentellement ; mais bien par douzaines, par vingtaines, d'un coup. »

— Par vingtaines, répéta le Directeur, et il écarta les bras, comme s'il faisait des libéralités à une foule. Par vingtaines.

Mais l'un des étudiants fut assez sot pour demander en quoi résidait l'avantage.

— Mon bon ami ! – Le Directeur se tourna vivement vers lui. – Vous ne voyez donc pas ? Vous ne voyez pas ? – Il leva la main ; il prit une expression solennelle. – Le Procédé Bokanovsky est l'un des instruments majeurs de la stabilité sociale !

Instruments majeurs de la stabilité sociale.

Des hommes et des femmes conformes au type normal ; en groupes uniformes. Tout le personnel d'une petite usine constitué par les produits d'un seul œuf bokanovskifié.

— Quatre-vingt-seize jumeaux identiques faisant marcher quatre-vingt-seize machines identiques ! – Sa voix était presque vibrante d'enthousiasme. – On sait vraiment où l'on va. Pour la première fois dans l'histoire. – Il cita la devise planétaire : « Communauté, Identité, Stabilité. » Des mots grandioses. Si nous pouvions bokanovskifier indéfiniment, tout le problème serait résolu.

Résolu par des Gammas du type normal, des Deltas invariables, des Epsilons uniformes. Des millions de jumeaux identiques. Le principe de la production en série appliqué enfin à la biologie.

— Mais, hélas ! – Le Directeur hocha la tête. – Nous ne pouvons pas bokanovskifier indéfiniment.

Quatre-vingt-seize, telle semblait être la limite ; soixante-douze, une bonne moyenne. Fabriquer, avec le même ovaire et les gamètes du même mâle, autant de groupes que possible de jumeaux identiques, c'était là ce qu'ils pouvaient faire de mieux (un mieux qui n'était malheureusement qu'un pis-aller). Et cela, c'était déjà difficile.

— Car, dans la nature, il faut trente ans pour que deux cents ovules arrivent à maturité. Mais notre tâche, c'est de stabiliser la population en ce moment, ici, maintenant. Produire des jumeaux au compte-gouttes tout au long d'un quart de siècle, à quoi cela servirait-il ?

Manifestement, cela ne servirait absolument de rien. Mais la Technique de Podsnap avait immensément accéléré le processus de la maturation. On pouvait s'assurer au moins cent cinquante œufs mûrs en l'espace de deux ans. Que l'on féconde et que l'on bokanovskifie, en d'autres termes, qu'on multiplie par soixante-douze, – et l'on obtient une moyenne de presque onze mille frères et sœurs dans cent cinquante groupes de jumeaux identiques, tous du même âge, à deux ans près.

— Et dans des cas exceptionnels, nous pouvons nous faire livrer par un seul ovaire plus de quinze mille individus adultes.

Faisant signe à un jeune homme blond au teint vermeil qui passait par hasard à ce moment :

— Mr. Foster, appela-t-il. – Le jeune homme au teint vermeil s'approcha. – Pourriez-vous nous indiquer le chiffre maximum obtenu d'un seul ovaire, Mr. Foster ?

— Seize mille douze, dans ce Centre-ci, répondit Mr. Foster sans aucune hésitation. – Il parlait très vite, avait l'œil bleu et vif, et prenait un plaisir évident à citer des chiffres. – Seize mille douze ; en cent quatre-vingt-neuf groupes d'identiques. Mais, bien entendu, on a fait beaucoup mieux, continua-t-il vigoureusement, dans quelques-uns des Centres tropicaux. Singapore en a souvent produit plus de seize mille cinq cents ; et Mombasa a effectivement atteint les dix-sept mille. Mais c'est qu'ils sont injustement privilégiés, aussi. Il faut voir comment un ovaire de noire réagit au liquide pituitaire ! Il y a là de quoi vous étonner, quand on est habitué à travailler sur des matériaux européens. Néanmoins, ajouta-t-il en riant (mais l'éclair de la lutte était dans ses yeux, et le soulèvement de son menton était un défi), néanmoins, nous avons l'intention de les dépasser s'il y a moyen. Je travaille en ce moment sur un merveilleux ovaire de Delta-Moins. Il n'a que dix-huit mois, tout juste. Plus de douze mille sept cents enfants déjà, soit décantés, soit en embryon. Et il en veut encore. Nous arriverons encore à les battre !

— Voilà l'état d'esprit qui me plaît ! s'écria le Directeur, et il donna une tape sur l'épaule de Mr. Foster. Venez donc avec nous, et faites profiter ces gamins de votre savoir d'expert.

Mr. Foster sourit modestement.

— Avec plaisir.

Ils le suivirent.

Dans la Salle de Mise en Flacons, tout était agitation harmonieuse et activité ordonnée. Des plaques de péritoine de truie, toutes coupées aux dimensions voulues, arrivaient continuellement, dans de petits monte-charge, du Magasin aux Organes dans le sous-sol. Bzzz, et puis flac ! Les portes du monte-charge s'ouvraient toutes grandes ; le Garnisseur de Flacons n'avait qu'à allonger la main, prendre la plaque, l'introduire, aplatir les bords, et avant que le flacon ainsi garni eût le temps de s'éloigner hors de la portée le long du transporteur sans fin, – bzzz, flac ! – une autre plaque de péritoine était montée vivement des profondeurs souterraines, prête à être introduite dans un autre flacon, le suivant dans cette lente procession interminable sur le transporteur.

Après les Garnisseurs il y avait les Immatriculeurs ; un à un, les œufs étaient transférés de leurs tubes à essais dans les récipients plus grands ; avec dextérité, la garniture de péritoine était incisée, la morula y était mise en place, la solution saline y était versée… et déjà le flacon était passé plus loin, et c'était au tour des étiqueteurs. L'hérédité, la date de fécondation, les indications relatives au Groupe Bokanovsky, tous les détails étaient transférés de tube à essais à flacon. Non plus anonyme, mais nommée, identifiée, la procession reprenait lentement sa marche ; sa marche à travers une ouverture de la cloison, sa marche pour entrer dans la Salle de Prédestination Sociale.

— Quatre-vingt-huit mètres cubes de fiches sur carton, dit Mr. Foster avec un plaisir manifeste, comme ils entraient.

— Contenant *tous* les renseignements utiles, ajouta le Directeur.

— Mis à jour tous les matins.

— Et coordonnés tous les jours, dans l'après-midi.

— Sur la base desquels sont faits les calculs.

— Tant d'individus, de telle et telle qualité, dit Mr. Foster.

— Répartis en telles et telles quantités.

— Le Pourcentage de Décantation optimum à n'importe quel moment donné.

— Les pertes imprévues étant promptement compensées.

— Promptement, répéta Mr. Foster. Si vous saviez combien j'ai dû faire d'heures supplémentaires après le dernier tremblement de terre au Japon !

Il eut un rire de bonne humeur et hocha la tête.

— Les Prédestinateurs envoient leurs chiffres aux Fécondateurs.

— Qui leur donnent les embryons qu'ils demandent.

— Et les flacons arrivent ici pour être prédestinés en détail.

— Après quoi, on les descend au Dépôt des Embryons.

— Où nous allons maintenant nous rendre nous-mêmes.

Et, ouvrant une porte, Mr. Foster se mit à leur tête pour descendre un escalier et les mener au sous-sol.

La température était encore tropicale. Ils descendirent dans une pénombre qui s'épaississait. Deux portes et un couloir à double tournant protégeaient la cave contre toute infiltration possible du jour.

— Les embryons ressemblent à une pellicule photographique, dit Mr. Foster d'un ton badin, ouvrant la seconde porte d'une poussée. Ils ne peuvent supporter que la lumière rouge.

Et en effet l'obscurité, où régnait une chaleur lourde dans laquelle les étudiants le suivirent alors, était visible et cramoisie, comme, par un après-midi d'été, l'est l'obscurité perçue sous les paupières closes. Les flancs bombés des flacons qui s'alignaient à l'infini, rangée sur rangée, étage sur étage, étincelaient en rubis innombrables, et parmi les rubis se déplaçaient les spectres rouges et vagues d'hommes et de femmes aux yeux pourprés, aux faces rutilantes de lupiques. Un bourdonnement, un fracas de machines, imprimait à l'air un léger frémissement.

— Donnez-leur quelques chiffres, Mr. Foster, dit le Directeur, qui était fatigué de parler.

Mr. Foster n'était que trop heureux de les leur donner.

— Deux cent vingt mètres de long, deux cents de large, dix de haut.

Il tendit la main en l'air. Comme des poulets qui boivent, les étudiants levèrent les yeux vers le plafond lointain.

Trois étages de porte-flacons : au niveau du sol, première galerie, deuxième galerie.

La charpente métallique, légère comme une toile d'araignée, des galeries superposées, se perdait dans toutes les directions jusque dans l'obscurité. Près d'eux, trois fantômes rouges étaient activement occupés à décharger des dames-jeannes qu'ils enlevaient d'un escalier mobile.

L'escalator, partant de la Salle de Prédestination Sociale.

Chaque flacon pouvait être placé sur l'un d'entre quinze porte-bouteilles, dont chacun, bien qu'on ne pût s'en apercevoir, était un transporteur avançant à la vitesse de trente-trois centimètres un tiers à l'heure. Deux cent, soixante-sept jours à raison de huit mètres par jour. Deux mille cent trente-six mètres en tout. Un tour de la cave au niveau du sol, un autre sur la première galerie, la moitié d'un autre sur la seconde, et, le deux cent soixante-septième matin, la lumière du jour dans la Salle de Décantation. Dès lors, l'existence indépendante – ainsi dénommée.

— Mais, dans cet intervalle de temps, dit Mr. Foster pour conclure, nous avons réussi à leur faire pas mal de choses. Oh ! beaucoup de choses. – Son rire était averti et triomphant.

— Voilà l'état d'esprit qui me plaît, dit de nouveau le Directeur. Faisons le tour. Donnez-leur toutes les explications, Mr. Foster.

Mr. Foster les leur donna congrûment.

Il leur parla de l'embryon, se développant sur son lit de péritoine. Il leur fit goûter le riche pseudo-sang dont il se nourrit. Il expliqua pourquoi il avait besoin d'être stimulé par de la placentine et de la thyroxine. Il leur parla de l'extrait de *corpus luteum.* Il leur montra les ajutages par lesquels, à tous les douze mètres entre zéro et 2040, il est injecté automatiquement. Il parla de ces doses graduellement croissantes de liquide pituitaire administrées au cours des quatre-vingt-seize derniers mètres de leur parcours. Il décrivit la circulation maternelle artificielle installée sur chaque flacon au mètre 112 ; leur montra le réservoir de pseudosang, la pompe centrifuge qui maintient le liquide en mouvement au-dessus du placenta et le chasse à travers le poumon synthétique et le filtre à déchets. Il dit un mot de la tendance fâcheuse de l'embryon à l'anémie, des doses massives d'extrait d'estomac de porc et de foie de poulain fœtal qu'il est nécessaire, en conséquence, de lui fournir.

Il leur montra le mécanisme simple au moyen duquel, pendant les deux derniers mètres de chaque parcours de nuit, on secoue simultanément tous les embryons pour les familiariser avec le mouvement. Il fit allusion à la gravité de ce qu'on appelle le « traumatisme de décantation », et énuméra les précautions prises afin de réduire au minimum, par un dressage approprié de l'embryon en flacon, ce choc dangereux. Il leur parla des épreuves de sexe effectuées au voisinage du mètre 200. Il expliqua le système d'étiquetage – un T pour les mâles, un cercle pour les femelles, et pour ceux qui étaient destinés à devenir des neutres, un point d'interrogation, noir sur un fond blanc.

— Car, bien entendu, dit Mr. Foster, dans l'immense majorité des cas, la fécondité est tout bonnement une gêne. Un ovaire fertile sur douze cents, – voilà qui serait largement suffisant pour nos besoins. Mais nous désirons avoir un bon choix. Et, bien entendu, il faut toujours conserver une marge de sécurité énorme. Aussi laissons-nous se développer normalement jusqu'à trente pour cent des embryons femelles. Les autres reçoivent une dose d'hormone sexuelle mâle à tous les vingt-quatre mètres pendant le reste du parcours. Résultat : quand on les décante, ils sont neutres, absolument normaux au point de vue de la structure (sauf, fut-il obligé de reconnaître, qu'ils ont, il est vrai, un rien de tendance à la croissance d'une barbe), mais stériles. Garantis stériles. Ce qui nous amène enfin, continua Mr. Foster, à quitter le domaine de la simple imitation stérile de la nature, pour entrer dans le monde beaucoup plus intéressant de l'invention humaine.

Il se frotta les mains. Car, bien entendu, on ne se contentait pas de couver simplement des embryons : cela, n'importe quelle vache est capable de le faire.

— En outre, nous prédestinons et conditionnons. Nous décantons nos bébés sous forme d'êtres vivants socialisés, sous forme d'Alphas ou d'Epsilons, de futurs vidangeurs ou de futurs… – Il était sur le point de dire « futurs Administrateurs Mondiaux », mais, se reprenant, il dit « futurs Directeurs de l'Incubation ».

Le D.I.C. fut sensible au compliment, qu'il reçut avec un sourire.

Ils en étaient au mètre 320 sur le porte-bouteilles n° 11. Un jeune mécanicien Bêta-Moins était occupé à travailler avec un tournevis et une clef anglaise à la pompe à pseudo-sang d'un flacon qui passait. Le ronflement du moteur électrique devenait plus grave, par fractions de ton, tandis qu'il vissait les écrous… Plus grave, plus grave… Une torsion finale, un coup d'œil sur le compteur de tours, et il eut terminé. Il avança de deux pas le long de la rangée et recommença la même opération sur la pompe suivante.

— Il diminue le nombre de tours à la minute, expliqua Mr. Foster. Le pseudo-sang circule plus lentement ; il passe par conséquent dans les poumons à intervalles plus longs ; il donne par suite à l'embryon moins d'oxygène. Rien de tel que la pénurie d'oxygène pour maintenir un embryon au-dessous de la normale. De nouveau, il se frotta les mains.

— Mais pourquoi voulez-vous maintenir l'embryon au-dessous de la normale ? demanda un étudiant ingénu.

— Quel âne ! dit le Directeur, rompant un long silence. Ne vous est-il jamais venu à l'idée qu'il faut à un embryon d'Epsilon un milieu d'Epsilon, aussi bien qu'une hérédité d'Epsilon ?

Cela ne lui était évidemment pas venu à l'idée. Il fut couvert de confusion.

— Plus la caste est basse, dit Mr. Foster, moins on donne d'oxygène. Le premier organe affecté, c'est le cerveau. Ensuite le squelette. À soixante-dix pour cent d'oxygène normal, on obtient des nains. À moins de soixante-dix pour cent, des monstres sans yeux.

— Lesquels ne sont absolument d'aucune utilité, dit Mr. Foster pour conclure. Tandis que (sa voix se fit confidentielle, avide d'exposer ce qu'il avait à dire) si l'on pouvait découvrir une technique pour réduire la durée de maturation, quel bienfait ce serait pour la société !

— Considérez le cheval.

Ils le considérèrent.

— Mûr à six ans ; l'éléphant à dix. Alors qu'à treize ans un homme n'est pas encore mûr sexuellement, et n'est adulte qu'à vingt ans. D'où, bien entendu, ce fruit du développement retardé : l'intelligence humaine.

— Mais chez les Epsilons, dit fort justement Mr. Foster, nous n'avons pas besoin d'intelligence humaine. On n'en a pas besoin, et on ne l'obtient pas. Mais, bien que chez l'Epsilon l'esprit soit mûr à dix ans, il en faut dix-huit avant que le corps soit propre au travail. Que de longues années d'immaturité, superflues et gaspillées ! S'il était possible d'accélérer le développement physique jusqu'à le rendre aussi rapide, mettons que celui d'une vache, quelle économie énorme il en résulterait pour la Communauté !

— Énorme ! murmurèrent les étudiants.

L'enthousiasme de Mr. Foster était contagieux.

Ses explications se firent plus techniques ; il parla de la coordination anormale des endocrines qui fait que les hommes croissent si lentement ; il admit, pour l'expliquer, une mutation germinale. Peut-on détruire les effets de cette mutation germinale ? Peut-on faire régresser l'embryon d'Epsilon, au moyen d'une technique appropriée, jusqu'au caractère normal qui existe chez les chiens et les vaches ? Tel était le problème. Et il était sur le point d'être résolu.

Pilkington, à Mombasa, avait produit des individus qui étaient sexuellement mûrs à quatre ans, et de taille adulte à six ans et demi. Triomphe scientifique. Mais socialement sans utilité. Des hommes et des femmes de six ans et demi étaient trop bêtes pour accomplir même le travail d'Epsilons. Et le processus était du type tout-ou-rien ; ou bien l'on ne réussissait à modifier rien du tout, ou bien l'on modifiait complètement. On essayait encore de trouver le compromis idéal entre des adultes de vingt ans et des adultes de six ans. Jusqu'à présent, sans succès. Mr. Foster soupira et hocha la tête.

Leurs pérégrinations parmi la pénombre cramoisie les avaient amenés au voisinage de mètre 170 sur le porte-bouteilles n° 9. À partir de ce point, le porte-bouteilles n° 9 disparaissait dans une gaine, et les flacons accomplissaient le restant de leur trajet dans une sorte de tunnel, interrompu çà et là par des ouvertures de deux ou trois mètres de large.

— Le conditionnement à la chaleur, dit Mr. Foster.

Des tunnels chauds alternaient avec des tunnels rafraîchis. La fraîcheur était alliée à d'autres désagréments sous forme de rayons X durs. Lorsqu'ils en arrivaient à être décantés, les embryons avaient horreur du froid. Ils étaient prédestinés à émigrer dans les tropiques, à être mineurs, tisserands de soie à l'acétate et ouvriers dans les aciéries. Plus tard, leur esprit serait formé de façon à confirmer le jugement de leur corps.

— Nous les conditionnons de telle sorte qu'ils se portent bien à la chaleur, dit Mr. Foster en conclusion. Nos collègues là-haut leur apprendront à l'aimer.

— Et c'est là, dit sentencieusement le Directeur, en guise de contribution à cet exposé, qu'est le secret du bonheur et de la vertu, aimer ce qu'on est *obligé* de faire. Tel est le but de tout conditionnement : faire aimer aux gens la destination sociale à laquelle ils ne peuvent échapper.

Dans un intervalle entre deux tunnels une infirmière était en train de sonder délicatement, au moyen d'une seringue longue et fine, le contenu gélatineux d'un flacon qui passait. Les étudiants et leur guide s'arrêtèrent pour la regarder quelques instants en silence.

— Eh bien ! Lenina, dit Mr. Foster, lorsque enfin elle dégagea la seringue et se releva.

La jeune fille se retourna avec un sursaut. On voyait qu'elle était exceptionnellement jolie, bien que l'éclairage lui fît un masque de lupus et des yeux pourprés.

— Henry !

Son sourire lui décocha un éclair rouge, une rangée de dents de corail.

— Charmante, charmante, murmura le Directeur, et, lui donnant deux ou trois petites tapes, il reçut en échange, pour sa part, un sourire un peu déférent.

— Qu'est-ce que vous leur donnez là ? demanda Mr. Foster, imprimant à sa voix un ton fort professionnel.

— Oh ! la typhoïde et la maladie du sommeil habituelles.

— Les travailleurs des tropiques commencent à subir des inoculations au mètre 150, expliqua Mr. Foster aux étudiants. Les embryons ont encore des branchies, comme les poissons. Nous immunisons le poisson contre les maladies de l'homme à venir. – Puis, se retournant vers Lenina : Cinq heures moins dix sur le toit, ce soir, dit-il, comme d'habitude.

— Charmante, dit le Directeur une fois de plus, et, avec une petite tape finale, il s'éloigna derrière les autres.

Sur le porte-bouteilles n° 10, des rangées de travailleurs des industries chimiques de la génération à venir étaient dressés à supporter le plomb, la soude caustique, le goudron, le chlore. Le premier d'un groupe de deux cent cinquante mécaniciens embryonnaires d'avions-fusées passait précisément devant le repère du mètre 1 100 sur le porte-bouteilles n° 3. Un mécanisme spécial maintenait leurs récipients en rotation constante.

— Pour améliorer chez eux le sens de l'équilibre, expliqua Mr. Foster. Effectuer des réparations à l'extérieur d'un avion-fusée en plein air, c'est un travail délicat. Nous ralentissons la circulation quand ils sont en position normale, de façon qu'ils soient à moitié affamés, et nous doublons l'afflux de pseudo-sang quand ils sont la tête en bas. Ils apprennent à associer le renversement avec le bien-être. En fait, ils ne sont véritablement heureux que lorsqu'ils se tiennent sur la tête. Et maintenant, reprit Mr. Foster, je voudrais vous montrer un conditionnement très intéressant pour Intellectuels Alpha-Plus. Nous en avons un groupe important sur le porte-bouteilles n° 5. Au niveau de la Première Galerie, cria-t-il à deux gamins qui s'étaient mis à descendre au rez-de-chaussée, Ils sont aux environs du mètre 900, expliqua-t-il. On ne peut, en somme, effectuer aucun conditionnement utile avant que les fœtus aient perdu leur queue. Suivez-moi.

Mais le Directeur avait regardé sa montre.

— Trois heures moins dix, dit-il. Je crains que nous n'ayons pas de temps à consacrer aux embryons intellectuels. Il faut que nous montions aux pouponnières avant que les enfants aient fini leur sieste d'après-midi.

Mr. Foster fut déçu.

— Au moins un coup d'œil sur la Salle de Décantation, supplia-t-il.

— Allons, soit. – Le Directeur sourit avec indulgence. – Rien qu'un coup d'œil.

2

Ils laissèrent Mr. Foster dans la Salle de Décantation. Le D.I.C. et ses étudiants prirent place dans l'ascenseur le plus proche et furent montés au cinquième étage.

Pouponnières. Salles de Conditionnement Néo-Pavlovien, annonçait la plaque indicatrice.

Le Directeur ouvrit une porte. Ils se trouvèrent dans une vaste pièce vide, très claire et ensoleillée, car toute la paroi exposée au sud ne formait qu'une fenêtre. Une demi-douzaine d'infirmières, vêtues des pantalons et des jaquettes d'uniforme réglementaires en toile blanche de viscose, les cheveux aseptiquement cachés sous des bonnets blancs, étaient occupées à disposer sur le plancher des vases de roses suivant une longue rangée d'un bout à l'autre de la pièce. De grands vases, garnis de fleurs bien serrées. Des milliers de pétales, pleinement épanouis, et d'une douceur soyeuse, semblables aux joues d'innombrables petits chérubins, mais de chérubins qui, dans cette lumière brillante, n'étaient pas exclusivement roses et aryens, mais aussi lumineusement chinois, mexicains aussi, apoplectiques aussi d'avoir trop soufflé dans des trompettes célestes, pâles comme la mort aussi, pâles de la blancheur posthume du marbre.

Les infirmières se raidirent au garde-à-vous à l'entrée du D.I.C.

— Installez les livres, dit-il sèchement.

En silence, les infirmières obéirent à son commandement. Entre les vases de roses, les livres furent dûment disposés, une rangée d'in-quarto enfantins, ouverts d'une façon tentante, chacun sur quelque image gaiement coloriée de bête, de poisson ou d'oiseau.

— À présent, faites entrer les enfants.

Elles sortirent en hâte de la pièce, et rentrèrent au bout d'une minute ou deux, poussant chacune une espèce de haute serveuse chargée, sur chacun de ses quatre rayons en toile métallique, de bébés de huit mois, tous exactement pareils (un Groupe de Bokanovsky, c'était manifeste), et tous (puisqu'ils appartenaient à la caste Delta) vêtus de kaki.

— Posez-les par terre.

On déchargea les enfants.

— À présent, tournez-les de façon qu'ils puissent voir les fleurs et les livres.

Tournés, les bébés firent immédiatement silence, puis ils se mirent à ramper vers ces masses de couleur brillantes, ces formes si gaies et si vives sur les pages blanches. Tandis qu'ils s'en approchaient, le soleil se dégagea d'une éclipse momentanée où l'avait maintenu un nuage. Les roses flamboyèrent comme sous l'effet d'une passion interne soudaine ; une énergie nouvelle et profonde parut se répandre sur les pages luisantes des livres. Des rangs des bébés rampant à quatre pattes s'élevaient de petits piaillements de surexcitation, des gazouillements et des sifflotements de plaisir.

Le Directeur se frotta les mains :

— Excellent ! dit-il. On n'aurait guère fait mieux si ç'avait été arrangé tout exprès.

Les rampeurs les plus alertes étaient déjà arrivés à leur but. De petites mains se tendirent, incertaines, touchèrent, saisirent, effeuillant les roses transfigurées, chiffonnant les pages illuminées des livres. Le Directeur attendit qu'ils fussent tous joyeusement occupés. Puis :

— Observez bien, dit-il. Et, levant ta main, il donna le signal.

L'Infirmière-Chef, qui se tenait à côté d'un tableau de commandes électriques à l'autre bout de la pièce, abaissa un petit levier.

Il y eut une explosion violente. Perçante, toujours plus perçante, une sirène siffla. Des sonneries d'alarme retentirent, affolantes.

Les enfants sursautèrent, hurlèrent ; leur visage était distordu de terreur.

— Et maintenant, cria le Directeur (car le bruit était assourdissant), maintenant, nous passons à l'opération qui a pour but de faire pénétrer la leçon bien à fond, au moyen d'une légère secousse électrique.

Il agita de nouveau la main, et l'Infirmière-Chef abaissa un second levier. Les cris des enfants changèrent soudain de ton. Il y avait quelque chose de désespéré, de presque dément, dans les hurlements perçants et spasmodiques qu'ils lancèrent alors. Leur petit corps se contractait et se raidissait : leurs membres s'agitaient en mouvements saccadés, comme sous le tiraillement de fils invisibles.

— Nous pouvons faire passer le courant dans toute cette bande de plancher, glapit le Directeur en guise d'explication, mais cela suffit, dit-il comme signal à l'infirmière.

Les explosions cessèrent, les sonneries s'arrêtèrent, le hurlement de la sirène s'amortit, descendant de ton en ton jusqu'au silence. Les corps raidis et contractés se détendirent, et ce qui avait été les sanglots et les abois de fous furieux en herbe se répandit de nouveau en hurlements normaux de terreur ordinaire.

— Offrez-leur encore une fois les fleurs et les livres.

Les infirmières obéirent ; mais à l'approche des roses, à la simple vue de ces images gaiement coloriées du minet, du cocorico et du mouton noir qui fait bêê, bêê, les enfants se reculèrent avec horreur ; leurs hurlements s'accrurent soudain en intensité.

— Observez, dit triomphalement le Directeur, observez.

Les livres et les bruits intenses, les fleurs et les secousses électriques, déjà, dans l'esprit de l'enfant, ces couples étaient liés de façon compromettante ; et, au bout de deux cents répétitions de la même leçon ou d'une autre semblable, ils seraient mariés indissolublement. Ce que l'homme a uni, la nature est impuissante à le séparer.

— Ils grandiront avec ce que les psychologues appelaient une haine « instinctive » des livres et des fleurs. Des réflexes inaltérablement conditionnés. Ils seront à l'abri des livres et de la botanique pendant toute leur vie. – Le Directeur se tourna vers les infirmières. – Remportez-les.

Toujours hurlant, les bébés en kaki furent chargés sur leurs serveuses et roulés hors de la pièce, laissant derrière eux une odeur de lait aigre et un silence fort bien venu.

L'un des étudiants leva la main ; et, bien qu'il comprît fort bien pourquoi l'on ne pouvait pas tolérer que des gens de caste inférieure gaspillassent le temps de la communauté avec des livres, et qu'il y avait toujours le danger qu'ils lussent quelque chose qui fît indésirablement « déconditionner » un de leurs réflexes, cependant... en somme, il ne concevait pas ce qui avait trait aux fleurs. Pourquoi se donner la peine de rendre psychologiquement impossible aux Deltas l'amour des fleurs ?

Patiemment, le D.I.C. donna des explications. Si l'on faisait en sorte que les enfants se missent à hurler à la vue d'une rose, c'était pour des raisons de haute politique économique. Il n'y a pas si longtemps (voilà un siècle environ), on avait conditionné les Gammas, les Deltas, voire les Epsilons, à aimer les fleurs – les fleurs en particulier et la nature sauvage en général. Le but visé, c'était de faire naître en eux le désir d'aller à la campagne chaque fois que l'occasion s'en présentait, et de les obliger ainsi à consommer du transport.

— Et ne consommaient-ils pas de transport ? demanda l'étudiant.

— Si, et même en assez grande quantité, répondit le D.I.C., mais rien de plus. Les primevères et les paysages, fit-il observer, ont un défaut grave : ils sont gratuits. L'amour de la nature ne fournit de travail à nulle usine. On décida d'abolir l'amour de la nature, du moins parmi les basses classes, d'abolir l'amour de la nature, mais non point la tendance à consommer du transport. Car il était essentiel, bien entendu, qu'on continuât à aller à la campagne, même si l'on avait cela en horreur. Le problème consistait à trouver à la consommation du transport une raison économiquement mieux fondée qu'une simple affection pour les primevères et les paysages. Elle fut dûment découverte. Nous conditionnons les masses à détester la campagne, dit le Directeur pour conclure, mais simultanément nous les conditionnons à raffoler de tous les sports en plein air. En même temps, nous faisons le nécessaire pour que tous les sports de plein air entraînent l'emploi d'appareils compliqués. De sorte qu'on consomme des articles manufacturés, aussi bien que du transport. D'où ces secousses électriques.

— Je comprends, dit l'étudiant ; et il resta silencieux, éperdu d'admiration.

Il y eut un silence ; puis, toussotant pour se dégager la voix :

— Il était une fois, commença le Directeur, alors que Notre Ford était encore de ce monde, un petit garçon qui s'appelait Reuben Rabinovitch. Reuben était l'enfant de parents de langue polonaise. – Le Directeur s'interrompit : – Vous savez ce que c'est que le polonais, je suppose ?

— Une langue morte.

— Comme le français et l'allemand, ajouta un autre étudiant, exhibant avec zèle son savoir.

— Et « parent ? » questionna le D.I.C.

Il y eut un silence gêné. Plusieurs des jeunes gens rougirent. Ils n'avaient pas encore appris à reconnaître la ligne de démarcation, importante mais souvent fort ténue, qui sépare l'ordure de la science pure. L'un d'eux, enfin, eut le courage de lever la main.

— Les êtres humains, autrefois, étaient…, dit-il avec hésitation ; le sang lui affluait aux joues. – Enfin, ils étaient vivipares.

— Très bien. – Le Directeur approuva d'un signe de tête.

— Et quand les bébés étaient décantés…

— Naissaient, corrigea-t-il.

— Eh bien, alors, c'étaient les parents. C'est-à-dire : pas les bébés, bien entendu, les autres. – Le pauvre garçon était éperdu de confusion.

— En un mot, résuma le Directeur, les parents étaient le père et la mère. – Cette ordure, qui était en réalité de la science, tomba avec fracas dans le silence gêné de ces jeunes gens qui n'osaient plus se regarder. – La mère…, répéta-t-il très haut, pour faire pénétrer bien à fond la science ; et, se penchant en arrière sur sa chaise : Ce sont là, dit-il gravement, des faits désagréables, je le sais. Mais aussi, la plupart des faits historiques sont désagréables.

Il revint au petit Reuben, au petit Reuben dans la chambre de qui, un soir, par négligence, son père et sa mère (hum, hum !) avaient, par hasard, laissé en fonctionnement l'appareil de T.S.F. (Car il faut se souvenir qu'en ces jours de grossière reproduction vivipare, les enfants étaient toujours élevés par leurs parents, et non dans des Centres de Conditionnement de l'État.) Pendant que l'enfant dormait, l'appareil commença soudain à transmettre un programme de radiophonie de Londres ; et le lendemain matin, à l'étonnement de son… (hum) et de sa… (hum) (les plus effrontés parmi les jeunes gens se risquèrent à échanger un ricanement), le petit Reuben se réveilla en répétant mot à mot une longue conférence de ce curieux écrivain ancien (l'un des très rares dont on ait autorisé la transmission des œuvres jusqu'à nous), George Bernard Shaw, qui parlait, suivant une tradition bien établie, de son propre génie. Pour le… (clin d'œil) et la… (ricanement) du petit Reuben, cette conférence fut, bien entendu, parfaitement incompréhensible, et, s'imaginant que leur enfant était devenu subitement fou, ils firent venir un médecin. Celui-ci, heureusement, comprenait l'anglais, reconnut le discours pour celui que Shaw avait diffusé par T.S.F., se rendit compte de l'importance de ce qui était arrivé, et écrivit à ce sujet une lettre à la presse médicale.

— Le principe de l'enseignement pendant le sommeil, ou hypnopédie, avait été découvert. – Le D.I.C. fit une pause impressionnante. – Le principe avait été découvert, mais il devait s'écouler bien des années avant que ce principe reçût des applications utiles. Le cas du petit Reuben ne se produisit que vingt-trois ans après le lancement du premier Modèle en T de Notre Ford. – Ici, le Directeur fit un signe de T à hauteur de son estomac, et tous les étudiants l'imitèrent révérencieusement. – Et pourtant…

Furieusement, les étudiants griffonnèrent. « *L'hypnopédie, premier emploi officiel en l'an 214 de N.F. Pourquoi pas plus tôt ? Deux raisons ; a)…* »

— Ces premiers expérimentateurs, disait le D.I.C., étaient sur une mauvaise voie. Ils croyaient qu'on pouvait faire de l'hypnopédie un instrument d'éducation intellectuelle…

(Un petit garçon, endormi sur le côté droit, le bras droit hors du lit, la main droite pendant mollement par-dessus le bord. Sortant d'une ouverture ronde et grillagée dans la paroi d'une boîte, une voix parle doucement.

— Le Nil est le plus long fleuve d'Afrique, et le second, pour la longueur, de tous les fleuves du globe. Bien qu'il n'atteigne pas la longueur du Mississippi-Missouri, le Nil arrive en tête de tous les fleuves pour l'importance du bassin, qui s'étend sur 35 degrés de latitude…

Au petit déjeuner, le lendemain matin :

« Tommy, dit quelqu'un, sais-tu quel est le plus long fleuve d'Afrique ? »

Des signes de tête en dénégation.

« Mais ne te souviens-tu pas de quelque chose qui commence ainsi : Le Nil est le… ? »

« Le-Nil-est-le-plus-long-fleuve-d'Afrique-et-le-second-pour-la-longueur-de-tous-les-fleuves-du-globe… »

— Les mots sortent en se précipitant. – « Bien-qu'il-n'atteigne-pas… »

« Eh bien, dis-moi maintenant quel est le plus long fleuve d'Afrique ? »

Les yeux sont ternes.

« Je n'en sais rien.

— Mais le Nil, Tommy !

— Le-Nil-est-le-plus-long-fleuve-d'Afrique-et-le-second…

— Alors quel est le fleuve le plus long, Tommy ? »

Tommy fond en larmes.

« J'en sais rien », pleurniche-t-il.)

C'est cette pleurnicherie, le Directeur le leur fit clairement comprendre, qui découragea les premiers chercheurs. Les expériences furent abandonnées. On ne fit plus de tentatives pour apprendre aux enfants la longueur du Nil pendant leur sommeil. Fort judicieusement. On ne peut apprendre une science à moins qu'on ne sache pertinemment de quoi il s'agit.

— Tandis que, s'ils avaient seulement commencé par l'éducation *morale*…, dit le Directeur, conduisant la bande vers la porte. Les étudiants le suivirent, griffonnant désespérément tout en marchant et pendant tout le trajet en ascenseur. – L'éducation morale, qui ne doit jamais, en aucune circonstance, être rationnelle.

« Silence, silence », murmura un haut-parleur tandis qu'ils sortaient de l'ascenseur au quatorzième étage, et : « Silence, silence », répétèrent infatigablement les pavillons des instruments, à intervalles réguliers, le long de chaque couloir. Les étudiants, et jusqu'au Directeur lui-même, se haussèrent automatiquement sur la pointe des pieds. Ils étaient des Alphas, bien entendu, mais les Alphas eux-mêmes ont été bien conditionnés. « Silence, silence. » Toute l'atmosphère du quatorzième étage vibrait d'impératifs catégoriques.

Cinquante mètres de parcours sur la pointe des pieds les amenèrent à une porte que le Directeur ouvrit avec précaution. Ils franchirent le seuil et pénétrèrent dans la pénombre d'un dortoir aux volets clos. Quatre-vingts petits lits s'alignaient le long du mur. Il y avait un bruit de respiration légère et régulière et un murmure continu, comme de voix très basses chuchotant au loin.

Une infirmière se leva comme ils entraient, et se mit au garde-à-vous devant le Directeur.

— Quelle est la leçon, cet après-midi ? demanda-t-il.

— Nous avons fait du Sexe Élémentaire pendant les quarante premières minutes, répondit-elle. Mais maintenant, on a réglé l'appareil sur le cours élémentaire de Sentiment des Classes Sociales.

Le Directeur parcourut lentement la longue file des petits lits. Roses et détendus par le sommeil, quatre-vingts petits garçons et petites filles étaient étendus, respirant doucement. Il sortait un chuchotement de sous chaque oreiller. Le D.I.C. s'arrêta et, se penchant sur l'un des petits lits, écouta attentivement.

— Cours élémentaire de Sentiment des Classes Sociales, disiez-vous ? Faites-le répéter un peu plus haut par le pavillon.

À l'extrémité de la pièce, un haut-parleur faisait saillie sur le mur. Le Directeur s'y rendit et appuya sur un interrupteur.

« … sont tous vêtus de vert, dit une voix douce mais fort distincte commençant au milieu d'une phrase, et les enfants Deltas sont vêtus de kaki. Oh, non, je ne veux pas jouer avec des enfants Deltas. Et les Epsilons sont encore pires. Ils sont trop bêtes pour savoir lire ou écrire. Et puis, ils sont vêtus de noir, ce qui est une couleur ignoble. Comme je suis content d'être un Bêta. »

Il y eut une pause ; puis la voix reprit :

« Les enfants Alphas sont vêtus de gris. Ils travaillent beaucoup plus dur que nous, parce qu'ils sont si formidablement intelligents. Vraiment, je suis joliment content d'être un Bêta, parce que je ne travaille pas si dur. Et puis, nous sommes bien supérieurs aux Gammas et aux Deltas. Les Gammas sont bêtes. Ils sont tous vêtus de vert, et les enfants Deltas sont vêtus de kaki. Oh, non, je ne veux pas jouer avec les enfants Deltas. Et les Epsilons sont encore pires. Ils sont trop bêtes pour savoir… »

Le Directeur remit l'interrupteur dans sa position primitive. La voix se tut. Ce ne fut plus que son grêle fantôme qui continua à marmotter de sous les quatre-vingts oreillers.

— Ils entendront cela répété encore quarante ou cinquante fois avant de se réveiller ; puis, de nouveau, jeudi ; et samedi, de même. Cent vingt fois, trois fois par semaine, pendant trente mois. Après quoi, ils passeront à une leçon plus avancée.

Des roses et des secousses électriques, le kaki des Deltas et une bouffée d'assa fœtida – liés indissolublement avant que l'enfant sache parler. Mais le conditionnement que des paroles n'accompagnent pas est grossier et tout d'une pièce ; il est incapable de faire saisir les distinctions plus fines, d'inculquer les modes de conduite plus complexes. Pour cela, il faut des paroles, mais des paroles sans raison. En un mot, l'hypnopédie.

— La plus grande force moralisatrice et socialisatrice de tous les temps.

Les étudiants inscrivirent cela dans leurs calepins. Le savoir puisé directement à la source.

De nouveau, le Directeur toucha l'interrupteur.

« … si formidablement intelligents, disait la voix douce, insinuante, infatigable. Vraiment, je suis joliment content d'être un Bêta, parce que… »

Non pas tout à fait comme des gouttes d'eau, bien que l'eau, en vérité, soit capable de creuser à la longue des trous dans le granit le plus dur ; mais plutôt comme des gouttes de cire à cacheter liquide, des gouttes qui adhèrent, s'incrustent, s'incorporent à ce sur quoi elles tombent, jusqu'à ce qu'enfin le roc ne soit plus qu'une seule masse écarlate.

— Jusqu'à ce qu'enfin l'esprit de l'enfant, ce *soit* ces choses suggérées, et que la somme de ces choses suggérées, ce *soit* l'esprit de l'enfant. Et non pas seulement l'esprit de l'enfant. Mais également l'esprit de l'adulte – pour toute sa vie. L'esprit qui juge, et désire, et décide – constitué par ces choses suggérées. Mais toutes ces choses suggérées, ce sont celles que nous suggérons, *nous !* – Le Directeur en vint presque à crier, dans son triomphe. – Que suggère l'État. – Il tapa sur la table la plus proche. – Il en résulte, par conséquent…

Un bruit le fit se retourner.

— Oh ! Ford, dit-il, d'un autre ton, voilà que j'ai réveillé les enfants !

3

DEHORS, dans le jardin, c'était la récréation. Nus sous la douce chaleur du soleil de juin, six ou sept cents petits garçons et petites filles couraient sur les gazons en poussant des cris aigus, ou jouaient à des jeux de balle, ou étaient accroupis en silence par groupes de deux ou trois parmi les buissons en fleur. Les roses étaient épanouies, deux rossignols faisaient leur soliloque dans les bosquets, un coucou émettait justement ses cris dissonants parmi les tilleuls. L'air était somnolent du murmure des abeilles et des hélicoptères.

Le Directeur et ses étudiants s'arrêtèrent quelque temps à observer une partie de Ballatelle Centrifuge. Vingt enfants étaient groupés en cercle autour d'une tour en acier chromé. Une balle lancée en l'air de façon à retomber sur la plate-forme au sommet de la tour dégringolait à l'intérieur, tombait sur un disque en rotation rapide, était projetée à travers l'une ou l'autre des nombreuses ouvertures percées dans l'enveloppe cylindrique, et devait être rattrapée.

— Bizarre, musa le Directeur, tandis qu'ils s'en éloignaient, bizarre de songer que, même au temps de Notre Ford, la plupart des jeux se jouaient sans plus d'accessoires qu'une ou deux balles, avec quelques bâtons et peut-être un bout de filet. Rendez-vous compte de la sottise qu'il y a à permettre aux gens de jouer à des jeux compliqués qui ne font absolument rien pour accroître la consommation. C'est de la folie. De nos jours, les Administrateurs ne donnent leur approbation à aucun jeu nouveau à moins qu'il ne puisse être démontré qu'il exige au moins autant d'accessoires que le plus compliqué des jeux existants. – Il s'interrompit. – Voilà un petit groupe charmant, dit-il, tendant le doigt.

Dans un creux herbeux entre deux hautes masses de bruyères méditerranéennes, deux enfants, un petit garçon d'environ sept ans et une petite fille qui pouvait avoir un an de plus, s'amusaient, fort gravement et avec toute l'attention concentrée de savants plongés dans un travail de découverte, à un jeu sexuel rudimentaire.

— Charmant, charmant ! répéta sentimentalement le D.I.C.

— Charmant, dirent poliment les jeunes gens pour marquer leur accord.

Mais leur sourire était un peu protecteur. Il y avait trop peu de temps qu'ils avaient mis au rancart les amusements enfantins de ce genre, pour qu'ils pussent les contempler maintenant sans une pointe de mépris. « Charmant ? » Mais ce n'était qu'un couple de mioches prenant leurs ébats ; rien de plus. Des mioches, tout bonnement.

— J'ai toujours l'impression…, continuait le Directeur, du même ton un peu sentimental, lorsqu'il fut interrompu par des hou-hou-hou vigoureux.

D'un buisson voisin sortit une infirmière, tenant par la main un petit garçon qui hurlait tout en marchant. Une petite fille lui trottait sur les talons avec un air inquiet.

— Qu'est-ce qu'il y a ? demanda le Directeur.

L'infirmière haussa les épaules.

— Pas grand-chose, répondit-elle. C'est tout simplement ce petit garçon qui ne semble guère disposé à prendre part aux jeux érotiques ordinaires. Je l'avais déjà remarqué précédemment une fois ou deux. Et voilà qu'il recommence aujourd'hui. Il vient de se mettre à hurler…

— Je vous assure, interrompit la petite fille à l'air inquiet, que je n'avais pas l'intention de lui faire mal, en aucune manière. Je vous assure…

— Cela va de soi, ma mignonne, dit l'infirmière d'un ton rassurant. – De sorte que, reprit-elle, s'adressant de nouveau au Directeur, je l'emmène chez le Surveillant Adjoint de Psychologie. Simplement pour voir s'il n'y a pas quelque chose d'anormal.

— C'est très bien, dit le Directeur. Menez-le chez le Surveillant. – Toi, tu vas rester ici, petite, ajouta-t-il, comme l'infirmière s'éloignait avec le sujet, toujours hurlant, confié à ses soins. Comment t'appelles-tu ?

— Polly Trotsky.

— C'est un nom excellent, ma foi, dit le Directeur. Sauve-toi maintenant, et va voir si tu peux trouver un autre petit garçon pour jouer avec toi.

L'enfant s'enfuit en bondissant parmi les buissons, et fut bientôt hors de vue.

— Quelle petite créature exquise ! dit le Directeur, la suivant des yeux. Puis, se tournant vers ses étudiants : Ce que je vais vous exposer à présent, dit-il, pourra vous sembler incroyable. Mais aussi, quand on n'a pas l'habitude de l'histoire, la plupart des faits relatifs au passé semblent effectivement incroyables.

Il révéla l'ahurissante vérité. Pendant une très longue période avant l'époque de Notre Ford, et même au cours de quelques générations postérieures, les jeux érotiques entre enfants avaient été considérés comme anormaux (il y eut un éclat de rire) ; et non pas seulement comme anormaux, mais comme positivement immoraux (non !) ; et ils avaient, en conséquence, été rigoureusement réprimés.

Le visage de ses auditeurs prit un air d'incrédulité étonnée. Quoi, les pauvres petits gosses n'avaient pas le droit de s'amuser ? Ils ne parvenaient pas à le croire.

— Les adolescents mêmes, disait le D.I.C., les adolescents comme vous.

— Ce n'est pas possible !

— À part un peu d'auto-érotisme et d'homosexualité, pratiqués en cachette – absolument rien.

— *Rien ?*

— Dans la plupart des cas, jusqu'à ce qu'ils eussent plus de vingt ans.

— Vingt ans ? firent les étudiants en écho, en un chœur bruyant de scepticisme.

— Vingt ans, répéta le Directeur. Je vous ai dit que vous trouveriez cela incroyable.

— Mais qu'arrivait-il? demandèrent-ils. Quels étaient les résultats ?

— Les résultats étaient terribles.

Une voix profonde et sonore s'interposa dans le dialogue et les fit sursauter.

Ils se retournèrent. Sur le bord du petit groupe se tenait un étranger – un homme de taille moyenne, aux cheveux noirs, au nez crochu, aux lèvres rouges et charnues, aux yeux très sombres et perçants.

— Terribles, répéta-t-il.

Le D.I.C. s'était à ce moment assis sur l'un des bancs d'acier caoutchouté qui étaient commodément disséminés parmi les jardins ; mais, à la vue de l'étranger, il se remit debout d'un bond, et se précipita en avant, les mains tendues, souriant avec effusion de toutes ses dents.

— Monsieur l'Administrateur ! Quel plaisir inattendu ! Mes amis, à quoi pensez-vous donc ? Voici l'Administrateur, voici sa Forderie Mustapha Menier.

Dans les quatre mille pièces du Centre, les quatre mille pendules électriques sonnèrent simultanément quatre heures. Des voix désincarnées retentirent, sortant des pavillons des haut-parleurs.

« Repos pour l'équipe principale de jour ! Pour la deuxième équipe de jour, au travail ! Repos pour l'équipe principale de… »

Dans l'ascenseur, montant aux vestiaires, Henry Foster et le Directeur Adjoint de la Prédestination tournèrent le dos avec assez d'intention à Bernard Marx, du Bureau de Psychologie : ils se détournèrent de cette réputation désagréable.

Le ronflement et le fracas léger des machines agitait toujours l'air cramoisi du Dépôt des Embryons. Les équipes avaient beau aller et venir, un visage couleur de lupus faisait place à un autre ; majestueusement, à jamais, les transporteurs continuaient leur marche lente avec leur chargement d'hommes et de femmes à venir.

Lenina Crowne se dirigea d'un bon pas vers la porte.

Sa Forderie Mustapha Menier ! Les yeux des étudiants qui le saluèrent saillirent presque hors de leur tête. Mustapha Menier ! L'Administrateur Résident de l'Europe Occidentale ! L'un des Dix Administrateurs Mondiaux ! L'un des Dix… et il s'asseyait sur le banc avec le D.I.C., il fallait rester là, oui, rester et leur parler effectivement… Le savoir allait leur venir droit de la source. Droit de la bouche même de Ford !

Deux enfants à la peau brune comme des crevettes sortirent d'une touffe voisine de buissons, les contemplèrent un instant de leurs yeux écarquillés d'étonnement, puis retournèrent à leurs amusements parmi le feuillage.

— Vous vous souvenez tous, dit l'Administrateur, de sa voix forte et profonde, vous vous souvenez tous, je le suppose, de cette belle parole inspirée de Notre Ford : « L'Histoire, c'est de la blague. » L'histoire, répéta-t-il lentement, c'est de la blague.

Il brandit la main ; et l'on eût dit que, d'un coup d'un invisible plumeau, il avait chassé un peu de poussière, et la poussière, c'était Harappa, c'était Ur en Chaldée ; quelques toiles d'araignée, qui étaient Thèbes et Babylone, Cnossos et Mycènes. Un coup de plumeau, un autre – et où donc était Ulysse, où était Job, où étaient Jupiter et Gotama, et Jésus ? Un coup de plumeau – et ces taches de boue antique qu'on appelait Athènes et Rome, Jérusalem et l'Empire du Milieu, toutes avaient disparu. Un coup de plumeau, – l'endroit où avait été l'Italie était vide. Un coup de plumeau, – enfuies, les cathédrales ; un coup de plumeau, un autre, – anéantis, *le Roi Lear* et les *Pensées* de Pascal. Un coup de plumeau, – disparue la Passion ; un coup de plumeau, – mort le *Requiem ;* un coup de plumeau, – finie la *Symphonie ;* un coup de plumeau…

— Vous allez au Cinéma Sentant ce soir, Henry ? s'informa le Prédestinateur Adjoint. J'ai entendu dire que le nouveau film de l'Alhambra est de premier ordre. Il y a une scène d'amour sur un tapis en peau d'ours ; on dit que c'est merveilleux. Chacun des poils de l'ours est reproduit. Les effets tactiles les plus étonnants…

— Voilà pourquoi l'on ne vous enseigne pas d'histoire, disait l'Administrateur. Mais, à présent, le moment est venu…

Le D.I.C. le regarda avec nervosité. Il courait des rumeurs étranges au sujet de vieux livres interdits, cachés dans un coffre-fort du bureau de l'Administrateur. Des Bibles, de la poésie – Ford seul savait quoi.

Mustapha Menier intercepta son regard inquiet, et les commissures de ses lèvres rouges eurent une contraction ironique.

— Ça va bien, mon cher Directeur, dit-il d'un ton de raillerie légère, je ne les corromprai pas.

Le D.I.C. fut éperdu de confusion.

Ceux qui se sentent méprisés font bien de prendre un air méprisant. Le sourire qui monta au visage de Bernard Marx était plein de mépris. « Chacun des poils de l'ours, en vérité ! »

— Certes, j'aurai soin d'y aller, dit Henry Foster.

Mustapha Menier se pencha en avant, brandit devant eux son doigt tendu :

— Essayez de vous rendre compte, dit-il, et sa voix leur causa un frémissement étrange dans la région du diaphragme. – Essayez de vous rendre compte de ce que c'était que d'avoir une mère vivipare.

De nouveau, ce mot ordurier. Mais aucun d'eux ne songea, cette fois, à sourire.

— Essayez de vous imaginer ce que signifiait : « Vivre dans sa famille. »

Ils essayèrent ; mais manifestement sans le moindre succès.

— Et savez-vous ce qu'était un « foyer » ?

Ils secouèrent la tête.

Quittant la pénombre rouge de son sous-sol, Lenina Crowne fit brusquement l'ascension de dix-sept étages, tourna à droite en sortant de l'ascenseur, enfila un long couloir, et, ouvrant une porte marquée *Vestiaires des Dames,* plongea dans un chaos assourdissant de bras, de poitrines, et de dessous. Des torrents d'eau chaude remplissaient en les éclaboussant cent baignoires, ou s'en écoulaient avec un bruit de glouglous. Ronflant et aspirant, quatre-vingts appareils de vibromassage par le vide étaient simultanément en train de pétrir et de sucer la chair ferme et hâlée de quatre-vingts exemplaires superbes d'humanité féminine. Chacune d'elles parlait à pleine voix. Une Machine à Musique synthétique roucoulait un solo de super-cornet à pistons.

— Tiens, Fanny ! dit Lenina à la jeune femme qui avait les patères et le casier contigus aux siens.

Fanny travaillait dans la Salle de Mise en Flacons, et son nom de famille était également Crowne. Mais comme les deux mille millions d'habitants de la planète n'avaient pour eux tous que deux mille noms, la coïncidence n'avait rien de particulièrement surprenant.

Lenina tira sur les fermetures éclair – vers le bas, sur la tunique, vers le bas, d'un geste des deux mains, sur les deux qui maintenaient le pantalon, vers le bas ; encore une fois, pour dégager son vêtement de dessous. Gardant toujours ses souliers et ses bas, elle se dirigea vers les salles de bains.

— Le foyer, la maison, quelques pièces exiguës, dans lesquelles habitaient, tassés à s'y étouffer, un homme, une femme périodiquement grosse, une marmaille, garçons et filles, de tous âges. Pas d'air, pas d'espace ; une prison insuffisamment stérilisée ; l'obscurité, la maladie et les odeurs.

(L'évocation présentée par l'Administrateur était si vivante que l'un des jeunes gens, plus sensible que les autres, fut pris de pâleur, rien qu'à la description, et fut sur le point d'avoir la nausée.)

Lenina sortit du bain, s'essuya avec la serviette, saisit un long tube flexible raccordé à un ajutage ménagé dans le mur, s'en présenta l'embouchure devant la poitrine, comme si elle voulait se suicider, appuya sur la gâchette. Une bouffée d'air tiédi la saupoudra de talc le plus fin. Il y avait une distribution de huit parfums différents et d'eau de Cologne au moyen de petits robinets, au-dessus de la cuvette du lavabo. Elle ouvrit le troisième à partir de la gauche, s'imprégna de chypre, et, portant à la main ses bas et ses souliers, sortit pour voir si l'un des appareils de vibromassage par le vide était libre.

— Et le foyer était aussi malpropre psychiquement que physiquement. Psychiquement, c'était un terrier à lapins, une fosse à purin, échauffé par les frottements de la vie qui s'y entassait, et tout fumant des émotions qui s'y exhalaient. Quelles intimités suffocantes, quelles relations dangereuses, insensées, obscènes, entre les membres du groupe familial ! Pareille à une folle furieuse, la mère couvait ses enfants *(ses* enfants)… elle les couvait comme une chatte, ses petits… mais comme une chatte qui parle, une chatte qui sait dire et redire mainte et mainte fois : « Mon bébé, mon bébé !… Mon bébé », et puis : « Oh ! oh ! sur mon sein, les petites mains – cette faim, et ce plaisir indiciblement douloureux ! Jusqu'à ce qu'enfin mon bébé s'endorme, que mon bébé s'endorme, une bulle de lait blanc au coin de sa bouche ! Mon petit bébé dort… » Oui, dit Mustapha Menier, hochant la tête, c'est à juste titre que vous pouvez frémir.

— Avec qui sortez-vous ce soir ? demanda Lenina, revenant de son vibromassage comme une perle illuminée de l'intérieur, rose et luisante.

— Avec personne.

Lenina arqua les sourcils d'étonnement.

— Voilà quelque temps que je ne me sens pas très bien, expliqua Fanny. Le Docteur Wells m'a conseillé de prendre un Succédané de Grossesse.

— Mais, ma petite, vous n'avez que dix-neuf ans. Le premier Succédané de Grossesse n'est obligatoire qu'à vingt et un ans.

— Je le sais, ma petite. Mais il y a des gens qui se portent mieux en commençant plus tôt. Le Docteur Wells m'a dit que les brunes au pelvis large, comme moi, devraient prendre leur premier Succédané de Grossesse à dix-sept ans. De sorte qu'en réalité je suis en retard, et non pas en avance, de deux ans.

Elle ouvrit la porte de son casier, et montra du doigt la rangée de boîtes et de fioles étiquetées qui s'alignaient sur le rayon supérieur.

— SIROP DE CORPUS LUTEUM – Lenina lut les noms à haute voix : OVARINE GARANTIE FRAÎCHE : NE DOIT PAS ÊTRE UTILISÉE PLUS TARD QUE LE 1er AOÛT DE L'ANNÉE DE N.F.632. – EXTRAIT DE GLANDE MAMMAIRE : À PRENDRE TROIS FOIS PAR JOUR, AVANT LES REPAS. AVEC UN PEU D'EAU – PLACENTINE POUR INJECTIONS INTRAVEINEUSES À DOSE DE 5 CC TOUS LES TROIS

JOURS… Pouah ! fit Lenina avec un frisson, comme je déteste ça, les intraveineuses ! Et vous ?

— Moi aussi. Mais quand elles vous font du bien…

Fanny était une jeune fille particulièrement raisonnable.

Notre Ford – ou notre Freud, comme, pour quelque raison impénétrable, il lui plaisait de s'appeler chaque fois qu'il parlait de questions psychologiques –, notre Freud avait été le premier à révéler les dangers épouvantables de la vie de famille. Le monde était plein de pères, et était par conséquent plein de misère ; plein de mères, et par conséquent de toute espèce de perversions, depuis le sadisme jusqu'à la chasteté ; pleins de frères, de sœurs, d'oncles, de tantes – plein de folie et de suicide.

— Et pourtant, chez les sauvages de Samoa, dans certaines îles de la côte de la Nouvelle-Guinée…

Le soleil tropical enveloppait comme de miel tiède les corps nus d'enfants s'ébattant en commun parmi les fleurs d'hibiscus. Le foyer, c'était n'importe laquelle des vingt maisons au toit de palmes. Dans les Îles Trobriand, la conception était l'œuvre des esprits ancestraux ; personne n'avait jamais entendu parler d'un père.

— Les extrêmes, dit l'Administrateur, se touchent, pour l'excellente raison qu'on les a amenés à se toucher.

— Le Docteur Wells prétend que trois mois de traitement de Succédané de Grossesse subis maintenant, cela fera une différence énorme à ma santé, pour les trois ou quatre années à venir.

— Eh bien, j'espère qu'il a raison, dit Lenina. Mais, Fanny, entendez-vous réellement dire que, pendant les trois mois à venir, vous êtes censée ne pas…?

— Oh ! non, ma petite. Rien qu'une semaine ou deux, pas davantage. Je passerai la soirée au Club, à jouer au Bridge Musical. Vous sortez, vous, je suppose ?

Lenina fit oui d'un signe de tête.

— Avec qui ?

— Henry Foster.

— Encore ? – Le visage de Fanny, plutôt rond et plein de bonté, prit une expression incongrue d'étonnement peiné et désapprobateur. – Vous voulez vraiment me dire que vous sortez *encore toujours* avec Henry Foster ?

Des mères et des pères, des frères et des sœurs. Mais il y avait aussi des maris, des épouses, des amants. Il y avait aussi la monogamie et les sentiments romanesques.

— Bien que, probablement, vous ne sachiez pas ce que c'est que tout cela, dit Mustapha Menier.

Ils hochèrent la tète en dénégation.

La famille, la monogamie, le romanesque. Partout le sentiment de l'exclusif, partout la concentration de l'intérêt sur un seul sujet, une étroite canalisation des impulsions et de l'énergie.

— Mais chacun appartient à tous les autres, dit-il en conclusion, citant le proverbe hypnopédique.

Les étudiants acquiescèrent d'un signe de tête, marquant vigoureusement leur accord sur une affirmation que plus de soixante-deux mille répétitions leur avaient fait accepter, non pas simplement comme vraie, mais comme axiomatique, évidente en soi, totalement indiscutable.

— Mais après tout, protestait Lenina, il n'y a guère qu'environ quatre mois que j'ai Henry.

— *Que* quatre mois ! Ça me plaît ! Et, de plus, continua Fanny, pointant vers elle un doigt accusateur, il n'y a eu personne, en dehors de Henry, pendant tout ce temps. N'est-ce pas ?

Lenina devint rouge écarlate ; mais ses yeux, le ton de sa voix, demeurèrent pleins de défi.

— Non, il n'y a eu personne d'autre, répondit-elle presque avec colère. Et je ne vois vraiment pas pourquoi il aurait dû y en avoir.

— Ah ! elle ne voit vraiment pas pourquoi il aurait dû y en avoir, répéta Fanny, comme si elle s'adressait à un auditeur invisible derrière l'épaule gauche de Lenina. Puis, changeant soudain de ton : Mais sérieusement, dit-elle, je trouve véritablement que vous devriez faire attention. C'est si affreusement mal porté de se conduire comme ça avec un seul homme. À quarante ans, ou trente-cinq, ce ne serait pas si mal. Mais à *votre* âge, Lenina ! Non, vraiment, ça ne se fait pas. Et vous savez combien le D.I.C. est opposé à tout ce qui est intense ou qui traîne en longueur. Quatre mois avec Henry Foster, sans avoir un autre homme, mais il serait furieux s'il le savait…

— Représentez-vous de l'eau sous pression dans un tuyau. – Ils se la représentèrent. – Je le perce une fois, dit l'Administrateur. Quel jet !

Il le perça vingt fois. Il y eut vingt petits jets d'eau mesquins.

« Mon bébé ! Mon bébé ! »

« Maman ! » La folie est contagieuse.

« Mon amour, mon petit, mon seul petit, mon trésor, mon trésor… »

Mère, monogamie, romanesque. La fontaine gicle bien haut ; le jet est impétueux et blanc d'écume.

L'ardeur n'a qu'une seule issue. Mon amour, mon bébé. Rien d'étonnant à ce que ces pauvres prémodernes fussent fous, méchants et misérables. Leur monde ne leur permettait pas de prendre les choses légèrement, ne leur permettrait pas d'être sains d'esprit, vertueux, heureux. Avec leurs mères et leurs amants, avec leurs prohibitions pour le respect desquelles ils n'étaient pas conditionnés, avec leurs tentations et leurs remords solitaires, avec toutes leurs maladies et leur douleur qui les isolait sans fin, avec leurs incertitudes et leur pauvreté, ils étaient contraints de ressentir fortement les choses. Et, les ressentant fortement (et fortement, qui plus est, en solitude, dans l'isolement désespérément individuel), comment pouvaient-ils être stables ?

— Bien entendu, il n'est pas nécessaire de le lâcher. Prenez-en un autre de temps en temps, voilà tout. Il a d'autres femmes, lui, n'est-ce pas ?

Lenina en convint.

— Cela va de soi. Vous pouvez compter sur Henry Foster pour agir toujours en parfait galant homme, pour être toujours correct. Et puis, il faut songer au Directeur. Vous savez comme il attache de l'importance…

Faisant un signe de tête affirmatif :

— Il m'a donné une tape sur le derrière cet après-midi, dit Lenina.

— Là, vous voyez bien ! – Fanny avait pris un ton de triomphe. – Cela vous montre bien quelles sont ses idées : le respect le plus strict des conventions.

— La stabilité, dit l'Administrateur, la stabilité. Pas de civilisation sans stabilité sociale. Pas de stabilité sociale sans stabilité individuelle.

Sa voix était une trompette. L'écoutant, ils se sentaient plus grands, plus réchauffés.

La machine tourne, tourne, et doit continuer à tourner, à jamais. C'est la mort si elle s'arrête. Ils étaient mille millions à gratter la croûte de la terre. Les rouages commencèrent à tourner. Au bout de cent cinquante ans ils étaient deux mille millions. Arrêt de tous les rouages. Au bout de cent cinquante semaines, ils ne sont plus, de nouveau, que mille millions ; mille milliers de milliers d'hommes et de femmes sont morts de faim.

Il faut que les rouages tournent régulièrement, mais ils ne peuvent tourner sans qu'on en ait soin. Il faut qu'il y ait des hommes pour les soigner, aussi constants que les rouages sur leurs axes, des hommes sains d'esprit, stables dans leur satisfaction.

Criant : « Mon bébé, – ma mère, – mon seul, mon unique amour » ; gémissant : « Mon péché, mon Dieu terrible » ; hurlant de douleur, marmottant de fièvre, geignant sur la vieillesse et la pauvreté, comment peuvent-ils soigner les rouages ? Et s'ils ne peuvent pas soigner les rouages… Il serait difficile d'enterrer ou de brûler les cadavres de mille milliers de milliers d'hommes et de femmes.

— Et après tout, le ton de voix de Fanny s'était fait câlin, ce n'est pas comme s'il y avait quelque chose de douloureux ou de désagréable dans le fait d'avoir un ou deux hommes en dehors de Henry. Et, dans ces conditions, vous devriez vraiment être un peu plus accessible à tous…

— La stabilité, insista l'Administrateur, la stabilité. Le besoin fondamental et ultime. La stabilité. D'où : tout ceci…

D'un geste de la main il indiqua les jardins, l'énorme bâtiment du Centre de Conditionnement, les enfants nus cachés dans les buissons ou courant sur les gazons.

Lenina hocha la tête :

— Je ne sais pas comment cela se fait, dit-elle, musant, mais voilà quelque temps que je ne me sens pas beaucoup de goût pour être… accessible à tous. Il y a des moments où l'on ne s'en sent pas… N'avez-vous pas éprouvé cela, vous aussi, Fanny ?

Fanny exprima d'un signe de tête sa sympathie et sa compréhension.

— Mais il faut faire l'effort nécessaire, dit-elle d'un ton sentencieux, il faut se conduire proprement. Après tout, chacun appartient à tous les autres.

— Oui, chacun appartient à tous les autres… – Lenina répéta lentement la formule, et, soupirant, se tut un instant ; puis, prenant la main de Fanny, elle la pressa doucement : Vous avez tout à fait raison, Fanny. Comme d'habitude. Je ferai l'effort qu'il faut.

Réprimée, l'impulsion déborde, et le flot répandu, c'est le sentiment ; le flot répandu, c'est la passion ; le flot répandu, c'est la folie même : cela dépend de la force du courant, de la hauteur et de la résistance du barrage. Le ruisseau sans obstacle coule tout uniment le long des canaux qui lui ont été destinés, vers une calme euphorie. (L'embryon a faim ; d'un bout du jour à l'autre, la pompe à pseudo-sang fait sans arrêt ses huit cents tours à la minute. Le bébé décanté hurle ; immédiatement, une infirmière paraît avec un biberon de sécrétion externe. Le sentiment est aux aguets pendant cet intervalle de temps qui sépare le désir de sa satisfaction. Réduisez cet intervalle, abattez tous ces vieux barrages inutiles.)

— Heureux jeunes gens ! dit l'Administrateur. Nulle peine n'a été épargnée pour rendre votre vie émotivement facile, pour vous préserver, pour autant que la chose soit possible, de ressentir même des émotions.

« Ford est dans son tacot, murmura le D.I.C., tout va bien par le monde[1]. »

— Lenina Crowne ? dit Henry Foster, répétant en écho la question posée par le Prédestinateur Adjoint pendant qu'il rattachait la fermeture éclair de son pantalon. Oh ! C'est une fille magnifique. Merveilleusement pneumatique. Je m'étonne que vous ne l'ayez pas eue.

— Je ne sais pas comment cela se fait, dit le Prédestinateur Adjoint. Je l'aurai certainement… À la première occasion.

De sa place, de l'autre côté de la même travée du vestiaire, Bernard Marx surprit ce qu'ils disaient, et pâlit.

1. Le texte anglais est une parodie audacieuse d'un vers célèbre de Browning : nous nous sommes efforcés d'y produire le même effet de surprise. *(N. d. T.)*

— Puis, à vrai dire, fit Lenina, je commence à ressentir une pointe d'ennui, à n'avoir personne que Henry tous les jours. – Elle enfila son bas gauche. – Connaissez-vous Bernard Marx ? demanda-t-elle d'un ton dont le détachement excessif était évidemment forcé.

Fanny parut avoir un sursaut de surprise :

— Vous ne prétendez pas ?...

— Pourquoi pas ? Bernard est un Alpha-Plus. D'ailleurs, il m'a invitée à aller avec lui dans l'une des Réserves à Sauvages. J'ai toujours désiré voir une Réserve à Sauvages.

— Mais sa réputation ?

— Que m'importe sa réputation ?

— On dit qu'il n'aime pas le Golf-Obstacles.

— On dit, on dit..., railla Lenina.

— Et puis, il passe la plus grande partie de son temps tout seul... *seul*... – Il y avait de l'horreur dans la voix de Fanny.

— Eh bien, il ne sera pas seul quand il sera avec moi. Et, au surplus, pourquoi les gens sont-ils si désagréables à son égard ? Moi, je le trouve plutôt gentil.

Elle se sourit à elle-même ; comme il avait été ridiculement timide ! Quasiment effarouché, comme si elle était un Administrateur Mondial, et, lui, un surveillant de machines Gamma-Moins.

— Considérez votre propre existence, dit Mustapha Menier. Quelqu'un d'entre vous a-t-il jamais rencontré un obstacle insurmontable ?

La question reçut, en réponse, un silence négatif.

— Quelqu'un d'entre vous a-t-il été forcé de subir un long intervalle de temps, entre la conscience d'un désir et sa satisfaction ?

— Eh bien…, commença l'un des jeunes gens, puis il hésita.

— Parlez, dit le D.I.C. Ne faites pas attendre Sa Forderie.

— Une fois, il m'a fallu attendre près de quatre semaines qu'une jeune fille que je désirais me permît de la prendre.

— Et vous avez ressenti, en conséquence, une forte émotion ?

— C'était horrible !

— Horrible… précisément, dit l'Administrateur. Nos ancêtres étaient si bêtes et avaient la vue si courte que, lorsque les premiers réformateurs vinrent leur offrir de les délivrer de ces émotions horribles, ils refusèrent d'avoir aucun rapport avec eux.

« Ils parlent d'elle comme si elle était un morceau de viande. » Bernard grinça des dents : « Je l'ai eue par-ci, je l'aie eue par-là ! Comme du mouton ! Ils la dégradent au rang d'une quantité équivalente de mouton ! Elle m'a dit qu'elle y réfléchirait, elle a dit qu'elle me rendrait réponse cette semaine. Oh, Ford, Ford, Ford ! » – Il aurait eu plaisir à marcher sur eux et à leur taper sur la figure, à taper dur, à coups redoublés.

— Oui, je vous conseille vraiment de l'essayer, disait Henry Foster.

— Prenez le cas de l'Ectogenèse. Pfitzner et Kawaguchi en avaient élaboré la théorie complète. Mais les Gouvernements daignèrent-ils y jeter un regard ? Non.

Il y avait quelque chose qui s'appelait le Christianisme. Il fallut que les femmes continuassent à être vivipares.

— Il est si laid ! dit Fanny.

— Mais il a un air qui me plaît plutôt.

— Et puis, si petit ! Fanny fit la grimace ; la petitesse était une chose si horriblement, si typiquement propre aux castes inférieures.

— Moi, je le trouve plutôt gentil, dit Lenina. On éprouve l'envie de le câliner. Vous savez bien. Comme un chat.

Fanny fut scandalisée.

— On dit que quelqu'un s'est trompé quand il était encore en flacon, qu'on a cru qu'il était un Gamma, et qu'on a mis de l'alcool dans son pseudo-sang. Voilà pourquoi il est si rabougri.

— Quelle bêtise !

Lenina fut indignée.

— L'enseignement par le sommeil fut effectivement interdit en Angleterre. Il y avait quelque chose qui s'appelait le libéralisme. Le Parlement, si vous savez ce qu'on entendait par là, vota une loi l'interdisant. On a conservé les dossiers de l'affaire. Des discours sur la liberté du sujet. La liberté de n'être bon à rien et d'être misérable. La liberté d'être une cheville ronde dans un trou carré.

— Mais, mon vieux, c'est de bon cœur, je vous assure. C'est de bon cœur… – Henry Foster donna une tape sur l'épaule du Prédestinateur Adjoint. – Chacun appartient à tous les autres, après tout.

« Cent répétitions, trois nuits par semaine, pendant quatre ans », songea Bernard Marx, qui était spécialiste en hypnopédie. « Soixante-deux mille quatre cents répétitions font une vérité. Quels idiots ! »

— Ou bien le système des Castes. Constamment proposé, constamment rejeté. Il y avait quelque chose qui s'appelait la démocratie. Comme si les hommes étaient égaux autrement que physico-chimiquement !...

— Eh bien, tout ce que je peux dire, c'est que je vais accepter son invitation.

Bernard les détestait, les détestait. Mais ils étaient deux, ils étaient grands, ils étaient forts.

— La Guerre de Neuf Ans commença en l'an 141 de N.F.

— Pas même si c'était vrai, cette histoire d'alcool dans son pseudo-sang...

— Le phosgène, la chloropicrine, l'iodo-acétate d'éthyle, la diphénylcyanarsine, le chloroformiate de trichlorméthyle, le sulfure de dichloréthyle. Sans parler de l'acide cyanhydrique.

— Chose que je me refuse tout bonnement à croire, dit Lenina pour conclure.

— Le bruit de quatorze mille avions s'avançant en ordre de bataille. Mais dans le Kurfürstendamm et dans le Huitième Arrondissement, l'explosion des bombes à anthrax est à peine plus bruyante que l'éclatement d'un sac en papier.

— Parce que j'ai vraiment envie de voir une Réserve à Sauvages.

— $CH_3C_6H_2(N0_2)3 + Hg(CNO)_3$ = Quoi, en somme ? Un énorme trou dans le sol, un amas de maçonnerie, quelques fragments de chair et de mucus, un pied encore chargé de sa chaussure, volant en l'air et retombant – flac – au milieu des géraniums, des géraniums écarlates ; quel spectacle splendide, cet été-là !

— Vous êtes incorrigible, Lenina, je renonce à m'occuper de vous.

— La technique russe, pour contaminer les approvisionnements, était particulièrement ingénieuse.

Se tournant le dos, Fanny et Lenina continuèrent en silence à changer de vêtements.

— La guerre de Neuf Ans, le Grand Effondrement Économique. Il y avait le choix entre l'Administration Mondiale et la destruction. Entre la stabilité et…

— Fanny Crowne aussi est une jeune fille gentille, dit le Prédestinateur Adjoint.

Dans les pouponnières, la leçon Élémentaire de Sentiment des Classes Sociales était terminée ; les voix adaptaient la demande future à la future offre industrielle : « Comme j'aime à voler en avion, murmuraient-elles, comme j'aime à voler en avion, comme j'aime à avoir des vêtements neufs, comme j'aime à… »

— Le libéralisme, bien entendu, avait péri sous l'anthrax, mais malgré tout, on ne pouvait pas accomplir les choses par la violence.

— Elle est loin d'être aussi pneumatique que Lenina. Oh ! Très loin !

« Mais les vieux habits sont affreux, continuait l'infatigable murmure. Nous jetons toujours les vieux habits. Mieux vaut finir qu'entretenir, mieux vaut finir… »

— Pour gouverner, il s'agit de siéger, et non pas d'assiéger. On gouverne avec le cerveau et avec les fesses, jamais avec les poings. Par exemple, il y eut le régime de la consolation obligatoire…

— Voilà, je suis prête, dit Lenina ; mais Fanny continuait à demeurer muette et à lui tourner le dos. – Faisons la paix, ma petite Fanny.

— Chaque homme, chaque femme et chaque enfant avait l'obligation de consommer tant par an. Dans l'intérêt de l'industrie. Le résultat…

« Mieux vaut finir qu'entretenir. Plus on reprise, moins on se grise ; plus on reprise… »

— Un de ces jours, dit Fanny, en appuyant tristement, il vous arrivera une sale histoire.

— L'objection de conscience sur une échelle énorme. N'importe quoi – pour ne pas consommer. Le retour à la nature…

« Comme j'aime à voler en avion, comme j'aime à voler en avion. »

— Le retour à la culture. Oui, vraiment, à la culture. On ne peut pas consommer grand-chose si l'on reste tranquillement assis à lire des livres.

— Est-ce que je suis bien, comme ça ? demanda Lenina. – Sa tunique était de drap vert bouteille à l'acétate, avec de la fourrure verte à la viscose aux manchettes et au col.

— Huit cents pratiquants de la Vie Simple furent fauchés par des mitrailleuses à Golders Green.

« Mieux vaut finir qu'entretenir, mieux vaut finir qu'entretenir. »

Une culotte courte en velours vert à côtes, et des bas blancs de laine à la viscose rabattus sous le genou.

— Puis il y eut le célèbre Massacre du British Museum. Deux mille fanatiques de culture gazés avec du sulfure de dichloréthyle.

Une casquette de jockey verte et blanche protégeait les yeux de Lenina ; ses souliers étaient vert vif et vigoureusement brillants.

— En fin de compte, dit Mustapha Menier, les Administrateurs se rendirent compte de l'inefficacité de la violence. Les méthodes plus lentes, mais infiniment plus sûres, de l'ectogenèse, de conditionnement néo-Pavlovien, et de l'hypnopédie…

Et autour de la taille elle portait une cartouchière verte en pseudo-maroquin à garniture d'argent, bourrée (car Lenina n'était pas une neutre) de préservatifs.

— On utilisa enfin les découvertes de Pfitzner et Kawaguchi. Une propagande intensive contre la reproduction vivipare…

— Épatante ! dit Fanny d'un ton enthousiaste. – Elle ne pouvait jamais résister longtemps au charme de Lenina. – Et quel amour de ceinturon malthusien !

— Accompagnée d'une campagne contre le passé ; de la fermeture des musées ; de la destruction des monuments historiques, que l'on fit sauter (heureusement, la plupart d'entre eux avaient déjà été détruits au cours de la Guerre de Neuf Ans) ; de la suppression de tous les livres publiés avant l'an 150 de N.F.

— Il faut absolument que je m'en procure un pareil, dit Fanny.

— Il y avait des choses du nom de pyramides, par exemple.

— Ma vieille cartouchière en vernis noir…

— Et un homme du nom de Shakespeare. Vous n'en avez jamais entendu parler, naturellement…

— Elle est absolument hideuse, ma vieille cartouchière.

— Tels sont les avantages d'une éducation vraiment scientifique.

« Plus on reprise, moins on se grise ; plus on reprise, moins on… »

— L'introduction du premier modèle en T de Notre Ford…

— Il y a près de trois mois que je l'ai.

— Choisie comme date d'origine de l'ère nouvelle.

« Mieux vaut finir qu'entretenir ; mieux vaut finir… »

— Il y avait une chose, comme je l'ai déjà dit, qui s'appelait le Christianisme…

« Mieux vaut finir qu'entretenir… »

— L'éthique et la philosophie de la sous-consommation…

« Comme j'aime à avoir des vêtements neufs ; comme j'aime à avoir des vêtements neufs ; comme j'aime… »

— Absolument essentielles au temps de la sous-production ; mais, dans l'ère des machines et de la fixation de l'azote, véritable crime contre la société…

— C'est Henry Foster qui m'en a fait cadeau.

— On coupa le sommet de toutes les croix pour en faire des T. Il y avait aussi une chose appelée Dieu.

— C'est du véritable pseudo-maroquin.

— À présent, nous avons l'État mondial. Et les Cérémonies du Jour de Ford, et les Chants en Commun, et les Offices de Solidarité.

« Ford ! Comme je les déteste ! » songeait Bernard Marx.

— Il y avait une chose appelée Ciel ; mais ils buvaient néanmoins des quantités énormes d'alcool.

« Comme de la viande, comme autant de viande. »

— Il y avait une chose appelée l'âme, et une chose appelée l'immortalité.

— Demandez donc à Henry où il l'a acheté.

— Mais ils prenaient de la morphine et de la cocaïne…

« Et ce qui rend la chose encore pénible, c'est qu'elle se considère elle-même comme de la viande. »

— Deux mille spécialistes en pharmacologie et en biochimie furent entretenus par l'État en l'an 17 de N.F.

— Il a l'air bigrement renfrogné, dit le Prédestinateur Adjoint, désignant Bernard Marx.

— Six ans après, on le produisait commercialement. Le médicament parfait.

— Faisons-le monter à l'échelle.

— Euphorique, narcotique, agréablement hallucinant.

— Renfrognot, Marx, renfrognot ! – La tape sur l'épaule le fit sursauter, lui fit lever les yeux. C'était cette brute de Henry Foster. – Ce qu'il vous faut, c'est un gramme de *soma.*

— Tous les avantages du Christianisme et de l'alcool : aucun de leurs défauts.

« Ford ! Je voulais le tuer ! » Mais il se contenta de dire : – Non, merci, et de repousser le tube de comprimés qui lui était offert.

— Vous vous offrez un congé hors de la réalité chaque fois que vous en avez envie, et vous revenez sans le moindre mal de tête ni la moindre mythologie.

— Prenez, insista Henry Foster, prenez…

— La stabilité était pour ainsi dire assurée.

— « Avec un centicube, guéris dix sentiments », – dit le Prédestinateur Adjoint, citant une formule de sagesse hypnopédique élémentaire.

— Il ne restait qu'à vaincre la vieillesse.

— Zut ! Vous m'embêtez ! cria Bernard Marx.

— Turlututu.

— Les hormones gonadales, la tranfusion du sang jeune, les sels de magnésium…

— Et souvenez-vous donc qu'un gramme vaut mieux que le « zut » qu'on clame…

Ils sortirent en riant.

— Tous les stigmates physiologiques de la vieillesse ont été abolis. Et avec eux, bien entendu…

— N'oubliez pas de l'interroger au sujet de ce ceinturon malthusien, dit Fanny.

— Avec eux, toutes les particularités mentales du vieillard. Le caractère demeure constant pendant toute la durée de la vie.

« … que je fasse avant la nuit deux tours de Golf-Obstacles. Il faut que je m'envole. »

— Au travail, au jeu, à soixante ans, nos forces et nos goûts sont ce qu'ils étaient à dix-sept ans. Les vieillards, aux mauvais jours anciens, renonçaient, se retiraient, s'abandonnaient à la religion, passaient leur temps à lire, à penser – *à penser !*

« Idiots, cochons ! » se disait Bernard Marx, descendant le couloir vers l'ascenseur.

— À présent – voilà le progrès – les vieillards travaillent, les vieillards pratiquent la copulation, les vieillards n'ont pas un instant, pas un loisir, à arracher au plaisir, pas un moment pour s'asseoir et penser, ou si jamais, par quelque hasard malencontreux, une semblable crevasse dans le temps s'ouvrait béante dans la substance solide de leurs distractions, il y a toujours le *soma,* le *soma* délicieux, un demi-gramme pour un répit d'une demi-journée, un gramme pour un week-end, deux grammes pour une excursion dans l'Orient somptueux, trois pour une sombre éternité sur la lune ; d'où, au retour, ils se trouvent sur l'autre bord de la crevasse, en sécurité sur le sol ferme des distractions et du labeur quotidiens, se précipitant de Cinéma Sentant en Cinéma Sentant, de femme en femme pneumatique, des terrains de Golf-Électro-Magnétique en…

— Va-t'en, petite ! cria le D.I.C. d'un ton irrité. Va-t'en, petit ! Vous ne voyez donc pas que Sa Forderie est occupée ? Allez faire ailleurs vos jeux érotiques.

— Pauvres petits ! dit l'Administrateur.

Lentement, majestueusement, avec un léger bourdonnement de machines, les Transporteurs s'avançaient, à raison de trente-trois centimètres à l'heure. Dans la rouge obscurité, scintillaient d'innombrables rubis.

4

I

L'ASCENSEUR était bondé d'hommes venant des vestiaires des Alphas, et l'entrée de Lenina fut accueillie par nombre de signes de tête et de sourires amicaux. C'était une jeune fille que tout le monde appréciait, et, soit à un moment, soit à un autre, elle avait passé une nuit à peu près avec tous.

C'étaient de gentils garçons, songeait-elle, tandis qu'elle leur rendait leurs saluts. Garçons charmants ! Pourtant, elle eût bien préféré que les oreilles de George Edzel ne fussent pas tout à fait aussi grandes (peut-être lui avait-on donné rien qu'une goutte de parathyroïde en excès au mètre 328 ?). Et, regardant Benito Hoover, elle ne put s'empêcher de se souvenir qu'il était véritablement trop velu quand il ôtait ses vêtements.

Se retournant, les yeux un peu attristés par le souvenir du poil noir et bouclé de Benito, elle aperçut dans un coin le petit corps grêle, le visage mélancolique de Bernard Marx

— Bernard ! – Elle alla à lui : Je vous cherchais. – Sa voix claire domina le bourdonnement de l'ascenseur en mouvement. Les autres se retournèrent avec curiosité. – Je voulais vous parler de notre projet de visite du Nouveau-Mexique… – Du coin de l'œil, elle voyait Benito Hoover que l'étonnement laissait bouche bée. Cela l'agaça. « Il est étonné que je n'aille pas mendier auprès de *lui* le droit de l'accompagner de nouveau ! » dit-elle intérieurement. Puis, à haute voix, et plus chaleureusement que jamais : – Je serais absolument ravie de vous y accompagner pendant huit jours en juillet, reprit-elle. (De toute façon, elle manifestait publiquement son infidélité envers Henry. Il y avait de quoi satisfaire Fanny, bien qu'il s'agît de Bernard.) Du moins – et Lenina lui fit son sourire le plus délicieusement significatif – si vous voulez encore de moi…

Une rougeur empourpra le pâle visage de Bernard. « Pourquoi diable ? » se demanda-t-elle, étonnée, mais en même temps touchée de cet étrange hommage à son pouvoir.

— Ne vaudrait-il pas mieux parler de cela ailleurs ? bredouilla-t-il, d'un air affreusement gêné.

« Comme si j'avais dit quelque chose d'inconvenant, songea Lenina. Il ne pourrait pas avoir l'air plus défait si j'avais dit une obscénité, si je lui avais demandé qui était sa mère, ou quelque chose de ce genre-là. »

— Je veux dire… avec tous ces gens autour de nous… – La confusion lui serrait la gorge.

Le rire de Lenina fut franc et totalement dénué de malveillance :

— Comme vous êtes drôle ! dit-elle ; et, très sincèrement, elle le trouvait drôle. – Vous me préviendrez au moins huit jours à l'avance, n'est-ce pas ? reprit-elle, sur un autre ton. Je suppose que nous prendrons la Fusée Bleue du Pacifique ? Est-ce qu'elle part de la Tour de Charing-T ? Ou bien est-ce de Hampstead ?

Avant que Bernard pût répondre, l'ascenseur arriva à l'arrêt.

— Toit ! cria une voix grinçante.

Le préposé à l'ascenseur était un petit être simiesque, vêtu de la tunique noire d'un Semi-Avorton Epsilon-Moins.

— Toit !

Il ouvrit toutes grandes les portes. La chaleur triomphale du soleil de l'après-midi le fit tressauter et cligner des yeux. « Ah, toit ! » répéta-t-il d'une voix ravie. On eût dit qu'il venait soudain et joyeusement de se réveiller d'une noire stupeur anéantissante. « Toit ! »

Il leva les yeux en souriant vers le visage de ses passagers, d'une espèce d'adoration de chien attendant une caresse. Causant et riant entre eux, ils sortirent sur le toit. Le préposé à l'ascenseur les suivit du regard.

— Toit ? dit-il encore une fois, d'un ton interrogateur.

Puis une sonnerie retentit, et, du plafond de l'ascenseur, un haut-parleur se mit, très doucement et cependant fort impérieusement, à émettre ses commandements.

« Descendre, dit-il, descendre. Dix-huitième étage. Descendre, descendre. Dix-huitième étage. Descendre, descendre… »

Le préposé à l'ascenseur fit claquer les portes, appuya sur un bouton, et retomba immédiatement dans la pénombre bourdonnante de la cage, la pénombre de sa propre stupeur habituelle.

Sur le toit, il faisait chaud et clair. L'après-midi d'été était comme assoupi sous le vrombissement des hélicoptères qui passaient ; et le bourdonnement plus grave des avions-fusées se pressant, invisibles, à travers le ciel lumineux, neuf ou dix kilomètres plus haut, ressemblait à une caresse sur l'air tiédi. Bernard Marx respira bien à fond. Il leva les yeux vers le ciel, faisant le tour de l'horizon bleu, et finalement plongea ses regards dans le visage de Lenina.

— N'est-ce pas qu'il fait beau ! – Sa voix tremblait un peu.

Elle lui adressa un sourire qui exprimait la compréhension la plus sympathique.

— Absolument parfait pour le Golf-Obstacles, répondit-elle avec ravissement. Et maintenant, il faut que je m'envole, Bernard. Henry se fâche si je le fais attendre… Prévenez-moi à temps de la date…

Et, agitant la main, elle s'éloigna en courant, traversant le vaste toit plat vers les hangars.

Bernard resta là, à contempler le scintillement de plus en plus lointain des bas blancs, les genoux hâlés se courbant et se retendant avec vivacité, encore, encore, et le roulis plus doux de cette culotte courte en velours à côtes bien ajustée sous la tunique vert bouteille. Il avait sur le visage une expression de douleur.

— Elle est jolie, à mon avis, dit une voix forte et joyeuse juste derrière lui.

Bernard sursauta et tourna la tête. La figure rouge et joufflue de Benito Hoover souriait, rayonnante, vers lui, rayonnante de cordialité manifeste. Benito avait notoirement bon caractère. On disait de lui qu'il aurait pu passer à travers la vie sans jamais prendre un gramme de *soma.* La méchanceté, les accès de mauvaise humeur, auxquels les autres ne pouvaient échapper qu'en prenant des vacances d'oubli, ne l'affligeaient jamais. La réalité, pour Benito, était toujours ensoleillée.

— Et pneumatique, aussi. Et comment ! – Puis, d'un autre ton : – Mais dites donc, continua-t-il, comme vous avez l'air morose ! Ce qu'il vous faut, c'est un gramme de *soma.* – Plongeant la main dans la poche droite de son pantalon, Benito en tira une fiole. – Avec un centicube, guéris dix senti... Non, mais qu'est-ce qu'il y a donc ?

Bernard s'était soudain détourné et enfui.

Benito, les yeux écarquillés, le suivit du regard. « Qu'est-ce qu'il peut bien avoir, cet être-là ? » se demanda-t-il, et, hochant la tête, il décida que cette histoire d'alcool qu'on avait mis dans le pseudo-sang de ce pauvre garçon devait être vraie. « Ça a dû lui toucher le cerveau. »

Il rangea le flacon de *soma,* et, tirant de sa poche un paquet de gomme à mâcher à l'hormone sexuelle, s'en fourra une chique dans la joue, et se dirigea lentement vers les hangars, en ruminant.

Henry Foster avait fait sortir son appareil de son garage, et, quand Lenina arriva, il était déjà assis sur le siège du pilote, à l'attendre.

— Quatre minutes de retard, fit-il pour tout commentaire, tandis qu'elle y grimpait à côté de lui.

Il mit les moteurs en marche, et embraya les hélices d'hélicoptère. L'appareil bondit verticalement en l'air. Henry accéléra ; le vrombissement de l'hélice se fit plus aigu, passant du bruit d'un frelon à celui d'une guêpe, du bruit d'une guêpe à celui d'un moustique ; l'indicateur de vitesse marquait une montée à l'allure de près de deux kilomètres à la minute. Londres se rapetissait au-dessous d'eux. Les énormes constructions à toits plats comme des tables ne furent plus, au bout de quelques secondes, qu'une couche de champignons géométriques surgissant de la verdure des parcs et des jardins. Parmi eux, portée sur une mince tige, un cryptogame plus élevé, plus grêle, la Tour de Charing T, levait vers le ciel un disque de béton brillant.

Semblables à de vagues torses d'athlètes fabuleux, d'énormes nuages charnus flottaient paresseusement sur l'air bleu au-dessus de leur tête. De l'un d'entre eux tomba soudain un petit insecte écarlate, bourdonnant pendant sa chute.

— Voilà la Fusée Rouge, dit Henry, qui arrive tout juste de New York. – Regardant sa montre : – Sept minutes de retard, ajouta-t-il, et il hocha la tête ; ces services de l'Atlantique… ils sont d'un manque de ponctualité vraiment scandaleux !

Il ôta son pied de l'accélérateur. Le ronflement des hélices au-dessus de leur tête tomba d'une octave et demie, repassant en sens inverse par le bruit de la guêpe et du frelon à celui du bourdon, du hanneton, du lucane. La vitesse ascensionnelle de l'appareil diminua ; l'instant d'après, ils étaient suspendus immobiles dans l'air. Henry repoussa un levier ; il y eut un cliquetis. Lentement tout d'abord, puis de plus en plus vite, jusqu'à n'être plus qu'une brume circulaire devant leurs yeux, l'hélice de propulsion qui était devant eux commença à tourner. Le vent d'une vitesse horizontale fit un sifflement encore plus aigu dans les haubans. Henry avait l'œil fixé sur le compteur de tours ; quand l'aiguille pointa sur douze cents, il débraya les hélices d'hélicoptère. L'appareil avait assez de force vive horizontale pour pouvoir voler sur ses ailes.

Lenina regarda par la fenêtre ménagée dans le plancher entre ses pieds. Ils survolaient la zone de six kilomètres de terrain réservé à des parcs qui séparait le Londres Central de sa première ceinture de faubourgs satellites. La verdure était grouillante de vie en raccourci perspectif. Des forêts de tours à Ballatelle Centrifuge luisaient parmi les arbres. Près de Shepherd's Bush, deux mille couples de Bêtas-Moins jouaient au tennis, en doubles mixtes, sur des surfaces de Riemann. Une double rangée de terrains de Pelote-Escalator bordait la grand-route depuis Notting Hill jusqu'à Willesden. Au Stade d'Ealing se donnaient une fête de gymnastique et des Chants en Commun pour Deltas.

— Quelle couleur hideuse que le kaki, observa Lenina, exprimant les préjugés hypnopédiques de sa caste.

Les bâtiments du Studio de Cinéma Sentant de Hounslow couvraient sept hectares et demi. Près de là, une armée de travailleurs en noir et en kaki étaient occupés à revitrifier la surface de la Grande Route Occidentale. On ouvrait l'orifice de coulée de l'un des énormes creusets mobiles au moment où ils le survolaient. La pierre fondue se déversait sur la route en un flot à l'aveuglante incandescence ; les rouleaux compresseurs en amiante allaient et venaient ; à la queue d'une arroseuse thermiquement isolée, la vapeur s'élevait en nuages blancs.

À Brentford, l'usine de la Compagnie Générale de Télévision ressemblait à une petite ville.

— Ils doivent être en train de changer les équipes, dit Lenina.

Tels des aphidiens et des fourmis, les filles Gammas en vert feuille, les Semi-Avortons en noir, se pressaient autour des entrées, ou faisaient la queue pour prendre leur place dans les tramways à monorail. Des Bêtas-Moins couleur de mûre allaient et venaient parmi la foule. Le toit du bâtiment principal était vivant de l'arrivée et du départ des hélicoptères.

— Bigre ! dit Lenina, je suis joliment contente de ne pas être une Gamma.

Dix minutes plus tard ils étaient à Stoke Poges et avaient commencé leur premier tour de Golf-Obstacles.

II

Tenant les yeux la plupart du temps baissés, et, s'ils tombaient par hasard sur un de ses congénères, les détournant immédiatement et furtivement, Bernard se hâta de traverser le toit. Il ressemblait à un homme qui serait poursuivi, mais poursuivi par des ennemis qu'il ne désire pas voir, de peur qu'ils ne lui paraissent encore plus hostiles même qu'il n'avait supposé, et qu'il n'en éprouve une sensation de plus grande culpabilité, et de solitude encore plus abandonnée.

« Cet affreux Benito Hoover ! » Et pourtant, ce garçon avait agi dans une bonne intention, en somme. Ce qui était encore pire, à considérer la chose sous un certain angle. Ceux qui avaient de bonnes intentions se conduisaient de la même manière que ceux qui en avaient de mauvaises. Même Lenina le faisait souffrir. Il se rappela ces semaines d'indécision timide, au cours desquelles il l'avait contemplée, désirée, en désespérant d'avoir jamais le courage de la demander. Oserait-il braver le risque d'être humilié par un refus méprisant ? Mais si elle allait dire oui, quel bonheur délirant ! Et voilà qu'elle l'avait dit, et il était toujours misérable, misérable parce qu'elle avait trouvé que c'était un après-midi si parfait pour le Golf-Obstacles, parce qu'elle s'en était allée, sans plus, rejoindre Henry Foster, parce qu'elle l'avait trouvé drôle de ne pas vouloir parler en public de leurs affaires les plus personnelles. Misérable, en un mot, parce qu'elle s'était conduite comme doit le faire toute jeune Anglaise saine et vertueuse, et non pas de quelque autre manière anormale et extraordinaire.

Il ouvrit la porte de son garage privé et commanda à deux employés Deltas-Moins qui fainéantaient, de venir pousser son appareil sur le toit. Les hangars étaient desservis par un seul Groupe Bokanovsky, et ces hommes étaient jumeaux, identiquement petits, noirs et hideux. Bernard lança ses commandements du ton vif, un peu arrogant et même offensant, de quelqu'un qui ne se sent pas trop assuré de sa supériorité. Avoir affaire à des représentants des classes inférieures était toujours, pour Bernard, une sensation fort pénible. Car, quelle qu'en fût la cause (et il se peut fort bien que les potins qui couraient au sujet de l'alcool dans son pseudo-sang aient été exacts – il arrive toujours des accidents, malgré tout), le physique de Bernard ne valait guère mieux que celui du Gamma moyen. Il avait huit centimètres de moins que la taille réglementaire des Alphas, et était mince en proportion. Le contact avec des représentants des classes inférieures lui rappelait toujours douloureusement cette insuffisance physique. « Je suis moi, et je voudrais bien ne pas l'être », le sentiment du *moi* était, chez lui, vif et désolant. Chaque fois qu'il se trouvait dévisager un Delta, à hauteur de ses yeux, au lieu de baisser le regard, il se sentait humilié. Cet être-là le traiterait-il avec le respect dû à sa caste ? Cette question l'obsédait. Et non sans raison. Car les Gammas, les Deltas, et les Epsilons ont été jusqu'à un certain point conditionnés de façon à associer la masse corporelle avec la supériorité sociale. Certes, un léger préjugé hypnopédique en faveur de la taille était universel. D'où le rire des femmes à qui il faisait des propositions ; les tours que lui jouaient ses égaux parmi les hommes. Sous l'effet de la raillerie, il se sentait un paria, et se sentant un paria, il se conduisait comme tel, ce qui fortifiait le préjugé contre lui et intensifiait le mépris et l'hostilité qu'éveillaient ses défauts physiques. Chose qui, à son tour, accroissait le sentiment qu'il éprouvait d'être étranger et solitaire. Une crainte chronique d'être dédaigné lui faisait éviter ses égaux, lui faisait prendre, à l'égard de ses inférieurs, une attitude pleine de raideur et du sentiment exacerbé de son *moi.* Comme il enviait amèrement des hommes tels que Henry Foster et Benito Hoover ! Des hommes qui n'étaient jamais obligés de s'adresser à un Epsilon en criant pour que leur commandement fût exécuté ; des hommes pour qui leur position était une chose allant de soi ; des hommes qui se mouvaient dans le système des castes comme un poisson dans l'eau, si complètement chez eux qu'ils n'avaient conscience ni d'eux-mêmes ni de l'élément bienfaisant et confortable dans lequel ils avaient leur être.

Avec mollesse, lui sembla-t-il, et à contrecœur, les préposés jumeaux roulèrent son avion depuis le hangar jusque sur le toit.

— Dépêchez-vous ! dit Bernard d'un ton irrité. – L'un d'eux lui lança un regard. Était-ce là une sorte de moquerie bestiale qu'il découvrait dans ces yeux gris et vides ? – Dépêchez-vous ! cria-t-il plus fort, et sa voix avait un timbre désagréablement rauque.

Il se hissa dans son avion, et, au bout d'une minute, il volait en direction du Sud, vers le fleuve.

Les divers Bureaux de Propagande et le Collège des Ingénieurs en Émotion étaient installés dans un même immeuble de soixante étages de Fleet Street. Au sous-sol et aux étages inférieurs se trouvaient les presses et les bureaux des trois grands journaux de Londres, *le Radio Horaire,* feuille pour castes supérieures, *la Gazette des Gammas,* vert pâle, et, sur papier kaki et exclusivement en mots d'une syllabe, *le Miroir des Deltas.* Puis venaient successivement les Bureaux de Propagande par Télévision, par Cinéma Sentant, par la Voix et par la Musique Synthétique, qui occupaient vingt-deux étages. Au-dessus, il y avait les laboratoires d'études et les chambres capitonnées dans lesquelles les Enregistreurs de Sons et les Compositeurs Synthétiques effectuaient leur travail délicat. Les dix-huit étages supérieurs étaient occupés par le Collège des Ingénieurs en Émotion.

Bernard atterrit sur le toit de la Maison de la Propagande, et descendit de son appareil.

— Téléphonez à Mr. Helmholtz Watson, ordonna-t-il au portier Gamma-Plus, et dites-lui que Mr. Bernard Marx l'attend sur le toit.

Il s'assit et alluma une cigarette.

Helmholtz était en train d'écrire quand le message lui parvint.

— Dites-lui que j'y vais tout de suite, dit-il, et il raccrocha le récepteur. – Puis, se tournant vers sa secrétaire : – Je vous laisse le soin de ranger mes affaires, continua-t-il du même ton officiel et impersonnel. – Et feignant de ne pas remarquer son sourire lumineux, il se leva et se dirigea d'un bon pas vers la porte.

C'était un homme puissamment bâti, à la poitrine profonde, large d'épaules, massif, et cependant vif dans ses mouvements, élastique et agile. Le pilier rond et solide de son cou soutenait une tête de forme admirable. Ses cheveux étaient sombres et bouclés, ses traits fortement marqués. Dans son genre vigoureux et accentué, il était beau, et avait bien l'air (comme sa secrétaire ne se lassait jamais de le répéter) d'un Alpha-Plus, jusqu'au dernier centimètre. Il exerçait la profession de maître de conférences au Collège des Ingénieurs en Émotion (Section des Écrits), et dans les intervalles de ses activités éducatives, il était effectivement Ingénieur en Émotion. Il écrivait régulièrement dans *le Radio Horaire,* composait des scénarios de films sentants, et avait le don le plus heureux pour trouver des formules et des versets hypnopédiques.

« Capable, tel était le jugement de ses chefs sur lui. Peut-être (et ils hochaient la tête, ils baissaient significativement la voix) un peu *trop* capable. »

Oui, un peu trop capable ; ils avaient raison. Un excès mental avait produit chez Helmholtz Watson des effets fort analogues à ceux qui, chez Bernard Marx, étaient le résultat d'un défaut physique. Une insuffisance osseuse et musculaire avait isolé Bernard de ses semblables, et le sentiment qu'il avait d'être ainsi à part étant, suivant toutes les normes courantes, un excès mental, devint à son tour une cause de séparation plus accentuée. Ce qui avait donné si désagréablement conscience à Helmholtz d'être lui-même et d'être tout seul, c'était un excès de capacité. Ce que ces deux hommes avaient en commun, c'est la connaissance d'être des individus. Mais tandis que Bernard, le physiquement déficient, avait souffert toute sa vie de la conscience d'être à part, c'est seulement tout récemment que, ayant pris connaissance de son excès mental, Helmholtz Watson s'était également rendu compte de ce qui le différenciait des gens qui l'entouraient. Ce champion de Paume-Escalator, cet amant infatigable (on disait qu'il avait eu six cent quarante jeunes filles différentes en moins de quatre ans), cet admirable homme de comités, ce compagnon apprécié dans tous les milieux, s'était rendu compte tout à coup que le sport, les femmes, les activités de commande, n'étaient, en ce qui le concerne, que des pis-aller. En réalité, et au fond, il s'intéressait à autre chose. Mais à quoi ? À quoi ? C'était là le problème que Bernard était venu discuter avec lui, ou plutôt, puisque c'était toujours Helmholtz qui disait tout ce qu'il y avait à dire, écouter discuter son ami, une fois de plus.

Trois jeunes filles charmantes du Bureau de Propagande par la Voix Synthétique tombèrent sur lui tandis qu'il sortait de l'ascenseur.

— Oh ! Helmholtz, mon chéri, venez donc faire un souper pique-nique avec nous sur la lande d'Exmoor !

Elles s'agrippèrent à lui, implorantes.

Il secoua la tête, il se dégagea d'elles pour se frayer un passage.

— Non, non.

— Nous n'invitons pas d'autre homme.

Mais Helmholtz ne se laissa pas ébranler, fût-ce par cette promesse délicieuse.

— Non, répéta-t-il, j'ai à faire. – Et il poursuivit résolument le chemin qu'il s'était tracé.

Les jeunes filles se firent traîner derrière lui. Ce n'est que lorsqu'il se fut effectivement hissé dans l'avion de Bernard et qu'il en eut claqué la porte, qu'elles abandonnèrent la poursuite. Non sans reproches.

— Ces femmes ! dit-il, tandis que l'appareil s'élevait dans l'air, ces femmes ! – Et il hocha la tête, il fronça les sourcils. – C'est effarant !

Bernard exprima hypocritement son accord, mais il eût voulu, au moment où il prononçait les paroles convenables, pouvoir s'offrir autant de jeunes filles qu'Helmholtz, et avec aussi peu de peine. Il fut pris d'un besoin soudain et urgent de se vanter.

— Je vais emmener Lenina Crowne avec moi au Nouveau-Mexique, dit-il du ton le plus banal qu'il lui fut possible de prendre.

— Vraiment ? dit Helmholtz, avec une absence totale d'intérêt. – Puis, au bout d'une petite pause : – Voilà une semaine ou deux, reprit-il, que j'ai abandonné tous mes comités et toutes mes femmes. Vous ne vous imaginez pas quelle histoire ils en ont faite, au Collège. N'empêche que ça en a valu la peine, il me semble. Les effets… – Il hésita. – Eh bien, ils sont bizarres, ils sont fort bizarres.

Une insuffisance physique pouvait produire une espèce d'excès mental. Le processus était apparemment réversible. L'excès mental pouvait produire, à ses fins personnelles, la cécité et la surdité volontaires de la solitude délibérément voulue, l'impuissance artificielle de l'ascétisme.

La fin de la petite course en avion s'accomplit en silence. Une fois arrivés et confortablement allongés sur les canapés pneumatiques de la chambre de Bernard, Helmholtz revint à la charge.

Parlant très lentement :

— Avez-vous jamais éprouvé, demanda-t-il, la sensation d'avoir en vous quelque chose qui n'attend, pour sortir, que l'occasion que vous lui en donnerez ? Quelque excès de puissance dont vous n'avez pas l'emploi, vous savez bien, comme toute l'eau qui se précipite dans les chutes au lieu de passer au travers des turbines ?

Il dirigea sur Bernard un regard interrogateur.

— Vous voulez dire toutes les émotions qu'on pourrait ressentir si les choses étaient autres ?

Helmholtz secoua la tête.

— Pas tout à fait. Je songe à une sensation bizarre que j'éprouve quelquefois, la sensation d'avoir quelque chose d'important à dire et le pouvoir de l'exprimer, mais sans savoir quoi, et je ne peux pas faire usage de ce pouvoir. S'il y avait quelque autre manière d'écrire… Ou bien d'autres sujets à traiter… – Il se tut ; puis : – N'est-ce pas, reprit-il enfin, je suis assez habile dans l'invention des formules, vous savez bien, les mots d'une espèce telle qu'ils vous font brusquement sursauter, presque comme si vous vous étiez assis sur une épingle, tant ils paraissent nouveaux et produisent un effet de surexcitation, bien qu'ils se rapportent à quelque chose d'hypnopédiquement évident. Mais cela ne semble pas suffisant. Il ne suffit pas que les formules soient bonnes ; ce qu'on en fait devrait aussi être bon.

— Mais les choses que vous produisez sont bonnes, Helmholtz.

— Oh ! Dans leur rayon d'action. – Helmholtz haussa les épaules. – Mais c'est un fort petit rayon. Ce que je fais n'est pas, si je puis dire, assez important. J'ai le sentiment que je pourrais faire quelque chose de beaucoup plus important. Oui, et de plus intense, de plus violent. Mais quoi ? Qu'y a-t-il de plus important à dire? Et comment peut-on faire preuve de violence sur des sujets du genre qu'il est entendu qu'on traitera ? Les mots peuvent ressembler aux rayons X : si l'on s'en sert convenablement, ils transpercent n'importe quoi. On lit, et l'on est transpercé. Voilà l'une des choses que j'essaie d'apprendre à mes étudiants – à écrire d'une façon perçante. Mais quel diable d'intérêt y a-t-il à être transpercé par un article sur des Chants en Commun, ou sur le dernier perfectionnement des orgues à parfums ? D'ailleurs, peut-on faire que les mots soient véritablement perçants – vous savez bien, comme les rayons X les plus durs – quand on traite des sujets de ce genre ? Peut-on dire quelque chose à propos de rien ? Voilà à quoi ça se réduit en fin de compte. Je m'efforce et m'efforce…

— Chut ! dit soudain Bernard, et il leva un doigt avertisseur ; puis il tendit l'oreille : Je crois qu'il y a quelqu'un à la porte, chuchota-t-il.

Helmholtz se leva, traversa la pièce sur la pointe des pieds, et, d'un mouvement vif et rapide, ouvrit la porte toute grande. Il n'y avait personne, bien entendu.

— Je suis désolé, dit Bernard, éprouvant la sensation désagréable d'avoir l'air ridicule. Je dois avoir les nerfs un peu à vif. Quand les gens se montrent pleins de soupçon à votre égard, on se met à être soupçonneux envers eux. – Il se passa la main devant les yeux, il soupira, sa voix se fit plaintive. Il se justifiait : – Si vous saviez ce qu'il m'a fallu supporter, depuis quelque temps, dit-il d'un ton presque larmoyant, et la poussée de son apitoiement sur lui-même ressemblait à une fontaine qu'on aurait soudain laissée jaillir. – Si seulement vous saviez !

Helmholtz Watson l'écouta avec une certaine sensation de gêne.

« Pauvre petit Bernard ! » se dit-il. Mais il ressentait en même temps un peu de honte pour son ami. Il eût voulu que Bernard fît preuve d'un peu plus d'amour-propre.

5

I

À partir de huit heures du soir, la lumière devint insuffisante. Les haut-parleurs dans la tour du bâtiment principal du Club de Stoke Poges se mirent, d'une voix de ténor qui avait quelque chose de plus qu'humain, à annoncer la fermeture des terrains de golf. Lenina et Henry abandonnèrent leur partie et retournèrent vers le Club. Des prairies du Trust des Sécrétions Internes et Externes arrivaient les meuglements de ces milliers de bestiaux qui fournissaient, par leurs hormones et leur lait, les matières premières destinées à la grande usine de Farnham Royal.

Un bourdonnement incessant d'hélicoptères emplissait le crépuscule. À intervalles réguliers de deux minutes et demie, une sonnerie et des sifflements déchirants annonçaient le départ de l'un des trains légers sur monorail qui ramenaient de leur terrain séparé à la capitale les joueurs de golf des castes inférieures.

Lenina et Henry se hissèrent dans leur appareil et démarrèrent. À deux cent cinquante mètres, Henry ralentit les hélices d'hélicoptère, et ils restèrent suspendus une minute ou deux au-dessus du paysage qui s'estompait. La forêt de Burnham Beeches s'étendait, tel un vaste étang d'obscurité, vers le bord brillant du ciel occidental. Cramoisie à l'horizon, ce qui restait de lumière du soleil couchant se dégradait vers le haut, passant de l'orangé au jaune et à un pâle vert d'eau. Au nord, au-delà et au-dessus des arbres, l'usine à Sécrétions Internes et Externes dardait un éclat électrique et cru par chacune des fenêtres de ses vingt étages. Au-dessous d'eux s'étendaient les constructions du Club de Golf, les énormes casernes des castes inférieures, et, de l'autre côté d'un mur de séparation, les maisons plus petites réservées aux sociétaires Alphas et Bêtas. Les voies d'accès à la station du monorail étaient noires du grouillement des castes inférieures, pareil à celui de fourmis. De sous la voûte de verre, un train éclairé bondit dans l'espace libre. Suivant sa route, vers le sud-ouest, par la plaine sombre, leurs yeux furent attirés par les bâtiments majestueux du Crématorium de Slough. Afin d'assurer la sécurité des avions en vol de nuit, ses quatre hautes cheminées étaient éclairées par des projecteurs, et surmontées de signaux de danger rouges. C'était un point de repère.

— Pourquoi ces tours à fumée ont-elles autour d'elles ces choses qui ressemblent à des balcons? demanda Lenina.

— Récupération du phosphore, expliqua Henry en style télégraphique. Pendant leur trajet vers le haut de la cheminée, les gaz subissent quatre traitements distincts. Autrefois le P^2O^5. sortait complètement de la circulation chaque fois qu'on effectuait une crémation. À présent, on en récupère plus de quatre-vingt-dix pour cent. Plus d'un kilo et demi par corps d'adulte.

Ce qui représente, pour l'Angleterre seule, quelque chose comme quatre cents tonnes de phosphore par an. – Henry parlait plein d'un orgueil heureux, se réjouissant de tout cœur de ce résultat, comme si c'était à lui qu'il était dû. – C'est une belle chose de penser que nous pouvons continuer à être utiles socialement, même après notre mort. Pour faire pousser les plantes.

Lenina, cependant, avait détourné les yeux, et observait verticalement vers le bas la station du monorail.

— C'est une belle chose, acquiesça-t-elle. Mais il est bizarre que les Alphas et les Bêtas ne fassent pas pousser plus de plantes que ces sales petits Gammas, ces Deltas et ces Epsilons qui sont là-dessous.

— Tous les hommes sont physico-chimiquement égaux, dit Henry d'un ton sentencieux. D'ailleurs, les Epsilons eux-mêmes s'acquittent de fonctions indispensables.

— Même un Epsilon… – Lenina se souvint tout à coup du moment où, petite fille à l'école, elle s'était réveillée au milieu de la nuit et s'était rendu compte, pour la première fois, de ce qu'était le chuchotement qui hantait toutes ses heures de sommeil. Elle revit le rayon de lune, la rangée de petits lits blancs ; elle entendit de nouveau la voix douce, douce, qui disait (les mots étaient là, inoubliés, inoubliables, au bout de tant de répétitions de toute une nuit) : « Chacun travaille pour tous les autres. Nous ne pouvons nous passer de personne. Même les Epsilons sont utiles. Nous ne pourrions pas nous passer des Epsilons. Chacun travaille pour tous les autres. Nous ne pouvons nous passer de personne… » Lenina se rappela son premier sursaut de peur et de surprise ; les spéculations de son esprit au cours d'une demi-heure de veille ; et puis, sous l'influence des répétitions sans fin, sa tête se calmant peu à peu, l'approche sédative, lissante, glissante à pas feutrés, du sommeil… – Je suppose qu'au fond cela ne leur fait rien, aux Epsilons, d'être des Epsilons, dit-elle à haute voix.

— Bien entendu, que cela ne leur fait rien. Comment cela pourrait-il leur faire quelque chose ? Ils ne se représentent pas ce que c'est que d'être autre chose. Nous, nous en souffririons, naturellement. Mais aussi, nous avons été conditionnés autrement. D'ailleurs nous débutons avec une hérédité différente.

— Je suis contente de ne pas être une Epsilon, dit Lenina avec conviction.

— Et si vous étiez une Epsilon, dit Henry, votre conditionnement vous aurait rendue non moins contente de n'être pas une Bêta ou une Alpha.

Il embraya son hélice de marche, et dirigea l'appareil sur Londres. Derrière eux, à l'ouest, le carmin et l'orangé s'étaient presque évanouis ; un banc sombre de nuages s'était faufilé au zénith. Volant au-dessus du Crématorium, l'avion bondit verticalement sur la colonne d'air chaud qui montait des cheminées, mais pour retomber aussi soudainement lorsqu'il arriva dans le courant froid et descendant qui y faisait suite.

— Quelle merveilleuse montagne russe ! – Lenina eut un rire de ravissement.

Mais le ton de la réponse de Henry fut, pour un instant, mélancolique.

— Savez-vous ce que c'était que cette montagne russe ? dit-il. C'était la disparition finale et définitive de quelque être humain. La montée dans un jet de gaz chauds. Il serait curieux de savoir qui c'était, un homme ou une femme, un Alpha ou un Epsilon… – Il soupira. Puis d'un ton résolument joyeux : – En tout cas, dit-il pour conclure, il y a une chose dont nous pouvons être certains ; quel qu'il ait pu être, il fut heureux pendant qu'il était en vie. Tout le monde est heureux à présent.

— Oui, tout le monde est heureux à présent, fit Lenina en écho.

Ils avaient entendu ces mots, répétés cent cinquante fois toutes les nuits pendant douze ans.

Atterrissant sur le toit de la maison de quarante étages à appartements qu'habitait Henry à Westminster, ils descendirent directement à la salle à manger. Là, en compagnie de gens bruyants et joyeux, ils mangèrent un excellent repas. On servit du *soma* avec le café. Lenina en prit deux comprimés d'un demi-gramme, et Henry, trois. À neuf heures vingt, ils traversèrent la rue pour aller au Cabaret nouvellement ouvert de l'Abbaye de Westminster. Il faisait une nuit presque sans nuages, sans lune, et étoilée ; mais Lenina et Henry n'eurent heureusement pas conscience de ce fait, à tout prendre déprimant. Les enseignes lumineuses en plein ciel effaçaient victorieusement l'obscurité extérieure. « CALVIN STOPES ET SES SEIZE SEXOPHONISTES. » De la façade de la nouvelle Abbaye, les lettres géantes dardaient leur éclat alléchant. « LE MEILLEUR ORGUE À PARFUMS ET À COULEURS DE LONDRES. TOUTE LA MUSIQUE SYNTHÉTIQUE LA PLUS RÉCENTE. »

Ils entrèrent. L'air semblait chaud et presque étouffant, tant il était chargé du parfum d'ambre gris et de santal. Sur le plafond en coupole de la salle, l'orgue à couleurs avait momentanément peint un coucher de soleil tropical. Les Seize Sexophonistes jouaient un refrain populaire : « *Il n'est de Flacon, au monde profond, pareil à toi, petit Flacon que j'aime.* » Quatre cents couples dansaient un five-step tout autour du parquet ciré. Lenina et Henry furent bientôt le quatre cent unième. Les sexophones gémirent, tels des chats mélodieux sous la lune, geignirent dans les registres alto et ténor comme s'ils étaient en train de subir la petite mort. Grossi d'une richesse prodigieuse d'harmoniques, leur chœur chevrotant montait vers un sommet plus sonore, toujours plus sonore, jusqu'à ce qu'enfin, d'un geste de la main, le chef d'orchestre déchaînât la note finale au fracas retentissant de musique des ondes, et balayât hors de toute existence les seize souffleurs simplement humains. Tonnerre en la bémol majeur. Et alors, dans un quasi-silence, dans une quasi-obscurité, s'ensuivit une déturgescence graduelle, un *diminuendo* descendant en glissant par degrés, par quarts de ton, jusqu'à un accord de dominante faiblement murmuré, qui s'attardait encore (tandis que les rythmes à cinq-quatre continuaient à faire leurs battements dans la basse), chargeant les secondes obscurcies d'une attente intense. Et enfin, l'attente fut exaucée. Il y eut soudain un lever de soleil explosif, et, simultanément, les Seize entonnèrent la chanson :

Flacon que j'aime – C'est toi que j'ai vanté !
Flacon que j'aime – Que m'a-t-on décanté ?
Le ciel est pur dedans ton mur.
Le temps est la douceur même,
Ah !
Il n'est de Flacon au monde profond
Pareil à toi, petit Flacon que j'aime !

Évoluant en five-step avec les quatre cents autres autour de l'Abbaye de Westminster, Lenina et Henry dansaient cependant dans un autre monde, le monde plein de chaleur, de couleurs vives, le monde infiniment bienveillant du congé par le *soma*. Comme tout le monde était bon, et beau, et délicieusement amusant ! « *Flacon que j'aime – C'est toi que j'ai vanté !...* » Mais Lenina et Henry possédaient ce qu'ils vantaient... Ils étaient à l'intérieur, en ce lieu et à ce moment mêmes, en sécurité à l'intérieur, avec le beau temps, le ciel perpétuellement bleu. Et quand, épuisés, les Seize eurent reposé leurs sexophones, et que l'appareil à Musique Synthétique se fut mis à produire ce qu'il y avait de plus récent comme *Blues Malthusiens* lents, ils étaient redevenus des embryons jumeaux bercés doucement tous les deux sur les vagues d'un océan de pseudo-sang en flacon.

« Bonne nuit, chers amis. Bonne nuit, chers amis. » – Les haut-parleurs voilèrent leurs commandements sous une politesse bon enfant et musicale. – « Bonne nuit, chers amis... »

Obéissants, avec tous les autres, Lenina et Henry quittèrent l'établissement. Les déprimantes étoiles avaient parcouru un bout de trajet par les cieux. Mais bien que l'écran des enseignes en plein air, qui les séparait de leurs regards, se fût à présent considérablement atténué, les deux jeunes gens demeurèrent plongés dans leur bonheur insensible à la nuit.

Cette seconde dose de *soma* avalée une demi-heure avant la fermeture avait élevé un mur tout à fait impénétrable entre l'univers réel et leur esprit. C'est en flacon qu'ils traversèrent la rue ; en flacon qu'ils prirent l'ascenseur pour monter à la chambre de Henry au vingt-huitième étage. Et cependant, tout enfermée en flacon qu'elle fût, et en dépit de ce second gramme de *soma,* Lenina n'oublia pas de prendre toutes les précautions anticonceptionnelles prescrites par les règlements. Des années d'hypnopédie intensive, et, de douze à dix-sept ans, les exercices Malthusiens trois fois par semaine, avaient rendu la pratique de ces précautions presque aussi automatique que le clignement des paupières.

— Oh ! ça me rappelle…, dit-elle, en ressortant de la salle de bains, Fanny Crowne voudrait savoir où vous avez trouvé cette cartouchière délicieuse en pseudo-maroquin vert dont vous m'avez fait cadeau.

II

Un jeudi sur deux, c'était pour Bernard le jour des Offices de Solidarité. Après un dîner pris de bonne heure à L'Aphroditœum (dont Helmholtz avait récemment été élu sociétaire, par application de l'article II du règlement), il prit congé de son ami, et, hélant un taxi sur le toit, prescrivit au conducteur de voler à la Chanterie en Commun de Fordson. L'appareil s'éleva de quelque deux cents mètres, puis piqua vers l'est, et, tandis qu'il effectuait son virage, voilà qu'apparut devant les yeux de Bernard, gigantesquement belle, la Chanterie. Éclairés par des projecteurs, ses trois cent vingt mètres de pseudo-marbre blanc de Carrare brillaient d'une incandescence neigeuse au-dessus de Ludgate Hill ; à chacun des quatre angles de sa plateforme à hélicoptères, un T immense luisait, écarlate, sur le ciel nocturne, et par le pavillon de vingt-quatre énormes trompettes d'or ronflait une solennelle musique synthétique.

« Zut, je suis en retard ! » se dit Bernard dès qu'il aperçut Big Henry[1], l'horloge de la Chanterie. Et, en effet, comme il réglait son taxi, Big Henry sonna

1. La grosse cloche de la tour du Parlement de Westminster (et, par extension, la tour elle-même) s'appelle « Big Ben ». *(N. d. T.)*

l'heure juste. « Ford », tonitrua une formidable voix de basse sortant de toutes les trompettes d'or : « Ford, Ford, Ford… » Neuf fois. Bernard courut à l'ascenseur.

La grande salle d'auditions pour les cérémonies du Jour de Ford et les autres Chants Généraux en Commun se trouvait au rez-de-chaussée de l'édifice. Au-dessus, à raison de cent par étage, étaient les sept mille pièces qui servaient aux Groupes de Solidarité pour y tenir leurs offices de quinzaine. Bernard descendit au trente-troisième étage, enfila précipitamment le couloir, resta hésitant un instant devant la Chambre 3210, puis, sa résolution prise, ouvrit la porte et entra.

Ford soit loué ! Il n'était pas le dernier. Des douze chaises disposées autour de la table circulaire, il y en avait encore trois d'inoccupées. Il se glissa sur la plus proche d'entre elles, en tâchant de se faire remarquer aussi peu que possible, et se disposa à accueillir d'un froncement de sourcils les arrivants encore plus tardifs lorsqu'ils se présenteraient.

Se tournant vers lui :

— À quoi avez-vous joué cet après-midi ? demanda la jeune fille qui était à sa gauche. Au Golf-Obstacles, ou à l'Électro-Magnétique ?

Bernard la regarda (Ford ! C'était Morgana Rothschild), et dut avouer, en rougissant, qu'il n'avait pratiqué aucun de ces jeux. Morgana le dévisagea avec étonnement. Il y eut un silence gêné.

Puis, avec intention, elle se détourna de lui et s'adressa à l'homme plus sportif qu'elle avait à sa gauche.

« Joli début pour un Office de Solidarité ! » songea piteusement Bernard, et il eut le pressentiment qu'il échouerait encore une fois dans son effort pour réaliser la communion de pensée. Si seulement il avait pris le temps de regarder autour de lui, au lieu de se précipiter sur la chaise la plus proche ! Il aurait pu s'asseoir entre Fifi Bradlaugh et Joanna Diesel. Au lieu de quoi il était allé se planter à l'aveuglette à côté de Morgana. *Morgana !* Ford ! Ces sourcils noirs, ce sourcil, plutôt, car ils se rejoignaient au-dessus du nez ! Ford ! Et à sa droite il y avait Clara Deterding. Sans doute, les sourcils de Clara ne se rejoignaient pas. Mais elle était véritablement *par trop* pneumatique. Tandis que Fifi et Joanna étaient exactement comme il convenait. Potelées, blondes, pas trop grandes… Et c'était ce gros lourdaud de Tom Kawaguchi qui prenait à présent le siège libre entre elles.

Le dernier arrivant fut Sarojini Engels.

— Vous êtes en retard, dit avec sévérité le Président du Groupe. Que cela ne se reproduise pas.

Sarojini s'excusa et se coula à sa place entre Jim Bokanovsky et Herbert Bakounine. Le groupe était à présent au complet, le cercle de solidarité était parfait et sans défaut. Un homme, une femme, un homme, en un anneau d'alternance sans fin tout autour de la table. Ils étaient là douze prêts à être réunis en un, attendant de se rapprocher, de se fondre, de perdre en un être plus grand leurs douze identités distinctes.

Le Président se leva, fit le signe de T, et, mettant en marche la musique synthétique, déchaîna un battement de tambours doux et infatigable et un chœur d'instruments – para-bois et super-cordes – qui répétèrent avec agitation, maintes et maintes fois, la mélodie brève et obsédante du Premier Cantique de Solidarité. Encore, encore – et ce n'était pas l'oreille qui percevait le rythme martelé, c'était le diaphragme ; le gémissement et le retentissement de ces harmonies répétées obsédaient non pas l'esprit, mais les entrailles, et créait un ardent désir de compassion.

Le Président fit un nouveau signe de T et s'assit. L'office était commencé. Les comprimés de *soma* consacrés furent placés au centre de la table du repas. La coupe de l'amitié, remplie de *soma* à la glace aux fraises, fut passée de main en main, et avec la formule : « Je bois à mon anéantissement », fut portée douze fois aux lèvres. Puis, à l'accompagnement de l'orchestre synthétique, on chanta le Premier Cantique de Solidarité.

Nous sommes douze, ô Ford ; que ta main nous rassemble
Comme au Rû Social gouttelettes tombant,
Ah ! Fais-nous courir tous ensemble,
Plus vifs que ton Tacot ardent !

Douze strophes d'ardeur délirante. Puis la coupe de l'amitié fut passée de nouveau de main en main. « Je bois au Plus Grand Être », telle était à présent la formule. Tous burent. Infatigablement, la musique continuait à se faire entendre. Les tambours battaient. Les sons pleureurs et tonnants des harmonies restaient à l'état d'obsession dans les entrailles émues. On chanta le Second Cantique de Solidarité :

Viens, Grand Être, ô l'Ami Social et certain,
Toi, l'Anéantisseur de Douze-en-Un, génie !
Nous voulons mourir, car la fin,
C'est l'aube de Plus Grande Vie !

De nouveau, douze strophes. Quand ils en furent là, le *soma* avait commencé à agir. Les yeux étaient brillants, les joues étaient rouges, la lumière intérieure du bon vouloir universel débordait sur chaque visage en sourires heureux et amicaux. Bernard lui-même se sentit un peu attendri. Quand Morgana Rothschild se tourna vers lui avec un sourire rayonnant, il fit de son mieux pour le lui rendre. Mais le sourcil, ce noir deux-en-un, hélas ! il était toujours là, lui ; Bernard ne pouvait pas ne pas s'en apercevoir, il ne le pouvait pas, quelque effort qu'il fît. L'attendrissement n'avait pas pénétré assez loin. Peut-être, s'il était assis entre Fifi et Joanna… Pour la troisième fois, la coupe de l'amitié circula. « Je bois à l'imminence de Sa Venue », dit Morgana Rothschild, dont c'était justement le tour de commencer le rite circulaire. Elle but, et passa la coupe à Bernard. « Je bois à l'imminence de Sa Venue », répéta-t-il, avec un effort sincère pour sentir que la Venue était imminente ; mais ce sourcil continua à l'obséder, et la Venue, quant à lui, était horriblement lointaine. Il but, et tendit la coupe à Clara Deterding. « Ce sera encore raté, se dit-il, je le sais. » Mais il continua à faire de son mieux pour avoir le sourire rayonnant.

La coupe de l'amitié avait accompli son circuit. Levant la main, le Président fit un signal ; le chœur entonna le Troisième Cantique de Solidarité :

Sentez venir à vous le Grand Être des jours !
Réjouissez-vous-en, mourez dans cette foi !
Fondez aux accents des tambours,
Car je suis vous, vous êtes moi.

À mesure qu'une strophe succédait à l'autre, les voix vibraient d'une surexcitation sans cesse plus intense. Le sentiment de l'imminence de la Venue était comme une tension électrique dans l'air. Le Président arrêta la musique d'une torsion de l'interrupteur, et, sur la dernière note de la dernière strophe, il y eut un silence absolu, le silence de l'attente tendue, frémissant et pantelant d'une vie galvanique. Le Président allongea la main ; et soudain une Voix, une Voix forte et profonde, plus musicale que n'importe quelle voix simplement humaine, plus pleine, plus chaude, plus vibrante d'amour, de désir anxieux, et de compassion, une Voix merveilleuse, mystérieuse, surnaturelle, leur parla, d'au-dessus de leur tête. Très lentement : « Oh, Ford, Ford, Ford ! » dit-elle en s'atténuant et en descendant de ton. Une sensation de douce chaleur rayonnait par tout le corps de ceux qui écoutaient, du plexus solaire à chacune de leurs extrémités ; les larmes leur montaient aux yeux ; il semblait que leur cœur, leurs entrailles, fussent en mouvement au creux de leur corps, comme s'ils étaient animés d'une vie indépendante. « Ford ! », ils se fondaient, « Ford ! », ils étaient fondus. Puis, d'un autre ton, soudain, les faisant sursauter : « Écoutez ! », tonitrua la Voix. « Écoutez ! » Ils écoutèrent. Après une pause, décrue jusqu'à n'être qu'un murmure, mais un murmure inexplicablement plus pénétrant que le cri le plus sonore : « Les pieds du Grand Être », dit-elle, et elle répéta ces paroles : « Les pieds du Grand Être. » Le murmure se fit presque expirant. « Les pieds du Grand Être sont dans l'escalier. » Et de nouveau il y eut un silence ; et l'attente, qui s'était momentanément relâchée, se tendit de nouveau, semblable à une corde qu'on tire, plus raide, plus raide encore, presque au point de se rompre. Les pieds du Grand Être – ah ! Ils les entendaient, ils les entendaient, descendant doucement les marches, se rapprochant, de plus en plus près à mesure qu'ils descendaient l'escalier invisible. Les pieds du Grand Être. Et soudain, la limite de rupture fut atteinte. Les yeux écarquillés, les lèvres ouvertes, Morgana Rothschild se leva d'un bond.

— Je l'entends, s'écria-t-elle, je l'entends !

— Il arrive ! cria Sarojini Engels.

— Oui, il arrive, je l'entends ! – Fifi Bradlaugh et Tom Kawaguchi simultanément se dressèrent.

— Oh ! oh ! oh ! fit Joanna en témoignage inarticulé.

— Il arrive ! hurla Jim Bokanovsky.

Le Président se pencha en avant, et, d'un frôlement de sa main, déchaîna un délire de cymbales et de cuivres, une fièvre de martèlements de tam-tams.

— Oh, il arrive ! vociféra Clara Deterding. Aïe ! – et ce fut comme si on lui coupait la gorge.

Sentant qu'il était temps qu'il fît quelque chose, Bernard se mit debout d'un bond, lui aussi, et cria :

— Je l'entends ; il arrive !

Mais ce n'était pas vrai. Il n'entendait rien, et, pour lui, il n'arrivait personne. Personne malgré la musique, malgré la surexcitation croissante. Mais il agita les bras, il cria avec tous les autres ; et quand les autres se mirent à se trémousser, à taper des pieds et à marcher en les traînant, il se trémoussa et traîna les pieds, lui aussi.

Ils firent le tour de la pièce, procession circulaire de danseurs, chacun d'eux posant les mains sur les hanches du danseur précédent – le firent et le refirent, criant à l'unisson, tapant des pieds au rythme de la musique en marquant, en battant vigoureusement la mesure de leurs mains sur les fesses qui étaient devant eux ; douze paires de mains frappant comme une seule, comme une seule, douze fesses résonnant visqueusement. Douze-en-un, douze-en-un. « Je l'entends, je l'entends qui arrive ! » La musique s'accéléra ; les pieds tapèrent plus vite ; plus vite, encore plus vite s'abattirent les mains rythmiques. Et tout à coup une puissante voix synthétique de basse tonitrua les paroles qui annonçaient la fusion consommée et l'accomplissement final de la solidarité, la venue de Douze-en-Un, l'incarnation du Grand Être. « *Orginet-Porginet* », chanta-t-elle, tandis que les tam-tams continuaient à marteler leur tambourinement fébrile :

Orginet-Porginet, Ford, flonflons et folies,
Que filles à baiser en Un Tout soient unies !
Garçons, ne faites qu'un avec filles en paix !...
Orginet-Porginet vous rendra satisfaits.

« *Orginet-Porginet...* » Les danseurs reprirent le refrain liturgique : « *Orginet-Porginet, Ford, Flonflons et folies, que filles à baiser...* » Et, tandis qu'ils chantaient, les lumières se mirent à baisser lentement, à baisser, et en même temps à devenir plus chaudes, plus ardentes, plus rouges, si bien qu'enfin ils se trouvèrent à danser dans la pénombre cramoisie du Dépôt des Embryons. « *Orginet-Porginet..* » Dans leur obscurité fœtale et couleur de sang, les danseurs continuèrent quelque temps à circuler, à battre, à battre sans fin le rythme infatigable. « *Orginet-Porginet...* » Puis la ronde chancela, se rompit, se désagrégeant partiellement sur les canapés disposés en rond – cercle entourant un autre cercle – autour de la table et de ses chaises planétaires. « *Orginet-Porginet...* » Tendrement la Voix profonde roucoulait et chantonnait ; dans la pénombre rouge, on eût dit qu'une énorme colombe nègre planait, bienfaisante, sur les danseurs à présent étendus à plat ventre ou sur le dos.

Ils étaient debout sur le toit ; Big Henry venait de chanter onze coups. La nuit était calme et tiède.

— N'est-ce pas que c'était épatant ? dit Fifi Bradlaugh. C'était tout bonnement épatant, n'est-ce pas ? – Elle regarda Bernard avec une expression de ravissement, mais d'un ravissement dans lequel il n'y avait nulle trace d'agitation ou de surexcitation, car être surexcité, c'est encore être insatisfait. Son extase était celle, toute calme, de la perfection accomplie, la paix, non point de la simple satiété et du néant, mais de la vie équilibrée, des énergies au repos et se contrebalançant. Une paix riche et vivante. Car l'Office de Solidarité avait donné autant qu'il avait pris, il n'avait vidé partiellement, que pour remplir. Elle était comblée, elle était rendue parfaite, elle était encore plus que simplement elle-même. – Vous n'avez pas trouvé cela épatant ? insista-t-elle, dirigeant sur le visage de Bernard ces yeux brillant d'un éclat surnaturel.

— Si, j'ai trouvé cela épatant, dit-il, en mentant, et il détourna les yeux ; la vue de ce visage transfiguré était tout à la fois une accusation et un rappel ironique de ce qui le séparait des autres. Il se sentait aussi misérablement isolé, à présent, qu'il l'avait été au début de l'office, plus isolé, en raison du vide qui, chez lui, n'avait été comblé, en raison de sa satiété inexaucée. À part, inaccordé, tandis que les autres se fondaient dans le Grand Être ; seul, jusque dans l'embrassement de Morgana, bien plus seul, en vérité, plus désespérément lui-même qu'il ne l'avait jamais été de sa vie. Il était sorti de cette pénombre rouge pour revenir à l'éclat vulgaire de l'électricité, avec un sentiment du *moi* intensifié au point de lui faire souffrir le martyre. Il était misérablement, totalement malheureux, et peut-être (les yeux luisants de Fifi étaient son accusateur), peut-être était-ce sa propre faute. – Tout à fait épatant, répéta-t-il.

Mais la seule chose à laquelle il put penser, c'était le sourcil de Morgana.

6

I

« BIZZARE, bizarre, *bizarre* », tel était le jugement de Lenina sur Bernard Marx. Tellement bizarre, en vérité, qu'au cours des semaines qui se succédèrent, elle s'était demandé plus d'une fois si elle ne ferait pas bien de changer d'avis au sujet de ses vacances au Nouveau-Mexique, et d'aller plutôt au Pôle Nord avec Benito Hoover. Ce qu'il y avait de gênant, c'est qu'elle connaissait le Pôle Nord, y étant allée l'été dernier seulement avec George Edzel, et, qui plus est, ayant trouvé le séjour plutôt désagréable. Rien pour s'occuper, et l'hôtel, chose désolante, véritablement par trop démodé : pas de télévision installée dans les chambres, pas d'orgue à parfums, rien que la musique synthétique la plus infecte, et pas plus de vingt-cinq Courts de Paume-Escalator pour plus de deux cents pensionnaires. Non, bien certainement, elle ne pouvait pas affronter de nouveau le Pôle Nord. En outre, elle n'était encore allée qu'une fois en Amérique. Et encore, d'une façon combien insuffisante ! Un week-end économique à New York. Est-ce avec Jean-Jacques Habibullah, ou avec Bokanovsky Jones ? Elle ne s'en souvenait plus. Au surplus, cela n'avait absolument aucune importance. L'idée de s'envoler de nouveau vers l'ouest, et pour toute une semaine, était fort alléchante. De plus, ils passeraient au moins trois jours, sur les sept, dans la Réserve à Sauvages. Ils n'étaient pas plus d'une demi-douzaine, dans tout le centre, à avoir jamais pénétré à l'intérieur d'une Réserve à Sauvages. En sa qualité de psychologue Alpha-Plus, Bernard était l'un des rares hommes de sa connaissance qui eussent droit à une autorisation. Pour Lenina, l'occasion était unique. Et pourtant, la bizarrerie de Bernard était tellement unique, elle aussi, qu'elle avait hésité à s'en saisir, qu'elle avait bel et bien songé à courir de nouveau la chance du Pôle avec ce brave Benito si amusant. Benito était normal au moins. Tandis que Bernard…

« C'est l'alcool dans son pseudo-sang », telle était l'explication que donnait Fanny de chacune de ses excentricités. Mais Henry, avec qui, un soir qu'ils étaient ensemble au lit, Lenina avait, non sans un peu d'inquiétude, discuté le caractère de son nouvel amant, Henry avait comparé le pauvre Bernard à un rhinocéros.

— On ne peut pas apprendre des tours à un rhinocéros, avait-il expliqué dans son style bref et vigoureux. Il y a des gens qui sont presque des rhinocéros ; ils ne réagissent pas convenablement au conditionnement. Les pauvres diables ! Bernard en est un. Heureusement pour lui, il est assez compétent dans sa partie. Sans cela, le directeur ne l'aurait certes pas gardé. Cependant, ajouta-t-il d'un ton consolateur, je crois qu'il est assez inoffensif.

Assez inoffensif, peut-être ; mais également assez inquiétant. Cette manie, en premier lieu, de faire les choses dans l'intimité. Ce qui revenait, en pratique, à ne rien faire du tout. Car qu'est-ce donc que l'on peut faire dans l'intimité ? (À part, bien entendu, se mettre au lit : mais cela, on ne peut pas le faire tout le temps.) Oui, quoi donc ? Bien peu de chose. Le premier après-midi qu'ils étaient sortis ensemble, il avait fait particulièrement beau. Lenina avait proposé une partie de natation au Torquay Country Club, suivie d'un dîner à l'Oxford Union. Mais Bernard pensait qu'il y aurait une foule excessive. Eh bien, alors, si l'on faisait un tour de Golf Électro-Magnétique à Saint-Andrews ? Mais il avait refusé de nouveau : Bernard considérait que le Golf Électro-Magnétique était un gaspillage de temps.

— Mais à quoi sert-il, alors, le temps ? demanda Lenina, non sans étonnement.

Apparemment, à faire des promenades dans la Région des Lacs ; car c'est là ce qu'il proposait à présent. Atterrir au sommet du Skiddaw et faire une marche de deux heures parmi la bruyère.

— Tout seul avec vous, Lenina.

— Mais, Bernard, nous serons seuls toute la nuit.

Bernard rougit et détourna son regard.

— Je voulais dire… seuls pour causer, marmotta-t-il.

— Pour causer ? Mais de quoi donc ? – Marcher et causer, cela lui semblait une manière bien bizarre de passer un après-midi.

En fin de compte elle le persuada, bien contre son gré, de voler jusqu'à Amsterdam pour voir les Quarts de Finales du Championnat Féminin de Luttes (Poids Lourds).

— Dans une foule, bougonna-t-il. Comme d'habitude.

Il demeura obstinément renfrogné tout l'après-midi ; il refusa de parler aux amies de Lenina (qu'ils rencontrèrent par douzaines au bar où l'on débitait des glaces au *soma* dans les intervalles des luttes), et en dépit de son état d'esprit misérable, il refusa absolument de prendre le *sundae* à la framboise à la dose d'un demi-gramme qu'elle le pressait d'avaler

— Je préfère être moi-même, dit-il, moi-même et désagréable. Et non un autre, quelque gai qu'il soit

— « Un gramme à temps vous rend content », dit Lenina, lui servant une perle brillante de sagesse enseignée pendant le sommeil.

Bernard repoussa impatiemment le verre qu'elle lui offrait.

— Ne vous mettez pas en colère, voyons, dit-elle, souvenez-vous : « Avec un centicube, guéris dix sentiments. »

— Oh ! pour l'amour de Ford, taisez-vous ! cria-t-il.

Lenina haussa les épaules.

— « Un gramme vaut toujours mieux que le "zut" qu'on clame », dit-elle avec dignité, pour conclure, et elle but elle-même le *sundae*.

Au cours de la traversée de retour de la Manche, Bernard voulut absolument arrêter son propulseur et demeurer suspendu au moyen des hélices d'hélicoptère à moins de trente mètres des vagues. Le temps s'était mis au vilain ; un vent de suroît s'était élevé, le ciel était nuageux.

— Regardez, commanda-t-il.

— Mais c'est affreux, dit Lenina, s'écartant avec horreur de la fenêtre. – Elle était terrifiée par le vide envahissant de la nuit, par les flots noirs écumants qui se soulevaient au-dessous d'eux, par le disque pâle de la lune, si hagard et tourmenté parmi les nuages qui se pressaient. – Faisons marcher la T.S.F. Vite ! – Elle tendit la main pour atteindre le bouton à cadran sur le tablier de bord, et le tourna au hasard.

« … cieux sont purs dedans tes murs, chantèrent en trémolo seize voix de fausset, le temps est la douceur même… »

Puis un hoquet : et le silence. Bernard avait coupé le courant.

— Je désire contempler la mer en paix, dit-il. On ne peut même pas regarder, si l'on a continuellement ce sale bruit dans les oreilles.

— Mais c'est délicieux. Et puis, je ne désire pas regarder, moi.

— Mais moi, oui, insista-t-il. Cela me donne la sensation… – il hésita, cherchant les mots pour s'exprimer – … la sensation d'être davantage *moi,* si vous comprenez ce que je veux dire. D'agir davantage par moi-même, et non pas si complètement comme une partie d'autre chose. De n'être pas simplement une cellule du corps social. Cela ne vous donne pas cette sensation-là, Lenina ?

Mais Lenina était en larmes.

— C'est affreux, c'est affreux, répétait-elle continuellement. Et comment pouvez-vous parler comme cela de votre désir de ne pas être une partie du corps social ? « Nous ne pouvons nous passer de personne. Les Epsilons même… »

— Oui, je sais, dit Bernard d'un ton railleur. « Même les Epsilons sont utiles ! » Moi aussi. Et j'aimerais diantrement mieux ne servir de rien !

Lenina fut scandalisée de son blasphème.

— Bernard ! protesta-t-elle d'une voix ahurie et affligée, comment pouvez-vous parler ainsi ?

D'un ton différent :

— Comment je le peux ? répéta-t-il méditativement. Non, le véritable problème, c'est celui-ci : Comment se fait-il que je ne puisse pas, ou plutôt – car, après tout, je sais fort bien pourquoi je ne peux pas – qu'est-ce que j'éprouverais si je le pouvais, si j'étais libre, si je n'étais pas asservi par mon conditionnement ?

— Voyons, Bernard, vous dites les choses les plus épouvantables !

— Vous n'avez pas le désir d'être libre, Lenina ?

— Je ne sais pas ce que vous voulez dire. Je le suis, libre. Libre de me payer du bon temps, le meilleur qui soit. « Tout le monde est heureux, à présent ! »

Il se mit à rire.

— Oui, « tout le monde est heureux à présent ! » Nous commençons à servir cela aux enfants à cinq ans. Mais n'éprouvez-vous pas le désir d'être libre de quelque autre manière, Lenina ? D'une manière qui vous soit propre, par exemple ; pas à la manière de tous les autres.

— Je ne sais pas ce que vous voulez dire, répéta-t-elle. – Puis, se tournant vers lui : – Oh ! rentrons, Bernard, supplia-t-elle ; comme je déteste d'être ici !

— Vous n'aimez pas être avec moi ?

— Mais certainement, Bernard ! C'est cet affreux endroit.

— Il me semblait que nous serions plus… plus *ensemble* ici, sans rien d'autre que la mer et la lune. Plus ensemble que dans la foule, ou même que chez moi. Vous ne comprenez pas cela ?

— Je ne comprends rien, dit-elle avec décision, déterminée à conserver intacte son incompréhension. Rien. Et ce que je comprends encore le moins de tout, continua-t-elle sur un autre ton, c'est pourquoi vous ne prenez pas de *soma* quand il vous vient de vos idées épouvantables. Vous les oublieriez totalement. Et, au lieu de vous sentir misérable, vous seriez plein de gaieté. Oui, tellement plein de gaieté !… répéta-t-elle, et elle sourit, malgré toute l'inquiétude intriguée qui luisait dans ses yeux, d'un air qu'elle entendait charger de cajolerie aguichante et voluptueuse.

Il la contempla en silence, le visage très grave et refusant de s'accorder à son humeur, il fixa sur elle un regard intense. Au bout de quelques secondes, les yeux de Lenina cessèrent de soutenir ce regard ; elle émit un petit rire nerveux, s'efforça de trouver quelque chose à dire, et n'y réussit pas. Le silence se prolongea.

Lorsque Bernard parla enfin, ce fut d'un filet de voix plein de lassitude :

— Eh bien, c'est entendu, dit-il, nous allons rentrer. – Et, appuyant vigoureusement sur l'accélérateur, il envoya son appareil d'un bond vers le ciel À treize cents mètres, il mit l'hélice en marche. Ils volèrent en silence pendant une minute ou deux. Puis, tout à coup, Bernard se mit à rire. Un peu drôlement, songea Lenina ; mais enfin, c'était un rire.

— Ça va mieux ? se hasarda-t-elle à demander.

Pour toute réponse, il lâcha d'une main ses manettes et, lui passant un bras autour du corps, se mit à lui caresser les seins.

« Ford soit loué, se dit-elle, il est redevenu normal. »

Une demi-heure plus tard, ils étaient rentrés chez Bernard. Il avala d'une gorgée quatre comprimés de *soma,* fit marcher la T.S.F. et la télévision, et commença à se déshabiller.

— Eh bien, demanda Lenina, d'un ton plein d'espièglerie significative, lorsqu'ils se revirent le lendemain après-midi sur le toit, trouvez-vous qu'on se soit amusés hier ?

Bernard acquiesça d'un signe de tête. Ils montèrent dans l'avion. Une petite secousse, et les voilà partis.

— Tout le monde me dit que je suis extrêmement pneumatique, dit Lenina d'un ton de réflexion, se tapotant les jambes.

— Extrêmement.

Mais il y avait une expression de douleur dans les yeux de Bernard. « Comme de la viande », songeait-il.

Elle leva les yeux avec une certaine inquiétude.

— Mais vous ne me trouvez pas *trop* potelée, dites ?

Il secoua la tête en dénégation. « Comme une égale quantité de viande. »

— Vous me trouvez bien ? – Nouveau signe de tête affirmatif. – À tout point de vue ?

— Parfaite, dit-il à haute voix. – Et intérieurement : « C'est ainsi qu'elle se considère elle-même. Cela lui est égal, d'être de la viande. »

Lenina eut un sourire de triomphe. Mais sa satisfaction était prématurée.

— Malgré tout, reprit-il, après une petite pause, j'en suis encore à désirer que cela se fût terminé autrement.

— Autrement ? Il y avait donc d'autres manières de terminer ?

— J'aurais voulu que cela ne se terminât pas par le coucher, spécifia-t-il.

Lenina fut étonnée.

— Pas tout de suite, pas le premier jour.

— Mais alors, quoi ?...

Il se mit à lui servir un tas d'absurdités incompréhensibles et dangereuses. Lenina fit de son mieux pour y rester sourde, spirituellement parlant ; mais à chaque instant un fragment de phrase réussissait à force d'insistance à devenir perceptible : « ... pour essayer l'effet produit par la répression de mes impulsions », lui entendit-elle dire. Ces paroles semblèrent déclencher un ressort dans son esprit.

— « Ne remettez jamais à demain le plaisir que vous pouvez prendre aujourd'hui », dit-elle gravement.

— Deux cents répétitions, deux fois par semaine, quatorze à seize ans et demi, fit-il pour tout commentaire. – Il continuait à divaguer, à servir ses propos insensés et pernicieux. – Je veux savoir ce que c'est que la passion, lui entendit-elle dire. Je veux ressentir quelque chose avec violence.

— « Dès que l'individu ressent, la communauté est sur un sol glissant », déclara Lenina.

— Eh bien, pourquoi son sol ne glisserait-il pas un peu ?

— Bernard !

Mais Bernard ne fut nullement déconcerté.

— Des adultes, intellectuellement et pendant les heures de travail, reprit-il. Des bébés, en ce qui concerne le sentiment et le désir.

— Notre Ford aimait les bébés.

Sans tenir compte de son interruption :

— L'idée m'est venue subitement, l'autre jour, continua Bernard, qu'il pourrait bien être possible d'être adulte tout le temps.

— Je ne comprends pas. – Lenina parlait d'un ton ferme.

— Je le sais bien. Et voilà pourquoi nous sommes allés coucher ensemble hier – comme des gosses – au lieu d'attendre d'être des adultes et d'attendre.

— Mais c'était amusant, insista Lenina. N'est-ce pas ?

— Oh ! amusant au possible, répondit-il, mais d'une voix si désolée, avec une expression si profondément misérable, que Lenina sentit soudain s'évaporer tout son triomphe. Peut-être l'avait-il trouvée trop potelée, malgré tout.

— Je vous l'avais bien dit, se contenta de répondre Fanny, quand Lenina vint lui faire ses confidences. C'est l'alcool qu'on a mis dans son pseudo-sang.

— N'empêche, insista Lenina. Il me plaît, vraiment. Il a de si jolies mains. Et cette manière qu'il a de remuer les épaules, cela m'attire vers lui. – Elle soupira. – Mais je voudrais bien qu'il ne fût pas si bizarre.

II

S'arrêtant un instant devant la porte du bureau du Directeur, Bernard fit une inspiration profonde et tendit les épaules, se bandant pour faire face à l'animosité et à la désapprobation qu'il était certain de trouver à l'intérieur. Il frappa, et entra.

— Une autorisation que je vous demande de viser. Monsieur le Directeur, dit-il d'un ton aussi détaché que possible, et il posa le papier sur le bureau.

Le Directeur lui lança un regard aigri. Mais le papier était à l'en-tête du Bureau de l'Administrateur Mondial, et la signature de Mustapha Menier, franche et noire, s'étalait au bas de la page. Tout était parfaitement en règle. Le Directeur n'avait pas le choix. Il apposa au crayon son paraphe, deux pâles petites lettres, couchées humblement au pied de Mustapha Menier, et il était sur le point de rendre le papier sans un mot de commentaire ou d'aford-vat bienveillant, lorsque son regard fut attiré par quelque chose d'écrit dans le texte de l'autorisation.

— Pour la Réserve du Nouveau-Mexique ? dit-il, et le ton de sa voix, le visage qu'il leva vers Bernard, exprimèrent une espèce d'étonnement agité.

Surpris de sa surprise, Bernard fit un signe de tête affirmatif. Il y eut un silence.

Le Directeur s'adossa en arrière sur sa chaise, fronçant les sourcils.

— Il y a combien de temps de cela ? fit-il, parlant plutôt à lui-même qu'à Bernard. – Vingt ans, je suppose. Vingt-cinq, plutôt. Je devais avoir votre âge… – Il soupira et hocha la tête.

Bernard se sentit extrêmement gêné. Un homme aussi respectueux des conventions, aussi scrupuleusement correct, que le Directeur, aller commettre un manquement si grossier à l'étiquette ! Cela lui donnait le désir de se cacher la figure, de quitter la pièce en courant. Non pas que, personnellement, il trouvât quelque chose d'intrinsèquement répréhensible dans le fait qu'on parlât du passé lointain ; c'était là un de ces préjugés hypnopédiques dont (s'imaginait-il) il s'était complètement débarrassé. Ce qui l'intimidait, c'est qu'il savait que le Directeur désapprouvait cela, que, la désapprouvant, il avait été néanmoins entraîné à faire la chose défendue. Par quelle contrainte intérieure ? Bernard écouta avec une curiosité avide qui perçait au travers de sa gêne.

— J'ai eu la même idée que vous, disait le Directeur. Je voulais voir les sauvages. J'obtins une autorisation pour le Nouveau-Mexique et j'y allai pour mes vacances d'été. Avec la jeune fille que j'avais à ce moment-là. C'était une Bêta-Moins, et je crois bien (il ferma les yeux), je crois bien qu'elle avait les cheveux jaunes. En tout cas, elle était pneumatique, particulièrement pneumatique ; cela, je m'en souviens. Nous allâmes donc là-bas, nous observâmes les sauvages, et nous nous promenâmes à cheval, et tout le reste. Et puis – c'était à peu près le dernier jour de mon congé – et puis… eh bien, elle se perdit. Nous avions escaladé à cheval une de ces sales montagnes, il faisait affreusement chaud et lourd, et après le déjeuner nous nous endormîmes. Ou, du moins, moi, je m'endormis. Elle dut faire un petit tour, toute seule. Quoi qu'il en soit, quand je me réveillai, elle n'était pas là. Et l'orage le plus épouvantable que j'aie jamais vu se mit alors à déferler sur nous. Il plut à torrents, il tonna, il y eut des éclairs ; et les chevaux brisèrent leurs longes et s'enfuirent ; je tombai en essayant de les rattraper, je me fis mal au genou, au point de ne plus pouvoir marcher qu'à grand-peine. Néanmoins, je cherchai partout, je criai, je fouillai les environs. Mais il n'y avait aucune trace d'elle. Alors je pensai qu'elle avait dû retourner toute seule à l'hôtellerie. Aussi me traînai-je jusque dans la vallée, le long du chemin par lequel nous étions venus. Mon genou était atrocement douloureux, et j'avais perdu mon *soma*. Il me fallut plusieurs heures. Je ne parvins à l'hôtellerie qu'après minuit. Et elle n'y était pas... elle n'y était pas, répéta le Directeur. – Il y eut un silence. – Eh bien, reprit-il enfin, le lendemain on fit des recherches. Mais nous ne réussîmes pas à la retrouver. Elle avait dû tomber quelque part dans un ravin, ou être dévorée par un lion de montagne. Ford le sait. Quoi qu'il en soit, ce fut horrible ! Cela me bouleversa sur le moment. Plus qu'il n'était de mise, sans doute. Parce que, après tout, c'est un accident d'un genre tel qu'il aurait pu en arriver à n'importe qui : et, bien entendu, le corps social persiste, bien que les cellules composantes puissent changer. – Mais cette consolation enseignée pendant le sommeil ne parut pas être bien efficace. Hochant la tête : – J'en rêve encore, parfois, positivement, reprit le Directeur d'une voix plus faible, je rêve que je suis réveillé par ce fracas de tonnerre et que je m'aperçois qu'elle n'est plus là, je rêve que je me mets à sa recherche sous les arbres, que je cherche partout... – Il retomba dans le silence du souvenir.

— Cela a dû vous donner un coup terrible, dit Bernard, presque avec envie.

Au son de sa voix, le Directeur eut conscience, dans un sursaut, de l'endroit où il se trouvait ; il lança un regard à Bernard, et, détournant les yeux, rougit avec mauvaise humeur ; il le regarda de nouveau, brusquement soupçonneux, et, d'un ton irrité, à cheval sur sa dignité :

— Ne vous imaginez pas, dit-il, que j'entretenais avec cette jeune fille des relations inavouables. Rien d'émotif, rien qui se prolongeât indéfiniment. Tout était parfaitement sain et normal. – Il tendit à Bernard son autorisation. – Je ne sais vraiment pas pourquoi je vous ai rasé avec cette anecdote triviale. – Plein de ressentiment contre lui-même d'avoir dévoilé un secret déshonorant, il passa sa colère sur Bernard. Le regard de ses yeux était franchement malveillant, à présent. – Et je désire profiter de cette occasion, Mr. Marx, reprit-il, pour vous dire que je ne suis pas du tout satisfait des rapports que je reçois sur votre conduite en dehors des heures de travail. Vous direz sans doute que cela ne me regarde pas. Mais cela me regarde bel et bien. Je dois me préoccuper du bon renom du Centre. Il faut que mes collaborateurs soient au-dessus de tout soupçon, et tout particulièrement ceux des castes supérieures. Les Alphas sont conditionnés de telle sorte qu'ils ne sont pas obligatoirement infantiles dans leur conduite émotive. Mais c'est là une raison de plus pour qu'ils fassent tout spécialement les efforts voulus pour se conformer à la normale. Il est de leur devoir d'être infantiles, fût-ce contraire à leur penchant. Ainsi donc, Mr. Marx, je vous avertis loyalement... – La voix du Directeur était vibrante d'une indignation qui était à présent devenue entièrement vertueuse et impersonnelle, qui était l'expression de la désapprobation de la Société elle-même – … S'il me revient de nouveau que vous avez manqué aux règles normales des convenances en ce qui concerne le décorum infantile, je demanderai votre transfert à un Sous-Centre, de préférence en Islande. Je vous salue – Et se retournant sur sa chaise pivotante, il reprit sa plume et se mit à écrire.

« Ça lui apprendra », se dit-il. Mais il se trompait. Car Bernard sortit du bureau la tête haute, plein d'orgueil triomphant, tandis qu'il claquait la porte derrière lui, à la pensée qu'il faisait front, tout seul, contre l'ordre des choses ; exalté de la conscience grisante de sa signification et de son importance personnelle. Il n'était pas jusqu'à l'idée même de la persécution qui ne le laissât impavide, qui n'agît plutôt comme un tonique que comme un déprimant. Il se sentait assez fort pour faire face aux calamités et pour en triompher ; assez fort pour affronter même l'Islande. Et cette confiance était d'autant plus vigoureuse qu'il ne croyait pas, à la vérité, un seul instant qu'il aurait à affronter quoi que ce fût. On ne transférait pas les gens, en somme, pour des motifs de ce genre. L'Islande était une simple menace. Une menace fort stimulante et vivifiante. Marchant le long du couloir, il s'enhardit au point de siffler.

C'est un compte rendu héroïque qu'il fit ce soir-là de son entrevue avec le D.I.C. « Sur quoi – c'est ainsi qu'il se terminait – je lui dis tout bonnement d'aller se faire… au Passé Sans Fond, et je sortis la tête bien haute. Et voilà. » Il dirigea sur Helmholtz Watson un regard chargé d'attente, espérant là récompense de sympathie, d'encouragement, d'admiration qui lui était due. Mais nul mot ne vint. Helmholtz resta assis en silence, les yeux fixés au sol.

Il aimait beaucoup Bernard ; il lui était reconnaissant d'être le seul homme de sa connaissance avec lequel il pût causer des sujets qu'il sentait être importants. Néanmoins, il y avait chez Bernard des choses qu'il détestait. Cette vantardise, par exemple. Et les éclats, avec lesquels elle alternait, d'un apitoiement sur lui-même qui manquait véritablement de dignité. Et cette habitude déplorable qu'il avait d'être hardi après coup, et tout plein, à distance, de la plus extraordinaire présence d'esprit. Il détestait ces choses-là, précisément parce qu'il aimait Bernard. Les secondes passèrent. Helmholtz continua à fixer les yeux au sol. Et soudain Bernard rougit et détourna son regard.

III

Le voyage s'effectua absolument sans incident. La Fusée Bleue du Pacifique arriva à La Nouvelle-Orléans avec deux minutes et demie de retard, perdit quatre minutes dans une tornade au-dessus du Texas, mais rencontra un courant aérien favorable à la longitude de 95° Ouest, et put atterrir à Santa-Fé avec moins de quarante secondes de retard sur l'heure de l'horaire.

— Quarante secondes sur un vol de six heures et demie. Ce n'est pas si mal, concéda Lenina.

Ils couchèrent cette nuit-là à Santa-Fé. L'hôtel était excellent, infiniment supérieur, par exemple, à cet affreux Aurora Bora Palace dans lequel Lenina avait tant souffert l'été précédent. L'air liquide, la télévision, le vibromassage par le vide, la T.S.F., la caféine en solution bouillante, les préservatifs chauds, et des parfums de huit espèces différentes étaient installés dans toutes les chambres. L'appareil à musique synthétique était en fonctionnement au moment où ils pénétrèrent dans le hall, et ne laissait rien à désirer. Un avis affiché dans l'ascenseur annonçait qu'il y avait à l'hôtel soixante Courts de Paume-Escalator, et qu'on pouvait jouer dans le parc au Golf-Obstacles et au Golf-Électro-Magnétique.

— Mais cela me paraît tout bonnement délicieux ! s'écria Lenina. J'en arriverais presque à souhaiter que nous puissions rester ici. Soixante Courts de Paume-Escalator…

— Il n'y en aura pas, dans la Réserve, lui dit Bernard en avertissement. Et pas de parfums, pas de télévision, pas même d'eau chaude. Si vous croyez ne pas pouvoir le supporter, restez ici jusqu'à mon retour.

Lenina en fut toute froissée :

— Bien sûr, que je peux le supporter. Si j'ai dit que c'était délicieux ici, c'est seulement… mon Ford, parce que le progrès est en effet une chose délicieuse, n'est-ce pas ?

— Cinq cents répétitions, une fois par semaine, de treize à dix-sept ans, dit Bernard avec lassitude, comme s'il se parlait à lui-même.

— Qu'est-ce que vous avez dit ?

— J'ai dit que le progrès est une chose délicieuse. C'est pourquoi il ne faut pas venir dans la Réserve, à moins que vous n'en ayez réellement envie.

— Mais j'en ai réellement envie.

— C'est bien, alors, dit Bernard ; et c'était presque une menace.

Leur autorisation devait être signée par le Conservateur de la Réserve, au bureau duquel ils se présentèrent dûment le lendemain matin. Un huissier nègre Epsilon-Plus prit la carte de Bernard, et on les fit entrer presque immédiatement.

Le Conservateur était un Alpha-Moins brachycéphale et blond, petit, rouge, au visage tout rond, large d'épaules, avec une forte voix retentissante fort bien adaptée à l'émission du savoir hypnopédique. C'était une mine de renseignements sans suite et de bons conseils gratuits. Une fois lancé, il continuait, il continuait, d'une façon tonnante :

— … cinq cent soixante mille kilomètres carrés, divisés en quatre Sous-Réserves distinctes, dont chacune est entourée d'une clôture en treillage métallique à haute tension…

À ce moment, et sans raison apparente, Bernard se souvint subitement qu'il avait laissé grand ouvert et coulant à flots le robinet d'eau de Cologne de sa salle de bains.

— … parcourue par du courant provenant de la station hydro-électrique du Grand-Cañon.

« Ça me coûtera une fortune, d'ici que je sois rentré. » Bernard voyait en esprit l'aiguille du compteur à parfum avancer, tour après tour, sur le cadran, comme une fourmi, infatigablement. « Téléphoner d'urgence à Helmholtz Watson. »

— … plus de cinq mille kilomètres de clôture en treillage à soixante mille volts.

— Vraiment ? dit poliment Lenina, ne sachant pas le moins du monde ce qu'avait dit le Conservateur, mais modelant le ton de sa réplique sur la pause dramatique de son interlocuteur. – Quand le Conservateur s'était mis à disserter de sa voix tonnante, elle avait discrètement avalé un demi-gramme de *soma,* ce qui avait eu pour résultat de lui permettre maintenant de rester là, assise, en toute sérénité, n'écoutant pas, ne pensant absolument à rien, mais fixant ses grands yeux bleus sur le Conservateur, avec une expression d'attention profonde.

— Toucher la clôture, c'est la mort instantanée, déclara solennellement le Conservateur, il n'y a pas moyen de s'évader d'une Réserve à Sauvages.

Le mot « évader » était évocateur.

— Peut-être, dit Bernard, se levant à demi, faudrait-il songer à partir. – La petite aiguille noire trottait, tel un insecte, grignotant le temps, se creusant à coups de dents une route à travers son argent.

— Pas moyen de s'évader, répéta le Conservateur, le faisant rasseoir d'un geste de la main ; et comme l'autorisation n'était pas encore contresignée, Bernard ne put faire autrement que d'obéir. – Ceux qui naissent dans la Réserve – et ne perdez pas de vue, ma chère demoiselle, ajouta-t-il, dirigeant sur Lenina une œillade obscène, et parlant avec un chuchotement inconvenant, ne perdez pas de vue que, dans la Réserve, les enfants *naissent* encore, oui, ils y naissent effectivement, quelque révoltant que cela puisse paraître… (Il espérait que cette allusion à un sujet honteux ferait rougir Lenina ; mais elle se contenta d'esquisser un sourire où l'intelligence était simulée et de dire : « Vraiment ? ») Déçu, le Conservateur reprit : Ceux, je le répète, qui naissent dans la Réserve, sont destinés à y mourir.

« Destinés à mourir… » Un décilitre d'eau de Cologne par minute. Six litres à l'heure.

— Peut-être, hasarda de nouveau Bernard, faudrait-il…

Se penchant en avant, le Conservateur frappa la table de son index.

— Vous me demandez combien il y a de gens qui vivent dans la Réserve. Et je réponds – triomphalement – je réponds que je n'en sais rien. Nous ne pouvons que hasarder un chiffre.

— Vraiment ?

— Oui, vraiment, ma chère demoiselle.

Six fois vingt-quatre, – non, six fois trente-six, ce serait plus près de la vérité. Bernard était pâle et tremblant d'impatience. Mais l'exposé tonitruant continua.

— … environ soixante mille Indiens et métis… absolument sauvages… nos inspecteurs visitent de temps en temps… à part cela, aucune communication, quelle qu'elle soit, avec le monde civilisé… conservent leurs habitudes et leurs coutumes répugnantes… le mariage, si vous savez ce que cela veut dire, ma chère demoiselle ; la famille… pas de conditionnement… des superstitions monstrueuses… le Christianisme, et le totémisme, et le culte des ancêtres… des langues éteintes, comme le Zuni, l'Espagnol, l'Athapascan… des pumas, des porcs-épics, et d'autres animaux féroces… des maladies contagieuses… des prêtres… des lézards venimeux…

— Vraiment ?

Ils parvinrent enfin à se dépêtrer. Bernard se précipita au téléphone. Vite, vite ; mais il lui fallut près de trois minutes pour obtenir la communication avec Helmholtz Watson. « On se croirait déjà chez les sauvages, se plaignit-il. Quelle sacrée pagaïe ! »

— Prenez un gramme de *soma,* proposa Lenina.

Il refusa, préférant sa colère. Et enfin, Ford soit loué, il obtint sa communication, et oui, c'était Helmholtz, Helmholtz, à qui il expliqua ce qui était arrivé, et qui promit d'aller chez lui immédiatement, immédiatement, et de fermer le robinet, oui, immédiatement, mais qui profita de cette occasion pour lui rapporter ce que le D.I.C. avait dit, en public, la veille au soir…

— Hein ? Il cherche quelqu'un pour me remplacer ? – La voix de Bernard trahissait une souffrance atroce. – Ainsi donc, c'est vraiment décidé ? A-t-il précisé que c'était l'Islande ? Vous dites que oui ? Ford ! L'Islande !… – Il raccrocha le récepteur et se tourna de nouveau vers Lenina. Son visage avait pâli, il avait une expression totalement abattue.

— Qu'est-ce qu'il y a ? demanda-t-elle.

— Ce qu'il y a ? – Il se laissa tomber lourdement sur une chaise. – Il y a qu'on va m'expédier en Islande.

Souvent, par le passé, il s'était demandé ce qu'il éprouverait s'il était soumis (sans *soma,* et sans pouvoir compter sur autre chose que ses propres ressources intérieures) à quelque grande épreuve, à quelque douleur, à quelque persécution ; il avait même désiré ardemment en être frappé. Voilà seulement huit jours, dans le bureau du Directeur, il s'était vu, résistant courageusement, acceptant stoïquement, sans un mot, la souffrance. Les menaces du Directeur l'avaient véritablement exalté, lui avaient donné la sensation d'être plus grand que nature. Mais cela, il s'en rendait compte à présent, c'est parce qu'il n'avait pas pris les menaces bien au sérieux ; il n'avait pas cru que, le moment décisif venu, le D.I.C. ferait jamais quoi que ce fût. À présent qu'il semblait que les menaces dussent réellement être mises à exécution, Bernard fut atterré. De ce stoïcisme imaginé, de ce courage théorique, il ne subsistait nulle trace.

Il pesta contre lui-même – quel imbécile il avait été ! –, contre le Directeur – comme il était injuste de ne pas lui donner cette dernière chance de se rattraper, cette dernière chance dont – il n'éprouvait à présent le moindre doute à ce sujet – il avait toujours eu l'intention de se saisir. Et l'Islande, l'Islande…

Lenina hocha la tête.

— « “*Fus*” et “*serai*”, ça n'est pas gai, cita-t-elle, un gramme, et puis plus rien que “*suis*” ».

En fin de compte, elle le persuada d'avaler quatre comprimés de *soma.* Au bout de cinq minutes, les racines et les fruits étaient abolis ; la fleur du présent s'épanouissait, toute rose. Un message apporté par l'huissier annonça que, suivant les ordres du Conservateur, un Garde de la Réserve s'était mis à leur disposition avec un avion et les attendait sur le toit. Un octavon en uniforme vert Gamma les salua et se mit en devoir de réciter le programme de la matinée.

Une vue à vol d'oiseau de dix à douze des principaux pueblos, puis un atterrissage, pour déjeuner, dans la vallée de Malpais. L'hôtellerie y était confortable, et là-haut, dans le pueblo, les sauvages seraient probablement en train de célébrer leur fête de l'été. Ce serait le meilleur endroit pour passer la nuit.

Ils prirent place dans l'avion et se mirent en route. Dix minutes plus tard, ils franchissaient la frontière qui sépare la civilisation de l'état sauvage. Par monts et par vaux, à travers les déserts de sel ou de sable, coupant les forêts, descendant aux profondeurs violettes des canons, franchissant précipice, pic et plateau de *mesa,* la clôture courait, irrésistiblement en ligne droite, symbole géométrique du dessein humain triomphant. Et à son pied, çà et là, une mosaïque d'ossements blanchis, une carcasse non encore pourrie, sombre sur le sol fauve, marquaient l'endroit où cerf, taureau, puma, porc-épic ou coyote, ou bien les énormes balbuzards goulus, attirés par le relent de la charogne et foudroyés, on eût dit par une justice poétique, s'étaient approchés trop près des fils métalliques destructeurs.

— Ils n'apprennent jamais, dit le pilote à l'uniforme vert, désignant les squelettes sur le sol au-dessous d'eux. – Et ils n'apprendront jamais, ajouta-t-il, et il eut un rire, comme s'il avait en quelque sorte mis à son actif un triomphe personnel sur les animaux électrocutés.

Bernard se mit également à rire ; après deux grammes de *soma,* la plaisanterie paraissait bonne, sans qu'il sût pourquoi. Il se mit à rire, puis, presque immédiatement, il s'endormit, et c'est tout endormi qu'il fut transporté, survolant Taos et Tesuque, Nambe, Picuris et Pojoaque, Sia et Cochiti, survolant Laguna, Acoma et la Mesa Enchantée, Zuni et Cibola et Ojo Caliente, se réveillant enfin pour s'apercevoir que l'appareil s'était posé à terre, que Lenina, chargée des valises, se dirigeait vers une petite maison carrée, et que l'octavon vert Gamma causait incompréhensiblement avec un jeune Indien.

— Malpais, expliqua le pilote, tandis que Bernard descendait à terre. Voici l'hôtellerie. Et il y a danse cet après-midi au pueblo. Il vous y mènera. – Il désigna du doigt le jeune sauvage à l'air sombre. – Ça doit être drôle. – Il partit d'un rire grimaçant. – Tout ce qu'ils font est drôle. – Sur quoi il regrimpa dans l'avion et mit en marche les moteurs. – Je reviendrai demain. Et souvenez-vous bien, ajouta-t-il d'un ton rassurant pour Lenina, qu'ils sont parfaitement inoffensifs ; les sauvages ne vous feront pas de mal. Ils ont suffisamment d'expérience des bombes à gaz pour savoir qu'il ne faut pas qu'ils fassent de blagues. – Riant toujours, il embraya les hélices d'hélicoptère, et s'en fut.

7

La *mesa* ressemblait à un navire retenu par un calme dans un détroit de poussière couleur de lion. Le chenal serpentait entre des rives à pic, et, descendant en pente de l'une à l'autre des murailles à travers la vallée, courait un filet vert : la rivière et les champs qu'elle arrosait. Sur la proue de ce navire de pierre, au centre du détroit et paraissant en faire partie, semblable à un affleurement en forme définie et géométrique du roc nu, s'élevait le pueblo de Malpais. Pâté sur pâté, chacun des étages plus petit que celui d'en dessous, les hautes maisons montaient, telles des pyramides à échelons et tronquées, dans le ciel bleu. À leur pied s'éparpillait un amas de bâtisses basses, un lacis de murailles ; et sur trois côtés, les précipices tombaient à pic dans la plaine. Quelques colonnes de fumée montaient verticalement dans l'air sans un souffle, et s'y perdaient.

— Bizarre, dit Lenina, fort bizarre. – C'était son expression habituelle de condamnation. – Ça ne me plaît pas. Et cet homme ne me plaît pas non plus. – Elle montra du doigt le guide indien qui avait été désigné pour les conduire là-haut au pueblo. Ce sentiment était manifestement payé de retour ; le dos même de l'homme, tandis qu'il marchait devant eux, était hostile, sombrement méprisant. – Et puis (elle baissa la voix), il sent mauvais.

Bernard ne tenta pas de le nier. Ils continuèrent à marcher.

Tout à coup, l'on eût dit que tout l'air était devenu vivant et s'était mis à battre, à battre de la pulsation infatigable du sang. Là-haut, à Malpais, les tambours battaient. Leurs pieds prirent le rythme de ce cœur mystérieux ; ils pressèrent le pas. Le sentier qu'ils suivaient les mena au pied du précipice. Les flancs de l'énorme bateau-mesa les dominaient de toute leur hauteur, cent mètres jusqu'au plat-bord.

— Si seulement nous avions pu amener ici l'avion ! dit Lenina, levant les yeux avec colère sur la face nue du roc surplombant. Je déteste la marche. Et l'on se sent si petit quand on est sur le sol au bas d'une montagne.

Ils poursuivirent leur marche, parcourant une partie du chemin à l'ombre de la mesa, contournèrent un éperon, et voilà, dans un ravin creusé par les eaux, qu'apparut la montée par l'escalier de dunette. Ils y grimpèrent. C'était un sentier fort raide qui zigzaguait d'un bord à l'autre du ravin. À certains moments, le battement des tambours s'amortissait au point d'être tout juste perceptible ; à d'autres, ils semblaient battre de si près qu'on les attendait au prochain tournant.

Quand ils furent à mi-chemin du sommet, un aigle passa si près d'eux dans son vol que le vent de ses ailes leur fouetta d'un souffle frais le visage. Dans une crevasse du rocher gisait un tas d'ossements. Tout était bizarre et donnait une sensation d'oppression, et l'Indien sentait de plus en plus fort. Ils débouchèrent enfin du ravin en plein soleil. Le sommet de la mesa était un pont plat de pierre.

— Ça ressemble à la Tour de Charing-T, commenta Lenina.

Mais il ne lui fut pas donné de jouir longtemps de la découverte qu'elle avait faite de cette ressemblance rassurante. Un bruit de pas amortis les fit se retourner. Nus depuis la gorge jusqu'au nombril, le corps brun foncé badigeonné de raies blanches (« comme des courts de tennis en asphalte », devait expliquer plus tard Lenina), le visage rendu inhumain par des bariolages d'écarlate, de noir et d'ocre, deux Indiens arrivaient en courant le long du sentier. Leurs cheveux noirs étaient tressés avec de la fourrure de renard et de la flanelle rouge. Un manteau en plumes de dindon leur flottait autour des épaules, d'énormes diadèmes de plumes leur lançaient autour de la tête des éclats aux tons voyants. À chaque pas qu'ils faisaient, s'élevaient le tintement et le cliquetis de leurs bracelets d'argent, de leurs lourds colliers d'os et de perles de turquoise. Ils s'approchaient sans mot dire, courant sans bruit dans leurs mocassins en peau de daim. L'un d'eux tenait un plumeau ; l'autre portait, dans chacune de ses mains, ce qui paraissait être de loin trois ou quatre bouts de corde épaisse. L'une des cordes se tordait de façon inquiétante, et Lenina vit soudain que c'étaient des serpents.

Les hommes s'approchèrent, de plus en plus près ; leurs yeux sombres la dévisagèrent, mais sans donner aucun signe de reconnaissance, ni le moindre indice qu'ils l'eussent vue ou eussent conscience de son existence. Le serpent qui s'était tordu pendait, à présent, mollement, avec les autres. Les hommes passèrent leur chemin.

— Ça ne me plaît pas, dit Lenina. Ça ne me plaît pas.

Ce qui l'attendait à l'entrée du pueblo lui plut encore moins, lorsque leur guide les eut laissés pendant qu'il entrait pour recevoir des instructions. La saleté, tout d'abord, les piles d'immondices, la poussière, les chiens, les mouches. Le visage de Lenina se plissa en une grimace de dégoût. Elle porta son mouchoir à son nez.

— Mais comment peuvent-ils vivre comme cela ? laissa-t-elle éclater d'une voix pleine d'incrédulité indignée. (Ce n'était pas possible.)

Bernard haussa philosophiquement les épaules.

— Quoi qu'il en soit, dit-il, voilà cinq ou six mille ans qu'ils le font. De sorte que je suppose qu'ils doivent y être habitués, à présent.

— Mais la propreté est l'approche de la Fordinité, insista-t-elle.

— Oui, « et la civilisation, c'est la stérilisation », reprit Bernard, terminant sur un ton ironique la seconde leçon hypnopédique d'hygiène élémentaire. – Mais ces gens-là n'ont jamais entendu parler de Notre Ford, et ils ne sont pas civilisés. De sorte qu'il est sans intérêt de…

— Oh ! – Elle lui agrippa le bras. – Regardez !

Un Indien à peu près nu descendait très lentement l'échelle depuis la terrasse du premier étage d'une maison voisine, un échelon après l'autre, avec l'attention tremblante de l'extrême vieillesse. Son visage était profondément sillonné de rides, et noir, tel un masque d'obsidienne. La bouche édentée s'était affaissée. Aux commissures des lèvres, et de chaque côté du menton, luisaient quelques longs poils hérissés, presque blancs sur la peau foncée. Les longs cheveux non retenus en tresse lui tombaient en touffes grises tout autour du visage. Son corps était courbé et émacié au point de n'avoir presque plus de chair sur les os. Très lentement il descendait, s'arrêtant à chaque échelon avant d'aventurer un pas de plus.

— Qu'est-ce qu'il a donc ? chuchota Lenina.

Elle avait les yeux écarquillés d'horreur et d'étonnement.

— Il est vieux, voilà tout, répondit Bernard avec tout le détachement dont il était capable. – Il était troublé, lui aussi ; mais il fit un effort pour ne pas paraître ému.

— Vieux ? répéta-t-elle. Mais le Directeur est vieux ; il y a des tas de gens qui sont vieux ; ils ne sont pas comme cela.

— C'est parce que nous ne leur permettons pas d'être comme cela. Nous les préservons des maladies. Nous maintenons artificiellement leurs sécrétions internes au niveau d'équilibre de la jeunesse. Nous ne laissons pas tomber leur teneur en magnésium et en calcium au-dessous de ce qu'elle était à trente ans. Nous leur faisons des transfusions de sang jeune. Nous maintenons leur métabolisme stimulé en permanence. Aussi, naturellement, n'ont-ils pas cet air-là. En partie, ajouta-t-il, parce que la plupart d'entre eux meurent bien avant d'avoir atteint l'âge de ce vieillard. La jeunesse à peu près intacte jusqu'à soixante ans, et puis, crac ! la fin.

Mais Lenina n'écoutait pas. Elle observait le vieillard. Lentement, lentement, il descendait. Ses pieds touchèrent le sol. Il se retourna. Dans leurs orbites profondément enfoncées, ses yeux étaient encore extraordinairement vifs. Ils la regardèrent un long moment, vides d'expression, sans surprise, comme si, tout bonnement, elle n'avait pas été là. Puis, lentement, le dos courbé, le vieillard, clopin-clopant, passa devant eux et disparut.

— Mais c'est terrible, chuchota Lenina, c'est épouvantable ! Nous n'aurions pas dû venir ici.

Elle tâta dans sa poche pour trouver son *soma*, mais seulement pour s'apercevoir que, par suite d'un oubli sans précédent, elle avait laissé son flacon à l'auberge. Les poches de Bernard étaient également vides.

Il ne restait à Lenina qu'à affronter sans secours extérieurs les horreurs de Malpais. Elles s'abattirent en tas sur elle, drues et rapides. Le spectacle de deux jeunes femmes donnant le sein à leurs bébés la fit rougir et l'obligea à détourner son visage. Elle n'avait, de sa vie, vu chose aussi indécente. Et ce qui l'aggravait, c'est que, au lieu de fermer les yeux et de la passer avec tact sous silence, Bernard se mit à faire, sur ce spectacle vivipare révoltant, des commentaires qui appelaient une réponse. Honteux, à présent que les effets du *soma* étaient tombés, de la faiblesse dont il avait fait preuve ce matin même à l'hôtel, il se donnait du mal pour se montrer fort et libéré des opinions orthodoxes.

— Quel mode de relations merveilleusement intime ! dit-il, dépassant délibérément toutes les bornes. Et quelle intensité de sentiment il doit créer ! Il me semble souvent qu'il se peut qu'il nous ait manqué quelque chose, à n'avoir pas eu de mère. Et peut-être aussi, vous a-t-il manqué quelque chose à ne pas *être* mère, Lenina. Représentez-vous assise là-bas, vous-même, avec un petit bébé à vous…

— Bernard ! Comment pouvez-vous… ? – Le passage d'une vieille femme atteinte d'ophtalmie et d'une maladie de peau détourna son indignation. – Allons-nous-en, supplia-t-elle. Tout cela ne me plaît pas.

Mais à ce moment leur guide reparut, et, leur faisant signe de le suivre, les conduisit le long de l'étroite rue, entre les maisons. Ils tournèrent, en arrivant à un coin. Un chien crevé gisait sur un tas d'ordures ; une femme goitreuse cherchait des poux dans la chevelure d'une petite fille. Leur guide s'arrêta au pied d'une échelle, leva la main verticalement en l'air, puis la lança horizontalement en avant. Ils exécutèrent ce qu'il commandait silencieusement, ils gravirent l'échelle et, franchissant la porte à laquelle elle donnait accès, entrèrent dans une pièce étroite et longue, assez sombre, et sentant la fumée, la graisse brûlée, et les vêtements qu'on a portés longtemps sans les laver. À l'autre extrémité de la pièce était une autre porte, par laquelle pénétrait un rayon de soleil, ainsi que le bruit, fort sonore et proche, des tambours.

Ils franchirent le seuil et se trouvèrent sur une terrasse spacieuse. Au-dessous d'eux, emprisonnée entre les hautes maisons, était la place du village, bondée d'Indiens. Des couvertures brillantes, des plumes fichées dans des chevelures noires, et l'éclat des turquoises, avec des peaux foncées luisantes de chaleur. Lenina porta de nouveau son mouchoir à son nez. Dans l'espace libre au centre de la place il y avait deux plates-formes circulaires de maçonnerie et d'argile battue, toitures, à n'en pas douter, de chambres souterraines ; car au centre de chacune des plates-formes s'ouvrait une écoutille béante, avec une échelle qui sortait de l'obscurité inférieure. Il en montait un son de flûtes souterraines qui se perdait presque totalement dans le battement persistant, régulier, implacable, des tambours.

Les tambours plaisaient à Lenina. Fermant les yeux, elle s'abandonna à leur tonnerre assourdi et répété, elle en laissa envahir de plus en plus complètement son moi conscient, si bien qu'enfin il ne subsista plus rien au monde que cette unique et profonde pulsation sonore. Elle lui rappelait, en la rassurant, les bruits synthétiques des Offices de Solidarité et des cérémonies du Jour de Ford. « *Orginet-Porginet* », murmura-t-elle en elle-même. Ces tambours battaient exactement suivant le même rythme.

Il y eut une explosion soudaine de chant qui la fit sursauter, des centaines de voix d'hommes criant toutes impétueusement dans un unisson rauque et métallique. Quelques notes longuement tenues, et le silence, le silence tonnant des tambours ; puis, perçante, d'un ton de hennissement aigu, la réponse des femmes. Puis, de nouveau, les tambours ; et une fois encore, émise par les hommes, l'affirmation profonde et farouche de leur virilité.

Bizarre, oui. L'endroit était bizarre, la musique l'était aussi, les vêtements, les goitres, les maladies de peau, les vieillards, l'étaient également. Mais le spectacle lui-même, il ne semblait pas qu'il eût rien de particulièrement bizarre, lui.

— Cela me rappelle des Chants en Commun chez les castes inférieures, dit-elle à Bernard.

Mais, un peu plus tard, cela lui rappelait beaucoup moins cette innocente cérémonie. Car tout à coup avait surgi en essaim du fond de ces chambres rondes souterraines une troupe effrayante de monstres. Hideusement masqués, ou bariolés à perdre tout aspect humain, ils s'étaient mis à danser autour de la place, en frappant des pieds sur le sol, une danse étrange et boitillante ; tout autour de la place, encore, chantant en marchant, encore, encore, un peu plus vite à chaque fois ; et les tambours avaient modifié et accéléré leur rythme, si bien qu'il devenait pareil au battement de la fièvre dans les oreilles ; et la foule s'était mise à chanter avec les danseurs, de plus en plus fort ; et une première femme avait hurlé, puis une autre, une autre encore, comme si on les tuait ; et puis soudain celui qui menait la danse se détacha du cercle, courut à un grand bahut de bois qui se trouvait à une extrémité de la place, souleva le couvercle, et en tira une paire de serpents noirs. Un hurlement vigoureux s'éleva de la foule, et tous les autres danseurs coururent vers lui, les mains tendues. Il lança les serpents aux premiers arrivés, puis replongea dans le bahut pour en reprendre d'autres. D'autres encore, des serpents noirs, des bruns, des tachetés, il les tira et les lança au-dehors. Alors la danse recommença sur un rythme différent. Ils firent et refirent le tour de la place, avec leurs serpents, serpentinement, avec un léger mouvement ondulatoire des genoux et des hanches. Tour sur tour. Puis le meneur fit un signal, et, l'un après l'autre, tous les serpents furent lancés par terre au milieu de la place ; un vieillard sortit du sous-sol et les saupoudra de farine de blé ; puis, par l'autre écoutille parut une femme qui les aspergea avec l'eau d'une jarre noire. Puis le vieillard leva la main, et, avec une soudaineté terrifiante, à faire sursauter, il y eut un silence absolu. Les tambours cessèrent de battre, la vie semblait avoir touché à sa fin. Le vieillard désigna du doigt les deux écoutilles qui donnaient accès au monde inférieur. Et lentement, soulevées d'en bas par des mains invisibles, il émergea de l'une l'image peinte d'un aigle, et de l'autre celle d'un homme, nu, cloué à une croix. Elles restèrent là, suspendues apparemment d'elles-mêmes, comme si elles observaient. Le vieillard battit des mains. Nu, si ce n'est qu'il portait un pagne de coton blanc, un gamin d'environ dix-huit ans sortit de la foule et se tint devant lui, les mains croisées sur la poitrine, la tête baissée. Le vieillard fit sur lui un signe de croix et s'éloigna. Lentement, le gamin se mit à tourner autour du tas de serpents qui se tordaient. Il avait terminé le premier circuit et était au milieu du second, lorsque, sortant de parmi les danseurs, un homme de haute taille portant un masque de coyote et tenant dans sa main un fouet de cuir tressé, s'avança vers lui. Le gamin continua sa marche comme s'il n'avait pas conscience de l'existence de l'autre. L'homme-coyote leva son fouet ; il y eut un long moment d'attente, puis un mouvement rapide, le sifflement de la lanière et son impact sonore et sec sur la chair. Le corps du gamin eut un tressaillement ; mais il n'exhala nul son, il continua à marcher du même pas lent et régulier. Le coyote frappa encore, encore ; et à chacun de ses coups s'éleva de la foule un soupir convulsif tout d'abord, puis un gémissement profond. Le gamin continuait à marcher. Deux, trois, quatre fois, il effectua le tour. Le sang coulait à flots. Cinq fois, six fois le tour. Soudain, Lenina se couvrit le visage de ses mains et se mit à sangloter. « Oh ! Faites les cesser, faites-les cesser ! » implora-t-elle. Mais le fouet tombait, tombait inexorablement. Sept fois le tour. Alors, tout à coup, le gamin trébucha, et, toujours sans exhaler un son, tomba la tête la première en avant. Se penchant sur lui, le vieillard lui toucha le dos d'une longue plume blanche, la brandit un instant en l'air, écarlate, pour que les gens la vissent, puis la secoua trois fois au-dessus des serpents. Il en tomba quelques gouttes, et soudain les tambours firent retentir de nouveau une panique de notes précipitées ; il y eut un grand cri. Les danseurs se pressèrent en avant, ramassèrent les serpents, et s'enfuirent de la place. Hommes, femmes, enfants, toute la foule, les poursuivirent. Au bout d'une minute, la place fut vide : il ne restait que le gamin, étendu face contre terre à l'endroit où il était tombé, absolument immobile. Trois vieilles femmes sortirent de l'une des maisons, le soulevèrent, non sans difficulté, et l'emportèrent chez elles. L'aigle et l'homme en croix restèrent quelque temps à monter la garde sur le pueblo désert ; puis, comme s'ils en avaient vu suffisamment, s'enfoncèrent lentement, par leurs écoutilles, hors de vue, dans le monde souterrain.

Lenina sanglotait toujours. « Mais c'est épouvantable ! » répétait-elle sans fin, et toutes les consolations de Bernard furent vaines.

— C'est épouvantable ! Ce sang ! Elle frémit. – Oh ! Si j'avais mon *soma* !

Il y eut un bruit de pas dans la pièce intérieure.

Lenina ne bougea pas, mais demeura assise, le visage enfoui dans ses mains, sans rien voir, à l'écart. Bernard seul se retourna.

Le vêtement du jeune homme qui sortit à ce moment sur la terrasse était celui d'un Indien ; mais ses cheveux tressés étaient couleur paille, ses yeux, bleu pâle, et sa peau était une peau blanche, bronzée.

— Tiens ! Salut à vous, dit l'étranger, dans un anglais sans faute, mais spécial. Vous êtes civilisés, n'est-ce pas ? Vous venez de là-bas, d'au-delà de la Réserve ?

— Qui donc, Grand Ford… ? commença Bernard, étonné.

Le jeune homme soupira et hocha la tête :

— Un homme bien malheureux. – Et, désignant du doigt les taches de sang au centre de la place : Voyez-vous « cette tache maudite[1] » ? demanda-t-il d'une voix tremblante d'émotion.

— « Un gramme vaut mieux qu'un mal qu'on clame », dit mécaniquement Lenina, sa voix sortant de derrière ses mains. Si seulement j'avais mon *soma* !

— C'est moi qui aurais dû être là, reprit le jeune homme. Pourquoi n'ont-ils pas voulu de moi pour le sacrifice ? Moi, j'aurais fait dix fois le tour, douze fois, quinze fois. Palowhtiwa n'est allé que jusqu'à sept… Avec moi, ils auraient pu avoir deux fois plus de sang ! « Teindre de sang les mers tumultueuses…[2] » – Il étendit les bras d'un geste large ; puis, avec désespoir, les laissa retomber. – Mais ils ne me l'ont pas permis. « Je

---

1. *Out, damned spot* (*Macbeth*, V. 1.)
2. *The multitudinous seas incarnadine.* (*Macbeth*, II, 2.)

leur déplaisais à cause de mon teint[1]. » Ç'a toujours été ainsi. Toujours. – Le jeune homme avait les larmes aux yeux ; il eut honte, et se détourna.

L'étonnement fit oublier à Lenina la privation de *soma*. Elle se découvrit le visage, et, pour la première fois, regarda l'étranger.

— Quoi ! Vous voulez dire que vous *désiriez* être frappé de ce fouet ?

Détournant toujours d'elle ses regards, le jeune homme fit un signe affirmatif.

— Pour le bien du pueblo, pour faire venir la pluie et faire pousser le blé. Et pour plaire à Poukong et à Jésus. Et puis, pour montrer que je suis capable de supporter la douleur sans crier. Oui – et sa voix prit soudain une résonance nouvelle, il se retourna en carrant fièrement les épaules, en soulevant le menton avec orgueil, d'un air de défi – pour montrer que je suis un homme… Oh ! – Il eut un halètement convulsif et se tut, les yeux écarquillés.

Il avait vu, pour la première fois de sa vie, le visage d'une jeune fille dont les joues n'étaient pas de la couleur du chocolat ou de la peau de chien, dont les cheveux étaient châtain clair, avec une ondulation permanente, et dont l'expression (nouveauté ahurissante !) était celle de l'intérêt bienveillant. Lenina lui souriait ; comme il a l'air gentil, ce garçon, songeait-elle et comme il est beau ! Le sang afflua au visage du jeune homme ; il baissa les yeux, les releva un instant, seulement pour s'apercevoir qu'elle lui souriait toujours, et fut tellement ému qu'il fut obligé de se détourner et de faire semblant de regarder fort attentivement quelque chose qui était de l'autre côté de la place.

1. *Mislike me not for my complexion.* (*Merch. of Venice,* II, 1.)

Les questions que posa Bernard créèrent une diversion. Qui ? Comment ? Quand ? D'où ?

Tenant les yeux fixés sur le visage de Bernard (car il avait le désir si éperdu de voir Lenina souriante qu'il n'osait absolument pas la regarder), le jeune homme essaya d'expliquer sa présence. Linda et lui – Linda, c'était sa mère (ce mot fit prendre à Lenina un air gêné) – étaient des étrangers dans la Réserve. Linda était venue de Là-Bas, voici longtemps, avant qu'il fût né, avec un homme, dont il était le fils. (Bernard dressa l'oreille.) Elle était partie à pied dans ces montagnes, par-là, au nord, elle avait fait une chute dans un endroit escarpé, et s'était blessée à la tête…

— Continuez, continuez ! dit Bernard avec animation.

… Des chasseurs de Malpais l'avaient trouvée et l'avaient ramenée au pueblo. Quant à l'homme dont il était le fils, Linda ne l'avait jamais revu. Il s'appelait Tomakin, (Oui, le prénom du D.I.C. était bien Thomas). Il avait dû s'envoler, retourner Là-Bas, s'en aller sans elle – homme mauvais, méchant, antinaturel.

— De sorte que je suis né à Malpais, dit-il pour conclure. À Malpais. – Et il hocha la tête.

Ah ! Cette petite maison à la lisière du pueblo, qu'elle était sale ! Un espace couvert de poussière et d'immondices la séparait du village. Deux chiens affamés fouillaient du museau, d'une façon obscène, les détritus répandus devant la porte. À l'intérieur, lorsqu'ils y pénétrèrent, la pénombre était puante et sonore du vol des mouches.

— Linda ! appela le jeune homme.

Du fond de l'autre pièce une voix féminine assez enrouée dit : « J'arrive. » Ils attendirent. Par terre, dans des bols, il y avait les restes d'un repas, de plusieurs repas, peut-être.

La porte s'ouvrit. Une squaw blonde et très forte franchit le seuil, et resta là à contempler les étrangers d'un regard ébahi, incrédule, bouche bée. Lenina remarqua avec dégoût qu'il lui manquait deux dents de devant. Et la couleur de celles qui lui restaient !… Elle eut un frisson. C'était pis que le vieillard. Comme cette femme était obèse ! Et toutes ces rides sur sa figure, ces chairs molles pendantes, ces plis ! Et ces joues affaissées, avec ces pustules pourprées ! Et les veines rouges sur son nez, les yeux injectés de sang ! Et ce cou, ce cou ; et la couverture dont elle s'était couvert la tête, en loques, et crasseuse. Et sous la tunique brune en forme de sac, ces seins énormes, la saillie du ventre, les hanches ! Oh ! bien pis que le vieillard, bien pis ! Et soudain cette créature laissa éclater un torrent de paroles, se précipita vers elle les bras ouverts, et – Ford. Ford ! c'était révoltant, c'en était trop, encore un moment, elle aurait la nausée – la pressa contre cette saillie, contre cette poitrine, et se mit à l'embrasser, Ford ! à *l'embrasser*, en bavant – et elle sentait abominablement mauvais, il était manifeste qu'elle ne prenait jamais de bains, et elle empestait tout bonnement ce sale produit qu'on mettait dans les flacons de Deltas et des Epsilons (non, ce n'était pas vrai, ce qu'on disait au sujet de Bernard !), elle puait littéralement l'alcool ! Lenina se détacha d'elle aussi rapidement que possible.

Elle se trouva face à face avec un visage distordu et gonflé de larmes ; la créature pleurait.

— Oh ! Ma chérie, ma chérie ! – Le torrent de paroles s'écoula avec des sanglots. – Si vous saviez comme je suis contente, au bout de tant d'années ! Un visage civilisé ! Oui, et des vêtements civilisés ! Parce que je croyais bien que je ne reverrais jamais un morceau de véritable soie à l'acétate ! – Elle tâta de son doigt la manche de la chemisette de Lenina. Ses ongles étaient noirs. – Et cette culotte adorable en velours de coton à la viscose ! Savez-vous bien, ma chérie, que j'ai toujours mes vieux vêtements, ceux avec lesquels je suis venue, rangés dans une malle. Je vous les montrerai plus tard. Quoique, bien sûr, l'acétate soit tout troué. Mais la cartouchière blanche est *si* ravissante – encore que, je dois le reconnaître, la vôtre, en maroquin vert, le soit encore davantage. Ce n'est pas qu'elle m'ait servi à grand-chose, cette cartouchière. – Ses larmes se remirent à couler. – John a dû vous raconter ça. Ce qu'il m'a fallu souffrir, et pas moyen de se procurer un gramme de *soma* ! Rien qu'une gorgée de *mescal* de temps à autre, quand Popé me l'apportait. Popé, c'est un garçon que j'ai connu jadis. Mais cela vous rend si malade après coup, le *mescal,* et le *peyotl* vous donne mal au cœur ; et puis, cela rendait encore bien plus pénible, le lendemain, cette sensation affreuse de honte. Et j'étais tellement honteuse, effectivement. Songez donc : moi, une Bêta, avoir un bébé : Mettez-vous à ma place ! (Rien qu'à cette idée, Lenina frémit.) Quoique ce ne fût pas ma faute, je le jure ; parce que je ne sais toujours pas comment cela s'est fait, étant donné que j'ai exécuté tous les exercices malthusiens – vous savez bien, en comptant : Un, deux, trois, quatre – toujours, je le jure ; n'empêche que, malgré tout, c'est arrivé ; et naturellement, il n'y avait ici rien qui ressemblât à un Centre d'Avortement. À propos, est-il toujours là-bas, à Chelsea ? demanda-t-elle. – Lenina fit un signe de tête affirmatif. – Et toujours éclairé par projecteurs le mardi et le vendredi ? – Lenina fit de nouveau « oui » de la tête. – Cette tour ravissante en verre rose ! – La pauvre Linda leva le visage, et, les yeux clos, contempla en extase l'image brillante du souvenir. – Et la Tamise, la nuit,… murmura-t-elle. – De grosses larmes filtrèrent lentement d'entre ses paupières serrées. – Et le retour en avion, le soir, de Stoke Poges. Et puis un bain chaud et un vibromassage par le vide… Mais voilà… – Elle fit une inspiration profonde, hocha la tête, rouvrit les yeux, renifla une fois ou deux, puis se moucha dans ses doigts qu'elle essuya sur le pan de sa tunique. – Oh ! Je regrette, dit-elle, en réponse à l'involontaire grimace de dégoût que fit Lenina. Je n'aurais pas dû faire cela. Je regrette. Mais que faire, aussi, quand il n'y a pas de mouchoirs ? Comme cela m'a tourmentée, jadis, je m'en souviens, toute cette saleté, et le fait que rien ne soit aseptique ! J'avais une entaille affreuse à la tête, quand on m'a amenée ici, tout au début. Vous ne pouvez pas vous imaginer ce qu'on me mettait sur la plaie. De la crasse, tout simplement de la crasse. « La Civilisation, c'est la Stérilisation », leur disais-je. Et « Sur mon streptocoque ailé, Volez à Banbury-T, Voir ma sall' de bain nick'lé' Avec un W.C.[1] ». Comme si c'étaient de petits enfants. Mais ils ne comprenaient pas, bien entendu. Comment l'auraient-ils pu ? Et en fin de compte, je m'y suis habituée, je suppose. Et au surplus, comment pourrait-on tenir tout propre quand il n'y a pas d'installation d'eau chaude ? Et regardez-moi ces vêtements. Cette sale laine, ce n'est pas comme de l'acétate. Ça dure, ça dure !… Et l'on est censé la raccommoder si elle

1. Le texte anglais, que nous avons tenté de rendre fidèlement avec sa signification et un rythme comparable, est une parodie d'une « Nursery Rhyme », c'est-à-dire d'une petite poésie enfantine, familière à tous les enfants anglais. *(N. d. T.)*

se déchire. Mais moi, je suis une Bêta ; je travaillais dans la Salle de Fécondation ; personne ne m'a jamais appris à faire quoi que ce soit de ce genre-là. Ce n'était pas mon affaire. D'ailleurs, ce n'a jamais été bien, de raccommoder des vêtements. Jetez-les quand ils ont des trous, et achetez-en de neufs. « Plus on reprise, moins on se grise. » C'est bien ça, n'est-ce pas ? Raccommoder, c'est antisocial. Mais ici, tout est différent. C'est comme si l'on vivait comme des fous. Tout ce qu'ils font est fou. – Elle jeta un regard circulaire ; elle vit que John et Bernard les avaient quittées et faisaient les cent pas au-dehors de la maison, dans la poussière et les immondices mais n'en baissant pas moins la voix en un ton confidentiel, et se penchant, tandis que Lenina se raidissait et se reculait, si près que son souffle empesté de poison pour embryons agitait les cheveux qui tombaient sur la joue de la jeune fille : – Par exemple, fit-elle, dans un chuchotement éraillé, voyez la façon dont on se prend l'un l'autre, ici. C'est fou, vous dis-je, absolument fou… Chacun appartient à tous les autres, n'est-ce pas – n'est-ce pas ? insista-t-elle, tirant Lenina par la manche. – Lenina, détournant toujours la tête, fit un signe affirmatif, expira la bouffée d'air qu'elle avait retenue, et réussit à en inspirer une autre, relativement impolluée. – Eh bien, ici, reprit l'autre, nulle n'est censée appartenir à plus d'une personne. Et si l'on prend des gens, selon la manière ordinaire, les autres vous trouvent vicieuse et antisociale. On vous hait, on vous méprise. Une fois, il est venu un tas de femmes qui se sont mises à faire une scène parce que leurs maris venaient me voir. Et puis, pourquoi pas ? Et alors, elles se sont précipitées sur moi… Non, quelle horreur ! Je ne peux pas vous raconter cela. – De ses mains, Linda se cacha le visage et fut prise d'un frémissement. – Comme elles sont odieuses, ici, les femmes ! Folles, folles et cruelles ! Et, bien entendu, elles n'entendent rien aux exercices malthusiens, ni aux flacons, ni à la décantation, ni à rien de tout cela. Alors, elles passent leur temps à avoir des enfants – comme des chiennes. C'est révoltant ! Et quand je pense que moi… Oh ! Ford, Ford, Ford !… Et pourtant, John m'a été d'un grand réconfort, c'est vrai. Je ne sais pas ce que j'aurais fait sans lui. Quand bien même il se mît dans tous ses états chaque fois qu'un homme… Même au temps où il n'était qu'un tout petit garçon. Une fois (mais il était déjà plus grand à cette époque-là) il a essayé de tuer le pauvre Waihusiwa, – ou bien était-ce Popé ? – simplement parce que je les recevais parfois. Car je n'ai jamais pu lui faire comprendre que c'est là ce que doivent faire les gens civilisés. La folie doit être contagieuse. En tout cas, il semble que John l'ait attrapée des Indiens. Parce que, bien entendu, il a beaucoup frayé avec eux. Bien qu'ils se soient toujours conduits si salement à son égard, et ne lui aient pas permis de faire toutes les choses que faisaient les autres gamins. Ce qui, d'un côté, était fort bien, puisque cela me facilitait la tâche de le conditionner un peu. Mais vous n'avez pas idée de la difficulté que cela présente. Il y a tellement de choses qu'on ne sait pas ; ce n'était pas mon affaire, de savoir. Je veux dire : si un enfant vous demande comment fonctionne un hélicoptère, ou qui a fait le monde, eh bien, que voulez-vous répondre si vous êtes une Bêta et avez toujours travaillé dans la Salle de Fécondation ? Que voulez-vous donc qu'on réponde ?

8

DEHORS, parmi la poussière et les immondices (il y avait à présent quatre chiens), Bernard et John faisaient lentement les cent pas.

— … Si difficile pour moi de me rendre compte, disait Bernard, de tout reconstruire… Comme si nous vivions sur des planètes différentes, dans des siècles différents. Une mère, et toute cette saleté, et puis des dieux, la vieillesse, et la maladie… – Il hocha la tête. – C'est à peu près inconcevable. Je n'arriverai jamais à comprendre, à moins que vous ne m'expliquiez.

— Que j'explique quoi ?

— Ceci. – Il désigna le pueblo. – Cela. – Et cette fois, c'était la petite maison au-dehors du village. – Tout. Toute notre vie.

— Mais qu'y a-t-il à dire ?

— À partir du commencement. Depuis l'époque la plus lointaine dont vous puissiez vous souvenir.

Il y eut un long silence.

Il faisait très chaud. Ils avaient mangé beaucoup de *tortillas* et de blé sucré. Linda lui dit : « Viens te coucher, Bébé. » Ils se couchèrent ensemble dans le grand lit. « Chante. » Et Linda chanta… Elle chanta : « Sur mon Streptocoque… Volez à Banbury-T, » et « Bon voyage, petit bébé, bientôt tu seras décanté. » Sa voix se fit de plus en plus faible…

Il y eut un grand bruit, et il se réveilla, en sursaut. Un homme était debout à côté du lit, énorme, effrayant. Il disait quelque chose à Linda, et Linda riait. Elle avait remonté la couverture jusqu'à son menton, mais l'homme la rabattit. Il avait des cheveux qui ressemblaient à deux cordes noires, et autour de son bras il y avait un ravissant bracelet d'argent avec des pierres bleues. Il aimait bien le bracelet ; mais il avait peur, néanmoins ; il cacha sa figure contre le corps de Linda. Linda posa la main sur lui, et il se sentit mieux en sécurité. Employant cet autre parler qu'il ne comprenait pas si bien, elle dit à l'homme : « Pas en présence de John, voyons. » L'homme le regarda, puis contempla de nouveau Linda, et dit quelques mots d'une voix douce. Linda dit : « Non. » Mais l'homme se pencha vers lui sur le lit, et son visage était énorme, terrible ; les cordes noires de ses cheveux touchaient la couverture. « Non », répéta Linda, et il sentit sa main qui le pressait plus fort. « Non, non ! » Mais l'homme le prit par un bras, et cela faisait mal. Il cria. L'homme allongea son autre main et le souleva. Linda le tenait toujours, et disait toujours : « Non, non. » L'homme dit quelque chose de bref et de courroucé, et soudain les mains de Linda l'avaient lâché. « Linda, Linda ! » Il lança des coups de pied, se tortilla ; mais l'homme l'emporta à travers la chambre, jusqu'à la porte, qu'il ouvrit, le posa par terre au milieu de l'autre pièce, fermant la porte derrière lui. Il se leva, et courut à la porte. En se haussant sur la pointe des pieds, il pouvait tout juste atteindre le gros loquet de bois. Il le souleva et poussa ; mais la porte ne voulut pas s'ouvrir. « Linda ! » cria-t-il. Elle ne répondit pas.

Il se souvenait d'une pièce immense, plutôt sombre ; et il y avait de grandes machines en bois auxquelles étaient attachées des ficelles, et des tas de femmes debout alentour, tissant des couvertures, disait Linda. Linda lui dit de s'asseoir dans le coin avec les autres enfants, pendant qu'elle allait aider les femmes. Il joua un long moment avec les petits garçons. Soudain, les gens se mirent à parler très fort, et voilà les femmes qui repoussaient Linda et Linda pleurait. Elle alla à la porte, et il courut après elle. Il lui demanda pourquoi elles étaient en colère. « Parce que j'ai cassé quelque chose », dit-elle. Et alors elle se mit en colère, elle aussi. « Comment saurais-je m'y prendre, pour leur sale tissage ? dit-elle. Sales sauvages ! » Il lui demanda ce que c'étaient que des sauvages. Quand ils furent de retour à la maison, Popé attendait à la porte, et il entra avec eux. Il avait une grosse gourde pleine d'une substance qui ressemblait à de l'eau ; seulement, ce n'était pas de l'eau, mais bien quelque chose qui sentait mauvais, vous brûlait la bouche et vous faisait tousser. Linda en but, et Popé en but, et alors Linda rit beaucoup et parla très haut ; et ensuite elle et Popé allèrent dans l'autre pièce. Lorsque Popé partit, il y entra. Linda était au lit, et si profondément endormie qu'il ne put pas la réveiller.

Popé venait souvent. Il disait que la substance qui était dans la gourde s'appelait *mescal ;* mais Linda disait qu'elle devrait s'appeler *soma ;* seulement, elle vous rendait malade après coup. Il détestait Popé. Il les détestait tous, tous les hommes qui venaient voir Linda. Un après-midi qu'il avait joué avec les autres enfants – il faisait froid, il s'en souvenait, et il y avait de la neige sur les montagnes – il rentra à la maison et entendit des voix irritées dans la chambre à coucher. C'étaient des voix de femmes, et elles disaient des mots qu'il ne comprenait pas ; mais il savait que c'étaient des mots abominables. Puis soudain, flac ! – il y eut quelque chose de renversé ; il entendit des gens aller et venir rapidement, et il y eut un nouveau « flac » et puis un bruit semblable à celui qu'on fait quand on frappe un mulet, mais pas aussi sec ; puis Linda hurla : « Oh ! non, non, non ! » dit-elle. Il se précipita dans la chambre en courant. Il y avait trois femmes vêtues de couvertures sombres. Linda était sur le lit. L'une des femmes lui tenait les poignets. Une autre était couchée en travers de ses jambes, de façon qu'elle ne pût pas donner de coups de pied. La troisième la frappait d'un fouet. Une, deux, trois fois ; et à chaque fois, Linda hurlait. Pleurant, il tira sur la frange de la couverture de la femme. « Je vous en prie, je vous en prie ! » De sa main libre elle le maintint à distance. Le fouet s'abattit, et de nouveau Linda hurla. Il agrippa dans les siennes l'énorme main basanée de la femme, et la mordit de toutes ses forces. Elle poussa un cri, libéra sa main d'une secousse, et le poussa avec une telle violence qu'il tomba. Pendant qu'il était couché à terre, elle le frappa trois fois du fouet. Cela lui fit plus mal que tout ce qu'il avait jamais ressenti, comme du feu. Le fouet siffla de nouveau, s'abattit. Mais cette fois ce fut Linda qui cria.

— Mais pourquoi qu'elles voulaient te faire mal, Linda ? demanda-t-il ce soir-là.

Il pleurait, parce que les marques rouges du fouet sur son dos le faisaient encore souffrir horriblement. Mais il pleurait aussi parce que les gens étaient si méchants et injustes, et parce qu'il n'était qu'un petit garçon et ne pouvait rien faire contre eux. Linda pleurait aussi. Elle était adulte, mais elle n'était pas assez grande pour lutter contre elles trois. Pour elle non plus, ce n'était pas juste.

— Pourquoi qu'elles voulaient te faire mal, Linda ?

— Je n'en sais rien. Comment le saurais-je? – Il était difficile d'entendre ce qu'elle disait, parce qu'elle était couchée sur le ventre et que son visage était enfoui dans l'oreiller. – Elles disent que ces hommes sont *leurs* hommes, reprit-elle ; et ce n'est pas du tout à lui qu'elle paraissait parler ; elle semblait parler à quelqu'un qui aurait été à l'intérieur d'elle-même. Un long discours auquel il ne comprit rien ; et en fin de compte, elle se mit à pleurer plus fort que jamais.

— Oh ! ne pleure pas, Linda. Ne pleure pas !

Il se serra contre elle. Il lui passa le bras autour du cou. Linda poussa un cri : « Ah ! Fais attention ! Mon épaule ! Oh ! » et elle le repoussa brutalement. Sa tête cogna contre le mur. « Petit imbécile ! » cria-t-elle ; et puis, soudain, elle se mit à lui donner des claques. Pan, pan…

— Linda, s'écria-t-il. Oh ! Maman, ne fais pas ça !

— Je ne suis pas ta mère ! Je ne veux pas être ta mère !

— Mais, Linda… Oh ! – Elle lui donna une gifle sur la joue.

— Transformée en sauvage, vociféra-t-elle. Avoir des petits, comme un animal !… Si tu n'avais pas été là, toi, j'aurais pu aller voir l'Inspecteur, j'aurais pu partir. Mais pas avec un bébé. Ça, c'aurait été trop honteux !

Il vit qu'elle allait le frapper de nouveau, et leva le bras pour se protéger la figure.

— Oh ! non, Linda, non, je t'en prie !

— Petit animal ! – Elle lui rabattit le bras, lui découvrant le visage.

— Non, Linda ! – Il ferma les yeux, s'attendant au coup.

Mais elle ne le frappa point. Au bout d'un petit instant, il rouvrit les yeux et vit qu'elle le regardait. Il essaya de lui sourire. Tout à coup, elle l'entoura de ses bras et le couvrit de baisers.

Linda demeurait parfois plusieurs jours sans même se lever. Elle restait au lit, prise de tristesse. Ou bien elle buvait le liquide qu'apportait Popé, riait énormément, et s'endormait. Quelquefois, elle avait mal au cœur. Souvent, elle oubliait de se lever, et il n'y avait rien à manger, que des *tortillas* froides… Il se souvenait de la première fois qu'elle avait trouvé ces petites bestioles dans ses cheveux, comme elle avait poussé des cris et des cris.

Les moments les plus heureux, c'est lorsqu'elle lui parlait de Là-bas. « Et on peut réellement se promener en volant, quand on en a envie ? »

« Quand on en a envie. » Et elle lui parlait de la jolie musique qui sortait d'une boîte ; de tous les jeux charmants auxquels on pouvait jouer ; des choses délicieuses à manger et à boire, de la lumière qui apparaissait quand on appuyait sur un petit machin dans le mur ; des images qu'il était possible d'entendre, de sentir et de toucher tout en les voyant ; d'une autre boîte à faire de bonnes odeurs ; des maisons roses, vertes, bleues, argentées, hautes comme des montagnes ; elle lui contait comme tout le monde était heureux, sans que jamais personne fût triste ou en colère, comme chacun appartenait à tous les autres ; elle lui parlait des boîtes où l'on pouvait voir et entendre ce qui se passait de l'autre côté du monde ; des bébés dans de jolis flacons bien propres – tout était si propre, pas de mauvaises odeurs, pas la moindre saleté ! Elle lui contait que les gens ne se sentaient jamais seuls, mais vivaient ensemble, joyeux et heureux, comme pendant les danses d'été ici à Malpais, mais beaucoup plus heureux, avec le bonheur en permanence, chaque jour, chaque jour… Il écoutait pendant des heures d'affilée. Et parfois, quand les autres enfants et lui étaient fatigués d'avoir trop joué, l'un des vieillards du pueblo leur parlait, avec ces autres mots différents, du Grand Transformateur du Monde, et de la longue lutte entre la Main Droite et la Main Gauche, entre la Mouille et la Sécheresse ; d'Awonawilona qui fit un brouillard épais en pensant, une nuit, et de ce brouillard créa ensuite le monde ; de notre Mère la Terre et de notre Père le Ciel ; d'Ahaiyuta et Marsailema, les jumeaux de la Guerre et du Hasard ; de Jésus et de Poukong ; de Marie et d'Etsanatlehi, la femme qui redevient jeune ; de la Pierre Noire à Laguna et du Grand Aigle, et de Notre-Dame d'Acoma. Histoires étranges, d'autant plus merveilleuses pour lui qu'elles étaient contées au moyen de ces autres mots et, partant, moins complètement comprises. Étendu dans son lit, il songeait au Ciel et à Londres, à Notre-Dame d'Acoma et aux rangées sur rangées de bébés dans de jolis flacons propres, à Jésus s'envolant, à Linda prenant son vol, et au Grand Directeur des Centres Mondiaux d'Incubation, et à Awonawilona.

Beaucoup d'hommes venaient voir Linda. Les gamins commençaient à la montrer du doigt. Employant ces autres mots étranges, ils disaient que Linda était mauvaise ; ils la traitaient de noms qu'il ne comprenait pas, mais qu'il savait être de vilains noms. Un jour ils chantèrent une chanson sur elle, plusieurs fois de suite. Il leur lança des pierres. Ils ripostèrent : une pierre pointue lui entailla la joue. Le sang ne voulait pas s'arrêter de couler ; il fut tout couvert de sang.

Linda lui apprit à lire. Avec un bout de charbon de bois elle dessinait des images sur le mur, un animal assis, un bébé dans un flacon ; puis elle écrivait des lettres. LE CHAT EST LÀ. CO-CO EST DANS LE POT. Il apprenait vite et avec facilité. Quand il sut lire tous les mots qu'elle écrivait sur le mur, Linda ouvrit sa grande malle en bois, et tira de sous ce drôle de petit pantalon rouge qu'elle ne portait jamais un petit livre mince. Il l'avait souvent vu, déjà. « Quand tu seras plus grand, avait-elle dit, tu pourras le lire. » Or, à présent, il était assez grand. Il en éprouva de la fierté. « J'ai peur que tu ne trouves pas ça très palpitant, dit-elle, mais c'est tout ce que j'ai. » Elle soupira. « Si seulement tu pouvais voir les belles machines à lire que nous avions à Londres ! » Il se mit à lire : *Le Conditionnement Chimique et Bactériologique de l'Embryon. Instructions pratiques pour les Travailleurs Bêtas des Dépôts d'Embryons.* Il lui fallut près d'un quart d'heure, rien que pour lire le titre. Il jeta le livre par terre. « Sale livre, sale livre ! » dit-il, et il se mit à pleurer.

Les gamins chantaient toujours leur horrible chanson sur Linda. Quelquefois, aussi, ils se moquaient de lui à cause de ses vêtements en loques. Quand il déchirait ses habits, Linda ne savait pas les raccommoder. Là-Bas, lui disait-elle, on jetait ses vêtements troués et on en achetait de neufs. « Loques, loques ! » lui criaient les gamins. « Mais moi, je sais lire, se disait-il, et eux ne savent pas. Ils ne savent même pas ce que c'est que de lire. » Il était assez facile, s'il concentrait suffisamment sa pensée sur cette question de lecture, de feindre que cela lui était égal, quand ils se moquaient de lui. Il demanda à Linda de lui rendre le livre.

Plus les gamins le montraient du doigt, et chantaient, plus il s'appliquait à lire. Bientôt il fut en état de lire parfaitement bien tous les mots. Même les plus longs.

Mais que signifiaient-ils ? Il interrogea Linda ; mais même lorsqu'elle était capable de répondre, cela ne paraissait pas rendre les choses bien claires. Et généralement elle était absolument incapable de répondre.

— Qu'est-ce que c'est que les produits chimiques ? demandait-il.

— Oh ! Des choses comme des sels de magnésium, et l'alcool pour maintenir petits et arriérés les Deltas et les Epsilons, et le carbonate de calcium pour les os, et toutes les choses de ce genre.

— Mais comment qu'on les fabrique, les produits chimiques, Linda ? D'où qu'ils viennent ?

— Ça, je n'en sais rien. On les prend dans des flacons. Et quand les flacons sont vides, on en envoie chercher d'autres, là-haut, au Dépôt Pharmaceutique. Ce sont les gens du Dépôt Pharmaceutique qui les fabriquent, je suppose. Ou bien ils les envoient chercher à l'usine. Je n'en sais rien. Je n'ai jamais fait de la chimie. Mon travail, c'a toujours été de m'occuper des embryons.

Il en était de même de toutes les autres choses sur lesquelles il l'interrogeait. Linda ne semblait jamais rien savoir. Le vieillard du pueblo avait des réponses bien plus précises.

— La semence de l'homme et de toutes créatures, la semence du soleil, et la semence de la terre, et la semence du ciel, c'est Awonawilona qui les a créées toutes, à partir du Brouillard de l'Accroissement. Or, le monde a quatre matrices, et il déposa les semences dans la plus basse des quatre. Et graduellement les semences se mirent à pousser…

Un jour (John calcula plus tard que ce devait être peu de temps après son douzième anniversaire) il rentra à la maison et trouva par terre, dans la chambre à coucher, un livre qu'il n'avait encore jamais vu. C'était un gros livre, qui paraissait fort ancien. La reliure avait été mangée aux souris ; quelques-unes des pages étaient détachées et froissées. Il le ramassa, regarda la page de titre ; le livre était intitulé : *Œuvres complètes de William Shakespeare.*

Linda était étendue sur le lit, buvant à petites gorgées, dans une tasse, cet affreux et puant *mescal.* « C'est Popé qui l'a apporté », dit-elle. Sa voix était épaisse et rauque, comme la voix de quelqu'un d'autre. « Il était dans l'un des coffres de la Kiva des Antilopes[1]. On suppose qu'il y est depuis des centaines d'années. Ça doit être vrai, parce que je l'ai regardé et il m'a paru être tout plein de bêtises ! D'avant la civilisation. Enfin, il sera toujours assez bon pour te permettre de t'exercer à lire. » Elle avala une dernière gorgée, posa la tasse par terre à côté du lit, se retourna sur le côté, eut un hoquet ou deux, et s'endormit.

Il ouvrit le livre au hasard :

Ah ! non, mais vivre
Dans la sueur puante d'un lit souillé,
À mijoter dans la corruption, à se dire et se faire des caresses
Au-dessus de la bauge infecte[2]*…*

---

1. Les Indiens Zuñi se divisent en plusieurs sectes ou *Kivas*, dont chacune prend le nom d'un animal protecteur, et possède un lieu de réunion constitué par une chambre souterraine, appelée également *Kiva. (N. d. T.)*

2. *Nay, but to live*
In the rank sweat of an enseamed bed,
Stew'd in corruption, honeying and making love
Over the nasty sty. (Hamlet, III, 4.)

Les mots étranges lui roulèrent à travers l'esprit, y grondant comme un tonnerre parlant, comme les tambours des danses d'été, si les tambours avaient pu parler ; comme les hommes chantant la Chanson du Blé, belle, belle, à vous faire pleurer ; comme le vieux Mitsima prononçant des formules magiques sur ses plumes, ses bâtons taillés et ses bouts de pierre et d'os – *kiathla tsilu silokwe silokwe silokwe. Kiai silu silu, tsithl* – mais mieux que les formules magiques de Mitsima, parce qu'ils étaient plus chargés de sens, parce que c'est à lui qu'ils s'adressaient ; qu'ils parlaient d'une façon merveilleuse et seulement à demi compréhensible, en formules terribles et splendides, de Linda ; de Linda couchée là et ronflant, la tasse vide par terre à côté du lit ; de Linda et de Popé, de Linda et de Popé…

Il détestait de plus en plus Popé. Un homme peut prodiguer les sourires et n'être qu'un scélérat. Traître, débauché, scélérat sans remords et sans bonté. Que signifiaient au juste ces mots ? Il ne le savait qu'à moitié. Mais leur magie était puissante et continuait à gronder dans sa tête, et ce fut, sans qu'il sût comment, comme s'il n'avait pas réellement détesté Popé auparavant ; comme s'il ne l'avait jamais véritablement détesté, parce qu'il n'avait jamais pu dire à quel point il le détestait. Mais maintenant, il possédait ces mots-là, ces mots qui étaient semblables à des tambours, à des chants et à des formules magiques. Ces mots, et l'histoire étrange, étrange, d'où ils étaient tirés (elle n'avait, pour lui, ni queue ni tête, mais elle était merveilleuse, néanmoins, merveilleuse), ils lui donnaient un motif pour détester Popé ; et ils rendirent sa haine plus réelle ; ils rendirent Popé lui-même plus réel.

Un jour, alors qu'il rentrait après avoir joué, la porte de la chambre du fond était ouverte, et il les vit tous deux couchés sur le lit, endormis, Linda toute blanche et Popé presque noir, à côté d'elle, un bras passé sous ses épaules et l'autre main basanée reposant sur sa poitrine, et l'une des tresses des longs cheveux de l'homme en travers de la gorge de Linda, comme un serpent noir essayant de l'étrangler. La gourde de Popé, ainsi qu'une tasse, était posée par terre près du lit. Linda ronflait.

Il lui sembla que son cœur avait disparu, laissant un trou. Il était vide. Il éprouva une sensation de vide, de froid, de nausée un peu, de vertige. Il s'appuya au mur pour s'affermir sur ses jambes. Traître, débauché, sans remords… Semblables aux tambours, semblables aux hommes chantant l'incantation du blé, semblables à des formules magiques, les mots se répétaient et se répétaient dans sa tête. Après la sensation de froid, il eut soudain très chaud. Il avait les joues en feu sous l'afflux du sang, la chambre tournoyait et s'assombrissait devant ses yeux. Il grinça des dents : « Je le tuerai, je le tuerai, je le tuerai », disait-il sans fin. Et brusquement, il y eut d'autres mots encore.

Quand il dormira, ivre mort, ou dans sa rage,
Ou dans le plaisir incestueux de son lit[1]…

Les formules magiques étaient de son côté, la magie expliquait et donnait des ordres. Il sortit et revint dans la première pièce. « Quand il dormira, ivre mort… mort… » Le couteau à viande gisait par terre près du foyer. Il le ramassa et retourna à la porte sur la pointe

1. *When he is drunk asleep, or in his rage*
Or in the incestruous pleasure of his bed… (*Hamlet*, II, 3.)

des pieds. « Quand il dormira, ivre mort, ivre mort… » Il traversa la chambre en courant, et frappa – ah ! le sang ! – frappa de nouveau, tandis que Popé se libérait d'une secousse de l'étreinte du sommeil, leva la main pour frapper encore, mais sentit son poignet agrippé, tenu, et – oh ! oh ! – tordu. Il ne pouvait plus bouger, il était pris dans un piège, et voilà que les petits yeux noirs de Popé, tout proches, plongeaient leur regard dans les siens. Il se détourna. Il y avait deux entailles sur l'épaule gauche de Popé. « Oh ! voyez le sang ! criait Linda, voyez le sang ! » Elle n'avait jamais pu supporter la vue du sang. Popé leva son autre main, pour le frapper, pensait-il. Il se raidit pour recevoir le coup. Mais la main se contenta de la prendre sous le menton et de lui tourner le visage, de façon qu'il fût obligé de croiser de nouveau le regard de Popé. Cela dura longtemps, des heures et des heures. Et tout à coup – il ne put s'en empêcher – il se mit à pleurer. Popé éclata de rire. « Va, dit-il, employant les autres mots, les indiens, va, mon brave Ahaiyuta. » Il sortit en courant dans l'autre pièce pour cacher ses larmes.

— Tu as quinze ans, dit le vieux Mitsima, en parler indien. À présent, je puis t'apprendre à travailler l'argile.

Accroupis au bord de la rivière, ils travaillèrent ensemble.

— Tout d'abord, dit Mitsima, prenant entre ses mains une motte d'argile humectée, nous faisons une petite lune. – Le vieillard pressa la motte pour lui donner la forme d'un disque, puis recourba les bords ; la lune devint un bol creux.

Lentement et maladroitement il imita les gestes délicats du vieillard.

« Une lune, un bol, et maintenant un serpent. » Mitsima roula un autre morceau d'argile pour en faire un long cylindre flexible, le recourba en cercle, et l'appuya sur le bord du bol. « Puis encore un serpent. Encore un. Encore un. » Rondelle sur rondelle, Mitsima façonna les flancs du pot ; il était étroit, puis il se bomba, et redevint étroit vers le col. Mitsima pressa, tapota, caressa et racla ; et voilà que l'objet se dressa enfin, pot à eau familier de Malpais quant à la forme, mais d'un blanc crémeux au lieu d'être noir, et encore mou au toucher. Parodie bancale de celui de Mitsima, le sien se dressait à côté. Regardant les deux pots, il fut obligé de rire.

— Mais le prochain sera mieux, dit-il, et il se mit à humecter un autre morceau d'argile.

Façonner, donner une forme, sentir ses doigts acquérir plus d'adresse et de puissance, cela lui procurait un plaisir extraordinaire. « A, B, C, Vitamine D », se chantait-il à lui-même tout en travaillant. « L'huile est au foie, la morue a nagé. » Et Mitsima chantait aussi, une chanson sur la mise à mort d'un ours. Ils travaillèrent toute la journée, et tout au long de la journée il fut plein d'un bonheur intense absorbant.

— Cet hiver, dit le vieux Mitsima, je t'apprendrai à façonner l'arc.

Il resta longtemps debout devant la maison ; et enfin les cérémonies qui se déroulaient à l'intérieur furent terminées ; ils sortirent. Kothlu venait en tête ; il tenait le bras droit tordu et la main bien serrée, comme pour garder quelque joyau précieux. Sa main serrée tendue de même, Kiakimé, elle, venait derrière lui. Ils marchaient en silence, et c'est en silence, derrière eux, que venaient les frères et sœurs et cousins et toute la bande des vieux.

Ils sortirent du pueblo, traversèrent la mesa. Au bord de la falaise ils s'arrêtèrent, face au jeune soleil levant. Kothlu ouvrit la main. Une pincée de farine de froment s'étalait sur sa paume ; il y dirigea son souffle, murmura quelques paroles, puis la lança, poignée de poussière blanche, vers le soleil. Kiakimé fit de même. Alors le père de Kiakimé s'avança et, brandissant un bâton à prières garni de plumes, fit une longue oraison et lança ensuite le bâton derrière la farine.

— C'est fini, dit le vieux Mitsima d'une voix forte. Ils sont mariés.

— Eh bien, dit Linda, tandis qu'ils s'éloignaient, tout ce que je puis dire, c'est qu'ils semblent faire bien des manières pour fort peu de chose. Dans les pays civilisés, quand un garçon a envie d'une fille, il se contente de… Mais où vas-tu donc, John ?

Il ne prêta aucune attention à ses appels, mais s'enfuit en courant, au loin, au loin, n'importe où, pour être seul.

C'était fini. Les paroles du vieux Mitsima se répétèrent dans son esprit. Fini, fini… En silence, et de fort loin, mais violemment, désespérément sans le moindre espoir, il avait aimé Kiakimé. Et maintenant, c'était fini. Il avait seize ans.

À la pleine lune, dans la Kiva des Antilopes, des secrets allaient être dits, des secrets allaient être accomplis et endurés. Ils allaient descendre dans la Kiva, gamins, et en ressortir, hommes. Les gamins avaient tous peur et étaient en même temps impatients. Et enfin, le jour était venu. Le soleil se coucha, la lune se leva. Il alla avec les autres. Des hommes se tenaient debout, sombres, à l'entrée de la Kiva ; l'échelle s'enfonçait dans les profondeurs éclairées de rouge. Déjà les gamins de tête avaient commencé à descendre. Soudain, l'un des hommes s'avança, l'agrippa par le bras, et le tira hors des rangs. Il s'échappa et se reglissa à sa place parmi les autres. Cette fois, l'homme le frappa, lui tira les cheveux : « Pas pour toi, cheveux-blancs ! » – « Pas pour le fils de la chienne ! » dit l'un des autres hommes. Les gamins rirent. « Va-t'en ! » Et, comme il s'attardait au bord du groupe : « Va-t'en » crièrent de nouveau les hommes. L'un d'eux se baissa, prit une pierre, la lança. « Va-t'en, va-t'en, va-t'en ! » Il y eut une grêle de pierres. Saignant, il s'enfuit dans la nuit. De la Kiva éclairée de rouge venait un bruit de chants. Le dernier des gamins était arrivé en bas de l'échelle. Il était tout seul.

Tout seul, en dehors du pueblo, sur la plaine nue de la mesa. Le rocher ressemblait à des ossements blanchis sous le clair de lune. En bas dans la vallée, les coyotes aboyaient à la lune. Il souffrait encore de ses contusions, ses coupures saignaient encore ; mais ce n'est pas de douleur qu'il sanglotait ; c'est parce qu'il était tout seul, parce qu'il avait été chassé, tout seul, dans ce monde sépulcral de rochers et de clair de lune. Au bord du précipice, il s'assit. La lune était derrière lui ; il plongea son regard dans l'ombre noire de la mesa, dans l'ombre noire de la mort. Il n'avait qu'un pas à faire, qu'un petit saut… Il étendit la main droite au clair de lune. De la coupure de son poignet, le sang jaillissait encore. À intervalles de quelques secondes, une goutte tombait, sombre, presque sans couleur dans la lumière morte. Une goutte, une goutte, une goutte… « Demain, et puis demain, et puis demain[1] »…

Il avait découvert le Temps, la Mort, et Dieu.

---

1. *To-morrow, and to-morrow, and to-morrow,*
Creeps in this petty pace from day to day
To the last syllable of recorded time. (*Macbeth*, V, 5.)

— Seul, toujours seul, disait le jeune homme.

Ces paroles réveillèrent un écho plaintif dans l'esprit de Bernard. Seul, seul…

— Moi aussi, dit-il, dans une bouffée de confidence. Terriblement seul.

— Vous aussi ? – John eut l'air étonné. – Je croyais que Là-Bas… C'est-à-dire que Linda disait toujours que personne n'y était jamais seul.

Bernard rougit, gêné.

— Il faut vous dire, fit-il, bredouillant et détournant les yeux, que je dois être un peu différent de la plupart des gens. Si l'on se trouve avoir été différent, dès la décantation…

— Oui, voilà, précisément. – Le jeune homme approuva d'un signe de tête. – Si l'on est différent, il est fatal qu'on soit seul. On est traité abominablement. Savez-vous bien qu'ils m'ont tenu à l'écart de tout, absolument ? Quand les autres gamins allaient passer la nuit dans les montagnes – vous savez bien, quand on doit voir en rêve ce qu'on a comme animal sacré – ils n'ont pas voulu me permettre d'aller avec les autres ; ils n'ont voulu me dire aucun des secrets. N'empêche que je l'ai fait tout seul, ajouta-t-il. Je suis resté sans manger pendant cinq jours, et alors, je suis allé tout seul, une nuit, dans les montagnes, par-là. – Il les désigna du doigt.

Bernard eut un rire protecteur.

— Et vous avez vu quelque chose, en rêve ? demanda-t-il.

L'autre fit un signe de tête affirmatif.

— Mais il ne faut pas que je vous le dise. – Il se tut quelques instants ; puis, à voix basse : – Un jour, reprit-il, j'ai fait une chose que les autres n'avaient jamais faite : je suis resté debout contre un rocher au milieu de la journée, en été, les bras étendus, comme Jésus sur la croix.

— Mais pourquoi donc ?

— Je voulais savoir ce que c'est que d'être crucifié. Suspendu, là, en plein soleil…

— Mais pourquoi ?

— Pourquoi ? Mon Dieu… – Il hésitait. – Parce que je sentais que je devais le faire. Si Jésus a pu le supporter… Et puis, si l'on a fait quelque chose de mal… D'ailleurs, j'étais malheureux ; c'était là une autre raison.

— Cela me paraît une drôle de manière de se guérir d'être malheureux, dit Bernard. – Mais, à la réflexion, il fut d'avis que cela pouvait bien être sensé. Plus sensé que de prendre du *soma.*

— Je me suis évanoui au bout d'un certain temps, dit le jeune homme. Je suis tombé face contre terre. Voyez-vous la marque de l'endroit où je me suis coupé ? – Il souleva de son front son épaisse chevelure jaune. La cicatrice était visible, pâle et ratatinée, sur sa tempe droite.

Bernard y porta les yeux, puis, vivement, avec un petit frisson, les détourna. Son conditionnement l'avait rendu non pas tant prompt à s'apitoyer qu'à se trouver mal pour un rien. La simple allusion à la maladie ou aux blessures était, pour lui, chose non seulement épouvantable, mais proprement repoussante et plutôt dégoûtante. Comme la saleté, la difformité, ou la vieillesse. Il détourna vivement la conversation.

— Je me demande s'il vous plairait de rentrer à Londres avec nous ? demanda-t-il effectuant le premier mouvement dans une campagne dont il avait secrètement commencé à élaborer le plan stratégique dès l'instant où, dans la petite maison, il avait compris qui devait être le « père » de ce jeune sauvage. Cela vous plairait-il ?

Le visage du jeune homme s'illumina.

— Parlez-vous sérieusement ?

— Certainement ; si je peux obtenir l'autorisation, s'entend.

— Et Linda aussi ?

— C'est que... – Il hésita, saisi d'un doute. Cette créature révoltante ! Non, c'était impossible. À moins que, à moins que... Il vint soudain à l'idée de Bernard que le fait même qu'elle fût si révoltante pourrait constituer un atout formidable. – Mais certainement, s'écria-t-il, compensant ses hésitations du début par un excès de cordialité bruyante.

Le jeune homme fit une inspiration profonde.

— Penser que cela se réalise, ce dont j'ai rêvé toute ma vie... Vous rappelez-vous ce que dit Miranda ?

— Qui est-ce, Miranda ?

Mais le jeune homme n'avait manifestement pas entendu la question.

— « Ô merveille ! » disait-il ; et ses yeux étaient brillants, son visage était empourpré de lumière. « Comme il y a ici des êtres charmants ! Comme l'humanité est belle[1] ! » – Sa rougeur s'accentua soudain ; il songeait à Lenina, à un ange vêtu de viscose vert bouteille, éclatant de jeunesse et de crème de toilette, potelé, souriant avec bonté. Il eut un tremblement dans la voix. – « Ô nouveau monde admirable[2]... », commença-t-il ; puis il s'interrompit tout à coup ; le sang avait quitté ses joues ; il était devenu blanc comme papier.

---

1. 2. *O wonder !*
How many goodly creatures are there here!
How many beauteous mankind is! O brave new world,
That has such people in't! (*Tempest*, V, 1.)

— Êtes-vous marié avec elle ? demanda-t-il.

— Suis-je… quoi ?

— Marié. Vous savez bien – pour toujours. On dit « pour toujours », dans le langage indien ; cela ne peut pas se défaire.

— Ford, non ! – Bernard ne put s'empêcher de rire.

John rit aussi, mais pour une autre raison, il rit de joie franche.

— « Ô nouveau monde admirable ! répéta-t-il, ô nouveau monde admirable, qui contient des gens pareils[1] !… » Partons tout de suite.

— Vous avez parfois une façon de parler fort singulière, dit Bernard, dévisageant le jeune homme avec un étonnement perplexe. – Et, de toute façon, ne feriez-vous pas mieux d'attendre que vous l'ayez vu, ce monde nouveau ?

---

1. *O wonder !*
How many goodly creatures are there here!
How many beauteous mankind is! O brave new world,
That has such people in't! (*Tempest*, V, 1.)

9

LENINA estimait avoir droit, après cette journée d'étrangeté – et d'horreur, à un congé complet et absolu. Aussitôt qu'ils furent rentrés à l'hôtellerie, elle avala six comprimés d'un demi-gramme de *soma,* s'étendit sur son lit, et au bout de dix minutes, elle était embarquée pour une éternité lunaire. Il se passerait dix-huit heures au moins avant qu'elle fût de retour dans le temps.

Bernard, cependant, resta couché, pensif et les yeux grands ouverts dans la nuit. Ce n'est que bien après minuit qu'il s'endormit. Bien après minuit ; mais son insomnie n'avait pas été stérile ; il avait un plan.

Ponctuellement, le lendemain matin, à dix heures, l'Octavon à l'uniforme vert descendit de son hélicoptère. Bernard l'attendait parmi les agaves.

— Miss Crowne a pris du *soma* pour s'offrir un congé, expliqua-t-il. Elle ne pourra guère en revenir avant cinq heures. Cela nous laisse donc sept heures.

Il aurait le temps de voler jusqu'à Santa-Fé, d'y traiter tout ce qu'il avait à faire, et d'être à Malpais bien avant qu'elle se réveillât.

— Elle sera bien en sûreté ici toute seule ?

— Comme en hélicoptère, lui assura l'Octavon.

Ils montèrent dans l'appareil et se mirent en route immédiatement. À dix heures trente-quatre ils atterrirent sur le toit du Bureau de Poste de Santa-Fé ; à dix heures trente-sept Bernard était en communication avec le Bureau de l'Administrateur Mondial à Whitehall ; à dix heures trente-neuf il causait avec le quatrième secrétaire particulier de Sa Forderie ; à dix heures quarante-quatre il répétait son histoire au premier secrétaire, et à dix heures quarante-sept et demie ce fut la voix profonde et sonore de Mustapha Menier lui-même qui lui résonna aux oreilles.

— Je me suis permis de penser, bredouilla Bernard, que Votre Forderie trouverait peut-être à cette question un intérêt scientifique suffisant…

— Oui, je lui trouve effectivement un intérêt scientifique suffisant, dit la voix profonde. Ramenez ces deux individus avec vous à Londres.

— Votre Forderie n'ignore pas qu'il me faudra une autorisation spéciale…

— Les ordres nécessaires, dit Mustapha Menier, sont envoyés en ce moment même au Conservateur de la Réserve. Vous voudrez bien vous rendre immédiatement au Bureau du Conservateur. Au revoir, Mr. Marx.

Il y eut le silence. Bernard raccrocha le récepteur et se dépêcha de remonter sur le toit.

— Bureau du Conservateur, dit-il à l'Octavon en vert Gamma.

À dix heures cinquante-quatre, Bernard serrait la main du Conservateur.

— Je suis ravi, Mr. Marx, ravi. – Sa voix tonnante était empreinte de déférence. – Nous venons de recevoir des ordres spéciaux…

— Je sais, dit Bernard, l'interrompant. J'étais en conversation téléphonique avec Sa Forderie il y a un instant. – Le ton d'ennui qu'il avait mis dans sa voix sous-entendait qu'il avait l'habitude de causer avec Sa

Forderie tous les jours de la semaine. Il se laissa tomber sur une chaise.

— Si vous voulez bien faire le nécessaire le plus tôt possible… Le plus tôt possible, répéta-t-il en accentuant. Il s'amusait royalement.

À onze heures trois il avait dans sa poche tous les papiers nécessaires.

— À la prochaine, dit-il d'un ton protecteur au Conservateur, qui l'avait accompagné jusqu'à la porte de l'ascenseur. À la prochaine.

Il alla à pied jusqu'à l'hôtel, prit un bain, un vibromassage par le vide, se rasa à l'appareil électrolytique, entendit par T.S.F. les nouvelles de la matinée, s'offrit une demi-heure de télévision, dégusta à loisir son déjeuner, et, à deux heures et demie, s'envola avec l'Octavon pour retourner à Malpais.

Le jeune homme était devant l'hôtellerie.

— Bernard, appela-t-il, Bernard ! – Il n'y eut pas de réponse.

Sans bruit, chaussé de ses mocassins en peau de daim, il monta les marches en courant et essaya d'ouvrir la porte. La porte était fermée à clef.

Ils étaient partis ! Partis ! C'était la chose la plus terrible qui lui fût jamais arrivée. Elle lui avait demandé de venir les voir, et voilà qu'ils étaient partis. Il s'assit sur les marches et pleura.

Une demi-heure plus tard, il eut l'idée de regarder par la fenêtre. La première chose qu'il vit, ce fut une mallette verte, avec les initiales L. C. peintes sur le couvercle. La joie éclata en lui comme un feu qui s'embrase. Il ramassa une pierre. Le verre cassé tinta sur le sol. L'instant d'après il était dans la pièce. Il ouvrit la mallette verte ; et tout à coup il se trouva respirer le parfum de Lenina, s'emplissant les poumons de son être essentiel. Il sentit son cœur qui battait éperdument ; un moment, il faillit s'évanouir. Puis, se penchant sur la précieuse boîte, il toucha, il souleva à la lumière, il examina. Les fermetures éclair sur la culotte de rechange en velours de coton à la viscose que Lenina avait emportée lui furent d'abord une énigme, puis l'ayant résolue, un ravissement. Zip – et encore zip ; zip, et de nouveau zip ; il était enchanté. Les pantoufles vertes de la jeune femme étaient les choses les plus belles qu'il eût jamais vues. Il déplia une combinaison-culotte à fermeture éclair, rougit, et la remit vivement en place ; mais baisa un mouchoir à l'acétate parfumé, et se passa un foulard autour du cou. Ouvrant une boîte, il répandit un nuage de poudre parfumée. Il en eut les mains blanches comme s'il les avait trempées dans de la farine. Il se les essuya sur la poitrine, sur les épaules, sur les bras nus. Parfums délicieux ! Il ferma les yeux ; il se frotta la joue contre son propre bras poudré. Contact d'une peau lisse contre son visage, parfum de poussière musquée dans ses narines – *sa* présence réelle ! « Lenina, chuchota-t-il, Lenina ! »

Un bruit le fit sursauter, le fit se retourner avec un sentiment de culpabilité. Il enfouit bien vite le produit de son larcin dans la mallette et ferma le couvercle ; puis il écouta de nouveau, regarda. Nul signe de vie, nul bruit. Et pourtant, il avait certainement entendu quelque chose, – quelque chose qui ressemblait à un soupir, quelque chose qui ressemblait au grincement d'un parquet. Il se haussa sur la pointe des pieds pour aller à la porte, et, l'ouvrant avec précaution, se trouva en face d'un large palier. Sur le côté opposé de ce palier était une autre porte, entrouverte. Il sortit, poussa, jeta un coup d'œil.

Sur un lit bas, le drap rabattu en arrière, vêtue d'un pyjama d'une seule pièce à fermeture éclair, Lenina était étendue, dormant d'un sommeil profond, et si belle au milieu de ses boucles, si enfantinement touchante avec ses orteils roses et son visage grave et endormi, si confiante dans l'abandon de ses mains molles et de ses membres détendus, qu'il lui en vint les larmes aux yeux.

Avec une infinité de précautions absolument superflues – car il eût fallu à tout le moins le fracas d'un coup de pistolet pour que Lenina revînt, avant le moment fixé, du congé que lui avait donné le *soma* – il entra dans la pièce, il s'agenouilla à côté du lit. Il contempla, il joignit les mains, ses lèvres remuèrent.

Ses yeux, murmura-t-il,
Ses yeux, ses cheveux, sa joue, sa démarche, sa voix,
Tu les manies en ton discours ; ô sa main que voilà,
En comparaison de laquelle tous les blancs sont noirs,
Écrivant leur propre reproche ; contre le doux toucher de laquelle
Le duvet du jeune cygne est rugueux[1]...

Une mouche bourdonna autour d'elle ; il la chassa en agitant la main. *Les mouches,* le souvenir lui en revint,

Sur la merveille blanche qu'est la main de Juliette chérie, peuvent saisir
Et dérober la grâce immortelle sur ses lèvres,
Qui, même dans leur chaste pudeur de vestale,
Rougissent cependant, comme si elles jugeaient coupables leurs propres baisers[2].

1. *Troilus,* I, 1.
2. *Romeo and Juliet,* III, 3.

Très lentement, du geste hésitant de quelqu'un qui se penche en avant pour caresser un oiseau timide et peut-être un peu dangereux, il avança la main. Elle reste là, tremblante, à deux centimètres de ces doigts mollement pendants, tout près de les toucher. « L'osait-il ? Osait-il profaner, de sa main la plus indigne qui fût, cette[1]… » Non, il n'osait point. L'oiseau était trop dangereux. Sa main retomba en arrière… Comme elle était belle ! Combien belle !

Il se prit alors soudain à songer qu'il lui suffirait de saisir la fermeture éclair qu'elle avait au cou, et de tirer d'un seul coup, long, vigoureux… Il ferma les yeux, il hocha rapidement la tête du geste d'un chien qui se secoue les oreilles au sortir de l'eau. Détestable pensée ! Il eut honte de lui-même. Chaste pudeur de vestale…

Il y eut dans l'air un vrombissement. Encore une mouche essayant de dérober des grâces immortelles ? Une guêpe ? Il regarda, ne vit rien. Le vrombissement se fit de plus en plus fort, se localisa juste en dehors des fenêtres garnies de leurs volets. L'avion ! Pris de panique, il se remit bien vite debout et courut dans l'autre pièce, franchit d'un bond la fenêtre ouverte, et se pressant le long du sentier, entre les hautes rangées d'agaves, arriva à temps pour recevoir Bernard Marx comme il descendait de l'hélicoptère.

---

1. *If I profane with my unworthiest hand*
This holy shrine. (*Romeo and Juliet*, I, 5.)

10

Les aiguilles de chacune des quatre mille pendules électriques qui se trouvaient dans les quatre mille pièces du Centre de Bloomsbury marquaient deux heures vingt-sept. « Cette ruche industrieuse », comme aimait à l'appeler le Directeur, était en plein bourdonnement de travail. Chacun était occupé, tout était en mouvement ordonné. Sous les microscopes, leur longue queue furieusement battante, les spermatozoïdes se frayaient, la tête la première, une entrée dans les œufs ; et, fécondés, les œufs se dilataient, se segmentaient, ou, s'ils étaient bokanovskifiés, bourgeonnaient et éclataient en populations entières d'embryons distincts. Partant de la Salle de Prédestination Sociale, les Escalators descendaient en grondant au sous-sol et là, dans l'obscurité rouge, mijotant à la chaleur sur leur matelas de péritoine, et gorgés de pseudo-sang et d'hormones, les fœtus grandissaient, grandissaient, ou bien, empoisonnés, s'étiolaient à l'état rabougri d'Epsilons. Avec un petit bourdonnement, un fracas léger, les porte-bouteilles mobiles parcouraient d'une allure imperceptible les semaines et tous les âges du passé en raccourci, jusqu'à l'endroit où, dans la Salle de Décantation, les bébés frais émoulus de leur flacon lançaient un premier vagissement d'horreur et d'ahurissement.

Les dynamos ronflaient à l'étage inférieur du sous-sol, les ascenseurs montaient et descendaient à toute vitesse. À chacun des onze étages des Pouponnières, c'était l'heure du repas. De dix-huit cents biberons, dix-huit cents bébés soigneusement étiquetés suçaient simultanément leur demi-litre de sécrétion externe pasteurisée.

Au-dessus d'eux, sur dix étages successifs consacrés aux dortoirs, les petits garçons et les petites filles, qui étaient encore d'âge à avoir besoin d'une sieste d'après-midi, étaient aussi occupés que tous les autres, bien qu'ils n'en sussent rien, écoutant inconsciemment des leçons hypnopédiques sur l'hygiène et la sociabilité, sur le sentiment des classes sociales et la vie amoureuse du mioche qui sait à peine marcher. Au-dessus d'eux encore, il y avait les salles de récréation où, le temps s'étant mis à la pluie, neuf cents enfants plus âgés s'amusaient à des jeux de construction et de modelage, au zipfuret, et à des jeux érotiques.

Bzz, bzz ! La ruche bourdonnait, activement, joyeusement. Le chant des jeunes filles penchées sur leurs tubes à essais montait avec allégresse, les Prédestinateurs sifflaient tout en travaillant, et dans la Salle de Décantation, quelles bonnes blagues on se disait au-dessus des flacons vides ! Mais le visage du Directeur, au moment où il pénétra dans la Salle de Fécondation avec Henry Foster, était grave, figé dans sa sévérité comme s'il était taillé dans le bois.

— Un exemple public, disait-il. Dans cette salle, parce qu'elle contient plus de travailleurs des castes supérieures que toute autre de ce Centre. Je lui ai dit de me retrouver ici à deux heures et demie.

— Il fait très bien sa besogne, dit Henry, s'interposant avec une générosité hypocrite.

— Je le sais. Mais c'est une raison pour être d'autant plus sévère. Son éminence intellectuelle entraîne avec elle des responsabilités morales. Plus les talents d'un homme sont grands, plus il a le pouvoir de fourvoyer les autres. Mieux vaut le sacrifice d'un seul que la corruption d'une quantité de gens. Envisagez la question sans passion, Mr. Foster, et vous verrez qu'il n'est pas de crime aussi odieux que le manque d'orthodoxie dans la conduite. L'assassinat ne tue que l'individu, et qu'est-ce, après tout, qu'un individu ? – D'un geste large, il indiqua les rangées de microscopes, les tubes à essais, les couveuses. – Nous savons en faire un neuf avec la plus grande facilité, autant que nous en voulons. Le manque d'orthodoxie menace bien autre chose que la vie d'un simple individu : il frappe la Société même. Oui, la Société même, répéta-t-il. – Ah ! mais le voici.

Bernard était entré dans la salle, et s'avançait vers eux parmi les rangées de Fécondeurs. Une mince couche d'assurance prétentieuse cachait à peine sa nervosité. Le ton de voix dont il dit : « Bonjour, monsieur le Directeur », était absurdement fort ; celui dont, rectifiant son erreur, il dit : « Vous m'avez prié de venir vous parler ici », ridiculement doux, un petit cri de souris.

— Oui, Mr. Marx, dit le Directeur d'une voix de mauvais augure, je vous ai effectivement prié de venir me trouver ici. Vous êtes rentré de congé hier soir, n'est-ce pas ?

— Oui, répondit Bernard.

— Oui-i, répéta le Directeur, faisant traîner cet *i* avec ironie. – Puis, haussant soudain la voix : – Mesdames, Messieurs, tonitrua-t-il, Mesdames, Messieurs.

Le chant des jeunes filles penchées sur leurs tubes à essais, le sifflotement préoccupé des opérateurs au microscope, cessa subitement. Il y eut un silence profond ; tous se retournèrent.

— Mesdames, Messieurs, répéta de nouveau le Directeur, excusez-moi d'interrompre ainsi vos travaux. Un devoir pénible m'y contraint. La sécurité et la stabilité de la Société sont en danger. Oui, Mesdames, Messieurs, en danger. Cet homme – il dirigea sur Bernard un doigt accusateur – cet homme qui est ici devant vous, cet Alpha-Plus à qui il a été donné tant de choses, et de qui, en conséquence, on doit en attendre tant, cet homme, votre collègue – ou vaudrait-il mieux anticiper et dire « votre ex-collègue » ? – a grossièrement trahi la confiance dont il avait été investi. Par ses idées hérétiques sur le sport et le *soma,* par la scandaleuse irrégularité de sa vie sexuelle, par son refus d'obéir aux enseignements de Notre Ford et de se conduire en dehors des heures de bureau « comme un bébé en flacon » (à ce point de son discours, le Directeur fit un signe de T), il s'est avéré être un ennemi de la Société, un homme subversif, Mesdames et Messieurs, à l'égard de tout Ordre et de toute Stabilité, un conspirateur contre la Civilisation elle-même. Pour ce motif, je me propose de le congédier, de le congédier ignominieusement du poste qu'il a occupé dans ce Centre ; je me propose de demander immédiatement son transfert à un Sous-Centre de la catégorie la plus basse, et afin que son châtiment puisse servir au mieux les intérêts de la Société, éloigné le plus possible de tout Centre important de population. En Islande, il aura fort peu l'occasion de fourvoyer autrui par son exemple qui s'écarte du fordien. – Le Directeur se tut un instant ; puis, croisant les bras, il se tourna d'un geste impressionnant vers Bernard : – Marx, dit-il, avez-vous à présenter quelque raison pour que je ne mette pas à présent à exécution la sentence qui vient d'être prononcée contre vous ?

— Oui, répondit Bernard d'une voix très forte.

Un peu décontenancé, mais toujours majestueusement :

— Alors veuillez la présenter, dit le Directeur.

— Certainement. Mais elle est dans le couloir. Un instant. – Bernard courut rapidement à la porte et l'ouvrit toute grande. – Entrez, ordonna-t-il, et la « raison » entra et se présenta.

Il y eut un halètement convulsif, un murmure d'étonnement et d'horreur ; une jeune fille poussa des cris ; monté sur une chaise afin de mieux voir, quelqu'un renversa deux tubes à essais pleins de spermatozoïdes. Bouffie, affaissée, et, parmi ces corps juvéniles et fermes, ces visages que rien ne distordait, monstre étrange et terrifiant d'âge mûr, Linda s'avança dans la pièce, souriant coquettement de son sourire brisé et décoloré, et roulant tout en marchant, d'un geste qu'elle croyait être une ondulation voluptueuse, ses hanches énormes. Bernard marchait à côté d'elle.

— Le voilà, dit-il, désignant le Directeur.

— Aviez-vous cru que je ne le reconnaîtrais pas ? demanda Linda avec indignation. – Puis, se tournant vers le Directeur : – Bien sûr, que je t'ai reconnu ; Tomakin, je t'aurais reconnu n'importe où, entre mille. Mais peut-être m'as-tu oubliée, toi. Tu ne te rappelles pas ? Tu ne te rappelles pas, Tomakin ? Ta Linda ! – Elle resta là à le regarder, la tête de côté, souriant toujours, mais d'un sourire qui, devant l'expression de dégoût pétrifié en laquelle se figeait le visage du Directeur, perdait progressivement son assurance, d'un sourire qui chancelait et finit par s'éteindre : – Tu ne te rappelles pas, Tomakin ? répéta-t-elle d'une voix qui tremblait. – Ses yeux étaient angoissés, pénétrés d'une douleur atroce. Le visage pustulé et bouffi eut un frémissement grotesque en prenant le masque grimaçant de la souffrance extrême. – Tomakin ! – Elle tendit les bras. Quelqu'un commença à ricaner.

— Que signifie, commença le Directeur, cette monstrueuse…

— Tomakin ! – Elle s'élança en avant, traînant derrière elle sa couverture, lui jeta les bras autour du cou, se cacha la tête contre sa poitrine.

Les rires fusèrent en hurlement que rien ne pouvait réprimer.

— … cette monstrueuse farce ? glapit le Directeur.

Le visage empourpré, il essaya de se dégager de l'étreinte de Linda. Elle s'agrippa désespérément à lui :

— Mais c'est moi Linda, c'est moi Linda. – Sa voix fut couverte par les rires. – Tu m'as fait avoir un bébé, hurla-t-elle, dominant le tumulte. – Il y eut un silence soudain et effarant : les regards flottèrent, gênés, ne sachant où se diriger. Le Directeur pâlit tout à coup, cessa de se débattre, et resta là, les mains posées sur les poignets de Linda, écarquillant les yeux sur elle, horrifié. – Oui, un bébé, et c'est moi sa mère. – Elle lança cette obscénité, tel un défi, dans le silence outragé ; puis, se détachant soudain de lui, honteuse, honteuse, elle se couvrit les yeux de ses mains, en sanglotant. – Ce n'a pas été ma faute, Tomakin. Parce que j'ai toujours fait mes exercices malthusiens, n'est-ce pas ? N'est-ce pas ? Toujours… Je ne sais pas comment je… Si tu savais comme c'est affreux, Tomakin… Mais il m'a été d'un grand secours, malgré tout. – Se tournant vers la porte : – John ! cria-t-elle, John !

John entra tout de suite, s'arrêta un instant dès qu'il eut franchi la porte, jeta un coup d'œil circulaire, puis traversa rapidement et silencieusement la pièce sur ses pieds chaussés de mocassins, tomba à genoux devant le Directeur, et dit d'une voix distincte :

— Mon père !

Ce mot (car « père » n'était pas tant obscène – en raison de la distance que ce terme impliquait par rapport aux secrets répugnants et immoraux de l'enfantement – que simplement grossier, c'était une inconvenance scatologique plutôt que pornographique), ce mot comiquement ordurier provoqua un soulagement dans ce qui était devenu une tension absolument intolérable. Des rires éclatèrent, énormes, quasi hystériques, en rafales successives, comme s'ils n'allaient plus s'arrêter. « Mon père », et c'était le Directeur ! « Mon père ! » Oh ! Ford, oh ! Ford. Cela, c'était véritablement par trop énorme ! Les hoquets et les tempêtes de rire se renouvelèrent, les visages paraissaient être sur le point de voler en éclats, les larmes ruisselaient. Six nouveaux tubes de spermatozoïdes furent renversés. « Mon père ! »

Blême, les yeux hagards, le Directeur jetait alentour des regards ébahis, souffrant le martyre de l'humiliation abasourdie.

« Mon père ! » Les rires, qui avaient semblé vouloir s'apaiser, éclatèrent de nouveau, plus vigoureux que jamais. Il se couvrit les oreilles de ses mains et se précipita hors de la pièce.

11

APRÈS la « scène » de la Salle de Fécondation, le Tout-Londres des castes supérieures brûlait d'envie de voir cet être délicieux qui était tombé à genoux devant le Directeur de l'Incubation et du Conditionnement, ou plutôt, l'ex-Directeur, car le pauvre homme avait donné sa démission sur-le-champ et n'avait plus remis les pieds dans le Centre – cet être qui s'était affalé en l'appelant (la plaisanterie était presque trop bonne pour être vraie !) « mon père ». Linda, au contraire, ne provoqua nul enthousiasme ; personne n'éprouvait le moindre désir de voir Linda. Dire qu'on est mère, ce n'était plus une plaisanterie : c'était une obscénité. En outre, elle n'était pas une sauvage authentique, elle avait été couvée en flacon, décantée, et conditionnée, comme tous les autres : de sorte qu'elle ne pouvait avoir des idées véritablement bizarres. Enfin – et c'était là, de beaucoup, la raison la plus puissante pour qu'on ne désirât point voir la pauvre Linda – il y avait son aspect. Obèse comme elle l'était, avec sa jeunesse perdue ; avec ses dents gâtées, son teint pustulé, et quel galbe (Ford !) – il était tout bonnement impossible de la regarder sans avoir la nausée, oui, véritablement la nausée. Aussi, les gens le plus en vue étaient-ils fermement décidés à *ne pas* voir Linda. Et Linda, quant à elle, n'avait nul désir de les rencontrer. Le retour à la civilisation, c'était, pour elle, le retour au *soma,* c'était la possibilité de rester au lit et de prendre congé sur congé, sans avoir jamais à en revenir avec la migraine ou des vomissements, sans avoir jamais à ressentir ce qu'on éprouvait toujours après avoir pris du *peyotl,* la sensation d'avoir fait quelque chose de si honteusement antisocial qu'on ne pourrait plus jamais tenir la tête haute. Le *soma* ne vous jouait aucun de ces tours déplaisants. Le congé qu'il donnait était parfait, et, si la matinée suivante était désagréable, elle ne l'était pas intrinsèquement, mais seulement en comparaison des joies du congé. Le remède consistait à rendre le congé continu. Goulûment, elle réclamait des doses toujours plus fortes, toujours plus fréquentes. Le Docteur Shaw hésita d'abord ; puis il lui permit d'en prendre ce qu'elle désirait. Elle en prit jusqu'à vingt grammes par jour.

— Cela l'achèvera d'ici un mois ou deux, confia le docteur à Bernard. – Un beau jour, le centre respiratoire sera paralysé. Plus de respiration. Fini. Et ce sera tant mieux. Si nous pouvions rajeunir, ce serait naturellement différent. Mais nous ne le pouvons pas.

Chose surprenante de l'avis de tous (car pendant son congé de *soma* Linda se trouvait fort commodément mise à l'écart), John souleva des objections.

— Mais ne lui raccourcissez-vous pas la vie en lui donnant de telles quantités de *soma* ?

— D'un point de vue, oui, reconnut le Docteur Shaw. – Mais, d'un autre, nous l'allongeons, à la vérité. – Le jeune homme ouvrit tout grands les yeux, sans comprendre. – Sans doute, le *soma* vous fait perdre quelques années dans le temps, reprit le docteur. Mais songez aux durées énormes, immenses, qu'il est capable de vous donner hors du temps. Tout congé pris par le *soma* est un fragment de ce que nos ancêtres appelaient l'éternité.

John commençait à comprendre.

— « L'éternité était dans nos lèvres et nos yeux[1] », murmura-t-il.

— Comment ?

— Rien.

— Bien entendu, reprit le Docteur Shaw, on ne peut pas permettre aux gens de filer dans l'éternité s'ils ont un travail sérieux à faire. Mais comme elle n'a pas de travail sérieux, elle…

— Malgré tout, persista John, cela ne me semble pas bien.

Le docteur haussa les épaules.

— Oh ! bien entendu, si vous préférez l'avoir tout le temps sur le dos, hurlant comme une folle…

En fin de compte John fut obligé de céder. Linda eut son *soma*. Elle resta dorénavant dans sa petite chambre au trente-septième étage de la maison à appartements de Bernard, au lit, avec la T.S.F. et la télévision fonctionnant en permanence, le robinet à patchouli entrouvert de façon à laisser couler le parfum goutte à goutte, et les comprimés de *soma* à portée de sa main, c'est là qu'elle demeura ; et pourtant, ce n'est point là qu'elle était, elle était tout le temps ailleurs, infiniment loin, en congé : en congé dans quelque autre monde, où la musique radiophonique était un labyrinthe de couleurs sonores, un labyrinthe glissant, palpitant, qui menait (par quels tournants merveilleusement inévitables !) à un centre brillant de certitude absolue ; où les images dansantes de la boîte à télévision étaient les acteurs de quelque film sentant

1. *Antony and Cleopatra*, I, 3.

et chantant indescriptiblement délicieux ; où le patchouli tombant goutte à goutte était plus qu'un parfum, devenant le soleil, un million de sexophones, Popé faisant l'amour, mais beaucoup plus intensément, incomparablement plus fort, et sans cesse.

— Non, nous ne pouvons pas rajeunir. Mais je suis très content, avait conclu le Docteur Shaw, d'avoir eu cette occasion d'observer la sénilité chez un être humain. Je vous remercie vivement de m'avoir fait venir.

Il serra vigoureusement la main de Bernard.

C'était donc à John qu'ils en avaient tous. Et comme c'était uniquement par l'entremise de Bernard, son gardien accrédité, que John pouvait être vu, Bernard se trouva alors, pour la première fois de sa vie, traité non pas simplement comme tout le monde, mais en personnage de toute première importance.

Il n'était plus question de l'alcool dans son pseudo-sang, on ne faisait plus de plaisanteries sur son aspect personnel. Henry Foster se dérangea pour lui témoigner de l'amitié ; Benito Hoover lui fit cadeau de six paquets de gomme à mâcher à base d'hormone sexuelle ; le Prédestinateur Adjoint vint le voir et mendia quasiment avec bassesse une invitation pour l'une des soirées de Bernard. Quant aux femmes, il suffisait que Bernard fît allusion à la possibilité d'une invitation pour qu'il pût avoir celle qui lui plaisait, n'importe laquelle.

— Bernard m'a invitée à voir le sauvage mercredi prochain, annonça triomphalement Fanny.

— Comme je suis contente, dit Lenina. Et maintenant, il vous faut reconnaître que vous vous étiez trompée sur le compte de Bernard. Vous ne trouvez pas qu'il est plutôt gentil ?

Fanny acquiesça d'un signe de tête.

— Et je dois avouer, dit-elle, que j'ai été bien agréablement surprise.

Le chef Metteur-en-Flacons, le Directeur de la Prédestination, trois Sous-Adjoints au Fécondeur Général, le Professeur de Cinéma Sentant au Collège des Ingénieurs en Émotion, le Doyen de la Chanterie en Commun de Westminster, le Contrôleur de la Bokanovskification ; la liste des notabilités de Bernard était interminable.

— Et j'ai eu six femmes la semaine dernière, confia-t-il à Helmholtz Watson. Une, lundi ; deux, mardi ; encore deux, vendredi ; et une, samedi. Et si j'en avais eu le temps ou le désir, il y en avait encore une douzaine au moins qui ne demandaient pas mieux…

Helmholtz écouta ses vantardises avec un silence si sombrement désapprobateur que Bernard en fut froissé.

— Vous êtes envieux, dit-il.

Helmholtz secoua la tête en dénégation.

— Je suis un peu triste, voilà tout, répondit-il.

Bernard le quitta avec colère. Jamais, se dit-il en lui-même, jamais plus il n'adresserait la parole à Helmholtz.

Les jours passèrent. Le succès monta à la tête de Bernard comme un vin mousseux, et au cours de l'opération le réconcilia complètement (comme doit le faire tout bon produit grisant) avec un monde que, jusque-là, il avait trouvé fort peu satisfaisant. Pour autant qu'il reconnaissait son importance à lui, Bernard, l'ordre des choses était bon. Mais, bien que réconcilié par son succès, il refusa cependant de renoncer au privilège de critiquer cet ordre. Car le fait de critiquer rehaussait chez lui le sentiment de son importance, lui donnait l'impression d'être plus grand. En outre, il pensait sincèrement qu'il y avait des choses critiquables. (Simultanément, il lui plaisait sincèrement d'avoir du succès, et d'avoir toutes les femmes qu'il voulait.)

Devant ceux qui, à présent, à cause du Sauvage, lui faisaient leur cour, Bernard étalait un manque d'orthodoxie frondeur. On l'écoutait poliment. Mais derrière son dos, les gens hochaient la tête. « Ce jeune homme finira mal », disaient-ils, prophétisant avec d'autant plus de confiance qu'ils allaient s'employer eux-mêmes, en temps voulu, à faire en sorte que la fin fût mauvaise. « Il ne trouvera pas un autre Sauvage pour le tirer d'affaire une seconde fois », disaient-ils. En attendant, il y avait, il est vrai, le premier Sauvage : ils étaient polis. Et parce qu'ils étaient polis, Bernard avait la sensation d'être positivement gigantesque, gigantesque, et en même temps transporté de légèreté, plus léger que l'air.

— Plus léger que l'air, dit Bernard, pointant son doigt en l'air.

Comme une perle dans le ciel, là-haut, bien haut au-dessus d'eux, le ballon captif du Service Météorologique brillait, tout rose, au soleil. « … On montrera audit Sauvage, telles étaient les instructions qu'avait reçues Bernard, la vie civilisée sous tous ses aspects. »

On lui en montrait à présent une vue à vol d'oiseau, une vue à vol d'oiseau du haut de la plate-forme de la Tour de Charing T. Le Chef de Gare et le Météorologiste locaux lui servaient de guides… Mais c'est surtout Bernard qui parlait. Grisé, il se conduisait comme s'il était, à tout le moins, un Administrateur Mondial en tournée. « Plus léger que l'air. »

La Fusée Verte de Bombay tomba du ciel. Les passagers descendirent. Huit jumeaux Dravidiens identiques vêtus de kaki passèrent la tête par les huit hublots de la cabine, les garçons de service.

— Douze cent cinquante kilomètres à l'heure, dit le Chef de Gare d'un ton impressionnant. Que pensez-vous de cela, monsieur le Sauvage ?

John trouva que c'était fort joli.

— Pourtant, dit-il, « Puck savait passer une ceinture autour de la terre en quarante minutes[1] ».

« Le Sauvage, écrivit Bernard dans son rapport à Mustapha Menier, manifeste étonnamment peu de surprise ou d'effroi devant les inventions civilisées. Cela tient en partie, sans doute, à ce qu'il en a entendu parler par la femme Linda, sa m…

(Mustapha Menier fronça les sourcils. « S'imagine-t-il, l'imbécile, que je suis trop pusillanime pour voir le mot écrit tout au long ? »)

« … en partie à ce que son intérêt est concentré sur ce qu'il dénomme "son âme", qu'il persiste à considérer comme une entité indépendante du milieu physique ; tandis que, comme j'ai essayé de le lui montrer… »

L'Administrateur sauta les phrases suivantes, et était juste sur le point de tourner la page à la recherche de quelque chose de plus intéressant et de plus concret, lorsque son regard fut attiré par une série de phrases absolument extraordinaires : « … quoiqu'il me faille reconnaître, lut-il, que je suis d'accord avec le Sauvage pour trouver trop facile ce que la civilisation a d'infantile, ou, comme il dit, de trop peu coûteux ; et

1. *I'll put a girdle round about the earth*
In forty minutes. (*Midsummer Night's Dream,* II, 1.)

je me permets de saisir cette occasion d'appeler l'attention de Votre Forderie sur... »

La colère de Mustapha Menier fit place presque immédiatement à la gaieté. La pensée que cet être-là lui servait – à lui – un cours solennel sur l'ordre social était véritablement par trop grotesque. Il fallait que cet homme fût devenu fou. « Il faudrait lui donner une leçon », se dit-il, puis il rejeta la tête en arrière et se mit à rire aux éclats. Pour le moment, du moins, la leçon ne serait pas donnée.

C'était une petite usine d'équipements d'éclairages pour hélicoptères, une succursale de la Compagnie Générale d'Équipements Électriques. Ils furent reçus sur le toit même (car la lettre circulaire de recommandation envoyée par l'Administrateur était magique dans ses effets) par le Technicien en Chef et le Directeur de l'Élément Humain. Ils descendirent dans l'usine.

— Chaque opération, expliqua le Directeur de l'Élément Humain, est exécutée, autant que possible, par un seul Groupe Bokanovsky.

Et, en effet, quatre-vingt-trois Deltas brachycéphales noirs, presque privés de nez, étaient occupés à l'emboutissage à froid. Les cinquante-six tours à mandrins et à quatre broches étaient desservis par cinquante-six Gammas aquilins de couleur gingembre. Cent sept Sénégalais Epsilons conditionnés à la chaleur travaillaient dans la fonderie. Trente-trois femmes Deltas, à tête allongée, couleur de sable, au pelvis étroit, et ayant toutes, à 20 millimètres près, une taille de 1,69 m, taillaient des vis. Dans la salle de montage, les dynamos étaient assemblées par deux équipes de nains Gammas-Plus. Les deux établis bas se faisaient face ; entre eux s'avançait lentement le transporteur à courroie avec sa charge de pièces détachées ; quarante-sept têtes blondes faisaient face à quarante-sept brunes ; quarante-sept nez épatés, à quarante-sept nez crochus ; quarante-sept mentons fuyants, à quarante-sept mentons prognathes. Les mécanismes complètement montés étaient examinés par dix-huit jeunes filles aux cheveux châtains et bouclés, vêtues de vert Gamma, emballés dans des cadres par trente-quatre hommes Deltas-Moins courts sur jambes et gauchers, et chargés sur les plates-formes et les camions en attente par soixante-trois Epsilons semi-Avortons aux yeux bleus, aux cheveux filasse et au teint plein de taches de rousseur.

« Ô nouveau monde admirable… » Par quelque fantaisie de sa mémoire, le Sauvage se découvrit répétant les paroles de Miranda. « Ô nouveau monde admirable, qui contient des gens pareils ! »

— Et je vous assure, dit pour conclure le Directeur de l'Élément Humain, comme ils quittaient l'usine, que nous n'avons à peu près jamais de difficulté avec notre main-d'œuvre. Nous trouvons toujours…

Mais le Sauvage s'était tout à coup détaché de ses compagnons, et faisait des efforts violents pour vomir, derrière un buisson de lauriers, comme si la terre ferme avait été un hélicoptère pris dans une poche d'air.

« Le Sauvage, écrivit Bernard, refuse de prendre du *soma,* et semble fort contrarié de ce que la femme Linda, sa m…, reste en permanence en congé. Fait à noter, malgré la sénilité de sa m… et son aspect repoussant à l'extrême, le Sauvage va fréquemment la voir et il lui semble fort attaché – exemple intéressant de la manière dont le conditionnement du jeune âge peut être amené à modifier et même à contrarier les impulsions naturelles (dans le cas présent, l'impulsion de reculer avec horreur devant un objet déplaisant). »

À Eton[1], ils atterrirent sur le toit du Grand Collège. Sur la façade opposée de la cour du collège, les cinquante-deux étages de la Tour de Lupton brillaient d'un éclat blanc au soleil. Le Collège sur leur gauche, et, à droite, la Chanterie Scolaire en Commun élevaient leurs massifs vénérables de béton armé et de verre-vita. Au centre de la cour se dressait la vieille et curieuse statue en acier chromé de Notre Ford.

Le Docteur Gaffney, le Chancelier et Miss Keate, la Directrice, les reçurent comme ils descendaient de l'avion.

— Avez-vous ici beaucoup de jumeaux ? demanda le Sauvage avec une certaine appréhension, tandis qu'ils se mettaient en route pour leur tournée d'inspection.

— Oh ! non, répondit le Chancelier, Eton est réservé exclusivement aux garçons et aux filles des castes supérieures. Un œuf, un adulte. Cela rend l'éducation plus difficile, bien entendu. Mais comme ils sont appelés à prendre des responsabilités et à se débrouiller dans des cas exceptionnels et imprévus, cela ne peut être évité. – Il soupira.

Bernard, cependant, avait trouvé Miss Keate fort à son goût.

— Si vous êtes libre un de ces soirs, un lundi, un mercredi, ou un vendredi, disait-il… – Pointant son

---

1. Eton (près de Windsor) est actuellement le siège d'une « public school » – école secondaire – tout à fait aristocratique, pour garçons. *(N. d. T.)*

pouce vers le Sauvage : – Il est curieux, vous savez, ajouta Bernard, bizarre.

Miss Keate sourit (et son sourire était réellement charmant, songea-t-il) ; dit merci et serait enchantée d'assister à une de ses soirées.

Le Chancelier ouvrit une porte.

Cinq minutes passées dans cette classe d'Alphas-Plus-Plus laissèrent John dans un certain ébahissement.

— Qu'est-ce donc que la relativité élémentaire ? chuchota-t-il à Bernard.

Bernard essaya de le lui expliquer, puis se ravisa, et proposa qu'ils allassent visiter quelque autre classe.

De derrière une porte, dans le couloir conduisant à la classe de géographie des Bêtas-Moins, une voix de soprano résonnante criait : « Un, deux, trois, quatre », et puis, avec une impatience pleine de lassitude : « Au temps ».

— Les exercices Malthusiens, expliqua la Directrice. – La plupart de nos jeunes filles sont des neutres, bien entendu. Je suis moi-même une neutre. – Elle fit un sourire à Bernard. – Mais nous en avons quelque huit cents qui ne sont pas stérilisées et auxquelles il faut constamment faire faire les exercices.

Dans la classe de géographie des Bêtas-Moins, John apprit qu'« une réserve à sauvages est un endroit que, étant donné les conditions climatiques ou géologiques peu favorables, il n'a pas valu la peine et la dépense de civiliser ». Un déclic ; la pièce fut plongée dans l'obscurité ; et soudain, sur l'écran, au-dessus de la tête du Professeur, voilà qu'il y eut les *Pénitentes* d'Acoma se prosternant devant la Vierge, et gémissant comme John les avait entendues gémir, confessant leurs péchés devant Jésus sur la croix, devant l'image de Poukong représenté sous la forme d'un aigle. Les jeunes Etoniens pouffaient véritablement de rire bruyant. Toujours gémissant, les *Pénitentes* se remirent debout, se dévêtirent jusqu'à la ceinture et commencèrent à se flageller, coup sur coup, avec des fouets à lanière nouée. Redoublés, les rires noyèrent jusqu'à la reproduction amplifiée de leurs gémissements.

— Mais pourquoi rient-ils ? demanda le Sauvage, dans un état d'ahurissement peiné.

— Pourquoi ? – Le Chancelier dirigea sur lui un visage encore tout grimaçant de rire. – *Pourquoi ?* Mais parce que c'est si extraordinairement drôle !

Dans la pénombre cinématographique, Bernard risqua un geste que, jadis, l'obscurité totale même ne l'eût guère enhardi jusqu'à faire. Fort de son importance nouvelle, il passa le bras autour de la taille de la Directrice. Elle céda, comme un saule penchant. Il était sur le point de cueillir un baiser ou deux, et peut-être de la pincer légèrement à la dérobée, lorsque, d'un déclic, les volets se rouvrirent.

— Nous ferions peut-être bien de continuer notre tournée, dit Miss Keate, et elle se dirigea vers la porte.

— Et ceci, dit le Chancelier l'instant d'après, c'est la Centrale Hypnopédique.

Des centaines de boîtes à musique synthétique, une pour chaque dortoir, étaient rangées sur des rayons le long de trois parois de la pièce ; sur la quatrième, classés dans de petites cases, il y avait les rouleaux à inscription sonore sur lesquels étaient imprimées les diverses leçons hypnopédiques.

— On introduit le rouleau par ici, expliqua Bernard, interrompant le Docteur Gaffney, on appuie sur cet interrupteur…

— Non, sur celui-là, rectifia le Chancelier, agacé.

— Sur celui-là, donc. Le rouleau se dévide. Les cellules à sélénium transforment les impulsions lumineuses en vibrations sonores, et…

— Et voilà, dit le Docteur Gaffney en conclusion.

— Lisent-ils Shakespeare ? demanda le Sauvage, tandis que, se dirigeant vers les Laboratoires Biochimiques, ils passaient devant la Bibliothèque de l'École.

— Certes non, dit la Directrice, rougissant.

— Notre Bibliothèque, dit le Docteur Gaffney, ne contient que des livres de référence. Si nos jeunes gens ont besoin de distraction, ils peuvent se la procurer au Cinéma Sentant. Nous ne les encourageons pas à pratiquer les amusements solitaires, quels qu'ils soient.

Cinq omnibus pleins de garçons et de filles, chantant ou silencieusement embrassés, passèrent devant eux en roulant sur la chaussée vitrifiée.

— Ils rentrent à l'instant du Crématorium de Slough, expliqua le Docteur Gaffney, tandis que Bernard, chuchotant, prenait rendez-vous avec la Directrice pour le soir même. – Le conditionnement pour la mort commence à dix-huit mois. Chaque marmot, passe deux matinées par semaine dans un Hôpital pour Mourants. On y trouve tous les jouets les plus perfectionnés, et on leur donne de la crème au chocolat les jours de décès. Ils apprennent à considérer la mort comme une chose allant de soi.

— Comme tout autre processus physiologique, ajouta la Directrice, d'un ton professionnel.

Huit heures, au Savoy. Tout était bien convenu.

Pendant le trajet de retour pour rentrer à Londres, ils s'arrêtèrent à l'usine de la Compagnie Générale de Télévision à Brentford.

— Voulez-vous m'attendre ici un instant, pendant que je vais téléphoner ? demanda Bernard.

Le Sauvage attendit et observa. C'était justement la relève de l'équipe principale de jour. Une foule de travailleurs des castes inférieures était alignée, faisant la queue devant la station du monorail, sept à huit cents hommes et femmes Gammas, Deltas et Epsilons, n'ayant pas à eux tous plus d'une douzaine de visages et de statures. À chacun d'eux, avec son billet, le guichetier tendait une petite boîte à pilules en carton. La longue chenille d'hommes et de femmes s'avançait lentement.

— Qu'est-ce qu'il y a dans ces… (se souvenant du *Marchand de Venise)* ces cassettes ? demanda le Sauvage quand Bernard l'eut rejoint.

— La ration de *soma* pour la journée, répondit Bernard, assez indistinctement ; car il mastiquait un morceau de la gomme à mâcher de Benito Hoover. – On le leur donne quand ils ont fini leur travail. Quatre comprimés d'un demi-gramme. Six le samedi.

Il prit affectueusement le bras de John et ils retournèrent vers l'hélicoptère.

Lenina entra en chantant dans le Vestiaire.

— Vous avez l'air bien satisfaite de vous-même, dit Fanny.

— Je suis satisfaite, en effet, répondit-elle. Zip ! Bernard m'a appelée au téléphone il y a une demi-heure. – Zip ; zip ! Elle se dégagea de sa culotte. – Il a un empêchement inattendu… Zip ! – Il m'a priée d'emmener le Sauvage au Cinéma Sentant ce soir. Il faut que je m'envole. – Elle se précipita vers la salle de bains.

« Elle a de la veine », se dit Fanny tandis qu'elle regardait s'éloigner Lenina.

Il n'y avait nulle trace d'envie dans ce commentaire ; Fanny, avec son bon cœur, énonçait simplement un fait. Lenina avait effectivement de la veine ; elle avait la chance d'avoir reçu en partage avec Bernard une portion généreuse de l'immense célébrité du Sauvage, la chance de réfléchir, par sa personne insignifiante, la gloire suprême momentanément à la mode. La Secrétaire de l'Association Fordienne de Jeunes Femmes ne l'avait-elle pas priée de faire une conférence sur ses aventures ? N'avait-elle pas été invitée au Dîner annuel du Club Aphroditœum ? N'avait-elle pas paru déjà sur un film des Dernières Nouvelles Sentantes, paru d'une façon perceptible à la vue, à l'ouïe et au toucher, devant d'innombrables millions de spectateurs épars sur la planète ?

Les égards qu'avaient eus pour elle divers personnages en vue n'avaient guère été moins flatteurs. Le Deuxième Secrétaire de l'Administrateur Mondial de la région l'avait invitée à dîner et à prendre le petit déjeuner. Elle avait passé un week-end avec Sa Forderie le Grand-Maître de la Justice et un autre avec l'Archi-Chantre de Canterbury. Le Président de la Compagnie Générale de Sécrétions Internes et Externes était constamment en communication téléphonique avec elle, et elle était allée à Deauville avec le Vice-Gouverneur de la Banque d'Europe.

— C'est merveilleux, bien sûr. Et cependant, à un point de vue, avait-elle avoué à Fanny, j'éprouve la sensation d'obtenir quelque chose par abus de confiance. Parce que, naturellement, la première chose qu'ils désirent tous savoir, c'est ce qu'on ressent à faire l'amour avec un Sauvage. Et je suis obligée de dire que je n'en sais rien. – Elle hocha la tête. – La plupart des hommes ne me croient pas, bien entendu. Mais c'est vrai. Je voudrais bien que cela ne le fût pas, ajouta-t-elle tristement, avec un soupir. Il est formidablement beau ; vous ne trouvez pas ?

— Mais il ne vous trouve donc pas à son goût ? demanda Fanny.

— Parfois il me semble que oui, et parfois il me semble que non. Il fait toujours tout ce qu'il peut pour m'éviter ; il quitte la pièce quand j'y entre ; il ne veut pas me toucher ; il ne veut pas même me regarder. Mais quelquefois, si je me retourne tout à coup, je le surprends à me dévorer des yeux ; et puis – eh ! quoi, vous savez comment sont les hommes quand on leur plaît.

Oui, Fanny le savait.

— Je n'y comprends rien, dit Lenina.

Elle n'y comprenait rien ; et elle était non seulement ahurie, mais encore un peu peinée.

— Parce que, voyez-vous, Fanny, il me plaît, à moi.

Il lui plaisait de plus en plus. Et voilà qu'il se présentait véritablement une occasion, songea-t-elle, tandis qu'elle se parfumait après son bain. Pouf, pouf, pouf – une occasion véritable. Son espoir exubérant déborda en chanson :

Presse-moi, blesse-moi, caresse-moi sans cesse ;
Embrasse-moi jusqu'au coma ;
Presse-moi sans faiblesse ;
Laisse-moi ta caresse :
L'amour est comme du soma.

L'orgue à parfums jouait un Capriccio des Herbes délicieusement frais, des arpèges cascadants de thym et de lavande, de romarin, de basilic, de myrte, d'estragon ; une série de modulations audacieuses passant par tous les tons des épices, jusque dans l'ambre gris ; et une lente marche inverse, par le bois de santal, le camphre, le cèdre et le foin frais fauché avec des touches subtiles, par moments, de notes discordantes – une bouffée de pâté de rognons, le plus mince soupçon de fumier de porc, pour revenir aux aromates simples sur lesquels le morceau avait débuté. Le dernier éclat de thym s'estompa ; il y eut un bruit d'applaudissements ; les lumières se rallumèrent. Dans la machine à musique synthétique, le rouleau à impression sonore commença à se dévider. Ce fut un trio pour l'hyper-violon, super-violoncelle et pseudo-hautbois qui remplit alors l'air de son agréable langueur. Trente à quarante mesures, et puis, sur ce fond instrumental, une voix bien plus qu'humaine commença à vibrer ; tantôt de gorge, tantôt de tête, tantôt creuse comme une flûte, tantôt lourde d'harmoniques pleins de désir, elle passait sans effort du record de basse de Gaspard Forster aux limites mêmes des sons musicaux, jusqu'à un trille perçant comme le cri d'une chauve-souris, bien au-dessus de l'*ut* le plus élevé que lança une fois (en 1770, à l'Opéra Ducal de Parme et à l'étonnement de Mozart) Lucrezia Ajugari, seule de toutes les cantatrices que l'histoire ait enregistrées.

Affalés dans leurs fauteuils pneumatiques, Lenina et le Sauvage reniflaient et écoutaient. Ce fut alors le tour des yeux et de la peau aussi.

Les lumières de la salle s'éteignirent ; des lettres flamboyantes se détachèrent en relief, comme si elles se soutenaient toutes seules dans l'obscurité. TROIS SEMAINES EN HÉLICOPTÈRE. SUPER FILM 100 POUR 100 CHANTANT, PARLANT SYNTHÉTIQUE, EN COULEURS, STÉRÉOSCOPIQUE, ET SENTANT. AVEC ACCOMPAGNEMENT SYNCHRONISÉ D'ORGUE À PARFUMS.

— Posez vos mains sur ces boutons métalliques qui se trouvent sur les bras de votre fauteuil, chuchota Lenina, sans cela, vous n'aurez aucun des effets du sentant.

Le Sauvage fit ce qui lui était prescrit.

Ces lettres flamboyantes, cependant, avaient disparu ; il y eut dix secondes d'obscurité complète ; puis soudain, éblouissantes et paraissant incomparablement plus solides qu'elles ne l'auraient fait en chair et en os véritables, bien plus réelles que la réalité, voilà que parurent les images stéréoscopiques, serrés dans les bras l'un de l'autre, d'un nègre gigantesque et d'une jeune femme brachycéphale Bêta-Plus aux cheveux dorés.

Le Sauvage sursauta. Cette sensation sur ses lèvres ! Il leva la main pour la porter à sa bouche ; le chatouillement cessa ; il laissa retomber la main sur le bouton métallique ; la sensation reprit. L'orgue à parfums, cependant, exhalait du musc pur. D'un ton expirant, une super-colombe de rouleau sonore roucoula : « Ou-ouh » ; et, n'effectuant que trente-deux vibrations à la seconde, une voix de basse plus qu'africaine pour la profondeur répondit : « Aa-aah. » « Ouh-ah ! Ouh-ah ! », les lèvres stéréoscopiques se joignirent de nouveau, et de nouveau les zones érogènes faciales des six mille spectateurs de l'Alhambra titillèrent d'un plaisir galvanique presque intolérable. « Ouh… »

Le sujet du film était extrêmement simple. Quelques minutes après les premiers « Ouh » et « Aah » (un duo ayant été chanté, et quelques gestes amoureux effectués sur cette fameuse peau d'ours dont chaque poil – le Prédestinateur Adjoint avait parfaitement raison – se laissait sentir séparément et distinctement), le nègre était victime d'un accident d'hélicoptère, et tombait sur la tête. Pan ! Quelle douleur lancinante à travers tout le front ! Un chœur de *aou !* et de *aïe !* s'éleva parmi les spectateurs.

Le choc envoya paître d'un coup tout le conditionnement du nègre. Il fut pris pour la Bêta blonde d'une passion exclusive et démente. Elle protesta. Il persista. Il y eut des luttes, des poursuites, des voies de fait sur un rival, en fin de compte un enlèvement sensationnel. La Bêta blonde fut ravie en plein ciel et y fut gardée, flottante, pendant trois semaines dans un tête-à-tête férocement antisocial avec le nègre dément. Finalement, après toute une série d'aventures et force acrobaties aériennes, trois Alphas jeunes et beaux réussirent à la délivrer. Le nègre fut expédié dans un Centre de Re-conditionnement pour Adultes et le film se termina d'une façon heureuse et convenable, lorsque la Bêta blonde fut devenue la maîtresse de chacun de ses trois sauveteurs. Ils s'interrompirent un instant pour chanter un quatuor synthétique avec accompagnement de grand super-orchestre, et des gardénias dans l'orgue à parfums. Puis la peau d'ours fit une dernière apparition, et, dans un fracas de sexophones, le dernier baiser stéréoscopique s'évanouit dans l'obscurité, le dernier chatouillement électrique s'amortit sur les lèvres, semblable à un papillon de nuit expirant qui palpite, palpite, toujours plus faiblement, toujours plus imperceptiblement, et finit par rester immobile, tout à fait immobile.

Mais pour Lenina, le papillon ne mourut pas complètement. Même quand les lumières se furent rallumées, pendant qu'ils déambulaient lentement avec la foule vers les ascenseurs, le fantôme en palpitait encore contre ses lèvres, traçant encore sur sa peau de fines arabesques frémissantes d'angoisse et de plaisir. Elle avait les joues rouges, les yeux comme gemmés de rosée, sa respiration arrivait par saccades profondes. Elle saisit le bras du Sauvage, et le pressa, inerte, contre elle. Il abaissa un instant son regard sur elle, pâle, douloureux, plein de désir, et honteux de son désir. Il n'était pas digne, il n'était pas… Leurs regards se croisèrent un instant. Quels trésors promettait celui de Lenina ! Comme tempérament, la rançon d'une reine ! Il se hâta de détourner les yeux, dégagea son bras tenu prisonnier. Il éprouvait obscurément une terreur qu'elle cessât d'être quelque chose dont il pût se sentir indigne.

— Je trouve qu'on ne devrait pas voir de pareilles choses, dit-il, se dépêchant de transférer de Lenina elle-même aux circonstances environnantes le blâme s'attachant à n'importe quelle imperfection passée ou possible dans l'avenir.

— Pareilles à quoi, John ?

— À cet horrible film.

— Horrible ? – Lenina fut sincèrement étonnée. – Mais je l'ai trouvé ravissant.

— Il était vil, dit-il avec indignation, il était ignoble.

Elle hocha la tête.

— Je ne sais pas ce que vous voulez dire… – Pourquoi était-il bizarre ? Pourquoi s'ingéniait-il à gâter les choses ?

Dans le taxicoptère, il ne la regarda qu'à peine. Lié par des vœux puissants qui n'avaient jamais été prononcés, obéissant à des lois qui avaient cessé d'avoir cours depuis longtemps, il resta assis, détournant les yeux en silence. Parfois, comme si un doigt avait tiré sur quelque corde tendue, prête à se briser, tout son corps était secoué d'un brusque sursaut nerveux.

Le taxicoptère atterrit sur le toit de la maison à appartements de Lenina. « Enfin ! » songeait-elle triomphante, lorsqu'elle descendit de l'appareil. Enfin – quoiqu'il eût été bizarre à l'instant. Debout sous une lampe, elle regarda vivement son miroir à main. Enfin… Oui, elle avait le nez un tantinet luisant, c'est vrai. Elle secoua la poudre qui se détacha de sa houppette. Pendant qu'il payait le taxi, il y aurait tout juste le temps. Elle frotta la région brillante, songeant : « Il est formidablement beau. Il n'a aucune raison d'être timide, comme Bernard. Et pourtant… Tout autre homme l'aurait fait il y a longtemps. Mais maintenant, enfin ! » Ce fragment de visage dans le petit miroir rond lui adressa soudain un sourire.

— Bonne nuit, dit une voix étranglée derrière elle.

Lenina se retourna vivement. Il se tenait à la portière ouverte du taxi, les yeux fixés, écarquillés ; il les avait manifestement maintenus écarquillés pendant tout ce temps qu'elle s'était poudré le nez, attendant – mais quoi donc ? ou bien hésitant, essayant de se décider, et songeant tout le temps, songeant, elle était incapable de s'imaginer à quelles pensées extraordinaires.

— Bonne nuit, Lenina, répéta-t-il, et il esquissa une tentative grimaçante de sourire.

— Mais, John… Je croyais que vous alliez… Je veux dire, vous n'allez pas ?…

Il ferma la portière et se pencha en avant pour dire quelque chose au conducteur. L'appareil bondit en l'air.

Regardant vers le bas par la fenêtre du plancher le Sauvage vit la figure relevée de Lenina, blême sous la lumière bleuâtre des lampes. Elle avait la bouche ouverte, elle appelait. Sa silhouette, en raccourci perspectif, s'éloignait de lui à toute vitesse ; le carré de toiture, se rétrécissant, paraissait tomber parmi les ténèbres.

Cinq minutes plus tard, il était rentré dans sa chambre. Il tira de sa cachette son volume mangé aux souris, en tourna avec un soin religieux les pages tachées et froissées, et se mit à lire *Othello.* Othello, il s'en souvint, ressemblait au héros de *Trois Semaines en Hélicoptère,* c'était un Noir.

S'essuyant les yeux, Lenina traversa le toit jusqu'à l'ascenseur. Tandis qu'elle descendait au vingt-septième étage, elle tira son flacon de *soma.* Un gramme, décida-t-elle, ne suffirait pas ; son chagrin valait plus d'un gramme. Mais si elle en prenait deux grammes, elle courait le risque de ne pas s'éveiller à temps le lendemain matin. Elle adopta une solution moyenne et, secouant le flacon, fit tomber dans la paume de sa main gauche, creusée en forme de coupe, trois comprimés d'un demi-gramme.

12

BERNARD fut obligé de crier au travers de la porte fermée à clef ; le Sauvage ne voulait pas ouvrir.

— Mais tout le monde est là, à vous attendre.

— Qu'ils attendent, arriva en retour, à travers la porte, la voix voilée.

— Mais vous savez fort bien, John (comme il est difficile de prendre un ton persuasif quand on crie à pleine voix !), que je les ai invités expressément pour vous voir.

— Vous auriez dû me demander d'abord, à moi, si je désirais les voir, eux.

— Mais vous êtes toujours venu, les autres fois, John.

— Voilà précisément pourquoi je ne veux plus venir.

— Rien que pour me faire plaisir, cajola Bernard d'une voix tonitruante. Vous ne voulez donc pas venir, pour me faire plaisir ?

— Non.

— C'est sérieux ?

— Oui.

Avec désespoir :

— Mais que faire ? gémit Bernard.

— Allez au diable ! vociféra de l'intérieur la voix exaspérée.

— Mais l'Archi-Chantre de Canterbury est là ce soir. – Bernard était presque en larmes.

— *Ai yaa takwa !* – Ce n'est qu'en zuñi que le Sauvage pouvait exprimer convenablement ce qu'il ressentait au sujet de l'Archi-Chantre. – *Hàni !* ajouta-t-il après réflexion : et puis (avec quelle férocité railleuse) : *Sons éso tse-nà.* – Et il cracha par terre, comme eût pu faire Popé.

En fin de compte, Bernard fut obligé de se retirer, tête basse, amoindri, dans son appartement, et d'annoncer à l'assemblée impatiente que le Sauvage ne paraîtrait pas ce soir-là. La nouvelle fut accueillie avec indignation. Les hommes étaient furieux qu'on se fût joué d'eux au point de les amener à se conduire poliment envers cet être insignifiant à la réputation désagréable et aux opinions hérétiques. Plus ils étaient haut placés dans la hiérarchie, plus leur ressentiment était profond.

— Me faire une farce pareille, répétait constamment l'Archi-Chantre, à moi !

Quant aux femmes, elles étaient indignées de sentir qu'elles avaient été possédées par abus de confiance, possédées par un petit homme misérable dans le flacon duquel on avait versé de l'alcool par erreur, par un être ayant le physique d'un Gamma-Moins. C'était un outrage, et elles le dirent, à voix de plus en plus haute. La Directrice d'Eton fut particulièrement dure.

Lenina seule ne dit rien. Pâle, les yeux bleus voilés d'une mélancolie inaccoutumée, elle resta assise dans un coin, séparée de ceux qui l'entouraient par une émotion à laquelle ils ne participaient pas. Elle s'était rendue à cette soirée, toute pleine d'une sensation étrange de triomphe inquiet. « Dans quelques minutes, s'était-elle dit, tandis qu'elle pénétrait dans la pièce, je le verrai, je lui parlerai, je lui dirai (car elle était venue avec sa résolution arrêtée) qu'il me plaît – plus que tout autre homme que j'aie jamais connu. Et alors, peut-être, dira-t-il… »

Que dirait-il ? Le sang lui avait afflué aux joues.

« Pourquoi s'est-il montré si étrange l'autre soir, après le Cinéma Sentant ? C'est bien bizarre… Et pourtant, je suis absolument sûre que je lui plais effectivement un peu. J'en suis sûre… »

C'est à ce moment que Bernard avait fait son annonce : le Sauvage n'assisterait pas à la soirée.

Lenina éprouva tout à coup toutes les sensations que l'on subit normalement au début d'un traitement de Succédané de Passion Violente, un sentiment de vide affreux, une appréhension haletante, des nausées. Il lui sembla que son cœur s'arrêtait de battre.

« C'est peut-être parce que je ne lui plais pas », se dit-elle. Et tout de suite cette hypothèse devint une certitude établie : John avait refusé de venir parce qu'elle ne lui plaisait pas. Elle ne lui plaisait pas…

— C'est véritablement un peu excessif, disait la Directrice d'Eton au Directeur des Crématoria et de la Récupération du Phosphore. Quand je pense que j'ai bel et bien…

— Oui, fit la voix de Fanny Crowne, c'est absolument vrai, cette histoire d'alcool. J'ai connu quelqu'un qui connaissait celle qui travaillait au Dépôt des Embryons à l'époque. Elle a dit à mon amie, et mon amie m'a dit…

— C'est vraiment désolant, dit Henry Foster, exprimant sa sympathie pour l'Archi-Chantre. Cela vous intéressera peut-être de savoir que notre ex-Directeur a été sur le point de le transférer en Islande.

Transpercé par chacune des paroles prononcées, le ballon bien tendu qu'était la joyeuse confiance en soi de Bernard se dégonflait par mille blessures. Pâle, tiraillé en tous sens, humilié et agité, il allait et venait au milieu de ses invités, bredouillant des excuses incohérentes, les assurant que, la prochaine fois, le Sauvage serait certainement là, les suppliant de s'asseoir et de prendre un sandwich à la carottine, une tranche de pâté à la vitamine A, une coupe de pseudo-champagne. Ils mangeaient, comme il se doit, mais affectaient de le considérer comme absent ; ils buvaient, et se montraient soit carrément grossiers à son égard, ou bien parlaient de lui entre eux, à voix haute, et d'une façon blessante, comme s'il n'avait pas été là.

— Et maintenant, mes amis, dit l'Archi-Chantre de Canterbury, de cette magnifique voix résonnante dont il menait les opérations lors des cérémonies du Jour de Ford, maintenant, mes amis, je crois que peut-être le moment est venu…

Il se leva, posa son verre, fit tomber de son gilet de viscose pourpre les miettes d'une collation sérieuse, et se dirigea vers la porte.

Bernard se précipita pour l'arrêter au passage.

— Faut-il réellement, monsieur l'Archi-Chantre ?… Il est encore fort tôt. J'avais espéré que vous…

Oui, que n'avait-il pas espéré, quand Lenina lui avait dit en confidence que l'Archi-Chantre accepterait une invitation si elle lui était adressée ! « Au fond, il est bien gentil, vous savez. » Et elle avait montré à Bernard la petite fermeture éclair en or, en forme de T, que l'Archi-Chantre lui avait donnée en souvenir du week-end qu'elle avait passé à la Chanterie Diocésaine. « *Seront présents : l'Archi-Chantre de Canterbury et M. le Sauvage.* » Bernard avait proclamé son triomphe sur chacun des cartons d'invitation. Mais le Sauvage avait choisi cette soirée, entre toutes, pour s'enfermer dans sa chambre, pour crier « *Hâni !* » et même (il était heureux que Bernard ne comprît point le zuñi) : « *Sons éso tse-nà !* » Ce qui eût dû être le couronnement de toute la carrière de Bernard s'était trouvé être l'instant de sa plus forte humiliation.

— J'avais tant espéré..., répéta-t-il en bredouillant, levant sur le haut dignitaire des yeux implorants et égarés.

— Mon jeune ami, dit l'Archi-Chantre sur un ton de sévérité vigoureux et solennel ; il y eut un silence général ; – laissez-moi vous donner un mot d'avertissement. – Il secoua le doigt dans la direction de Bernard. – Avant qu'il soit trop tard. Une parole de sage avertissement. (Le ton de sa voix devint sépulcral.) Amendez-vous, mon jeune ami, amendez-vous. – Il lui fit le signe de T, et se détourna : – Lenina, mon enfant, appela-t-il, sur un autre ton, venez avec moi.

Obéissante, mais sans sourire et (complètement insensible à l'honneur qui lui était fait) sans joie, Lenina sortit de la pièce, derrière lui. Les autres invités suivirent après un intervalle respectueux. Le dernier claqua la porte. Bernard resta tout seul.

Percé de part en part, complètement dégonflé, il se laissa tomber sur une chaise, et, se couvrant le visage de ses mains, se mit à pleurer. Au bout de quelques minutes, cependant, il se ravisa, et prit quatre comprimés de *soma*.

Là-haut dans sa chambre, le Sauvage lisait *Roméo et Juliette.*

Lenina et l'Archi-Chantre descendirent sur le toit de la Chanterie.

— Allons, vite, mon jeune ami – je veux dire : Lenina, cria impatiemment l'Archi-Chantre, qui attendait à la grille de l'ascenseur.

Lenina, qui s'était attardée un instant pour contempler la lune, baissa les yeux et se dépêcha de traverser le toit pour le rejoindre.

Une Nouvelle Théorie de la Biologie – tel était le titre du mémoire dont Mustapha Menier venait de terminer la lecture. Il demeura assis quelque temps, les sourcils froncés méditativement, puis il prit sa plume et écrivit en travers de la page du titre : « La façon dont l'auteur traite mathématiquement la conception de fin est neuve et hautement ingénieuse, mais hérétique, et, en ce qui concerne l'ordre social présent, dangereuse et subversive en puissance. *Ne pas publier.* » Il souligna ces mots. « L'auteur sera maintenu sous une surveillance spéciale. Son transfert à la Station Biologique Marine de Sainte-Hélène pourra devenir nécessaire. » Dommage, songea-t-il, tandis qu'il signait. C'était un travail magistral. Mais une fois que l'on commence à admettre des explications d'ordre finaliste, hé quoi, on ne sait pas où cela peut conduire. C'est ce genre d'idée qui pourrait facilement déconditionner les esprits les moins solidement arrêtés parmi les castes supérieures, qui pourrait leur faire perdre la foi dans le bonheur comme Souverain Bien, et leur faire croire, à la place, que le but est quelque part au-delà, quelque part au-dehors de la sphère humaine présente ; que le but de la vie n'est pas le maintien du bien-être, mais quelque renforcement, quelque raffinement de la conscience, quelque accroissement de savoir… Chose qui, songea l'Administrateur, peut fort bien être vraie, mais est inadmissible dans les circonstances présentes. Il reprit sa plume, et sous les mots « *Ne pas publier* », tira un second trait, plus épais, plus noir, que le premier ; puis il soupira. « Comme ce serait amusant, musa-t-il, si l'on n'était pas obligé de songer au bonheur ! »

Les yeux clos, le visage rayonnant et ravi, John déclamait doucement dans le vide :

Ah ! Elle apprend aux torches à briller avec éclat ;
On dirait qu'elle est suspendue à la joue de la nuit
Comme un merveilleux joyau à l'oreille d'un Éthiopien ;
Beauté trop riche pour l'usage ; pour la terre trop chère[1]

Le T en or brillait sur la gorge de Lenina. Gaillardement, l'Archi-Chantre le prit entre ses doigts ; gaillardement, il tira, tira.

— Je crois, dit soudain Lenina, rompant un long silence, que je ferais mieux de prendre deux grammes de *soma.*

Bernard, à cette heure, était profondément endormi et souriait au paradis personnel de ses rêves, Il souriait, souriait. Mais inexorablement, toutes les trente secondes, l'aiguille des minutes de la pendule électrique accrochée au-dessus de sa tête bondissait en avant avec un petit bruit presque imperceptible :

1. *Romeo and Juliet,* I, 5.

« Clic, clic, clic, clic… » Et ce fut le matin. Bernard se retrouva parmi les misères de l'espace et du temps. C'est dans un état de découragement total qu'il se rendit en taxi à son travail au Centre de Conditionnement. La griserie du succès s'était évaporée ; il était redevenu, à jeun, son *moi* ancien ; et par contraste avec le ballon temporaire des quelques dernières semaines, le *moi* ancien semblait être, comme jamais encore, plus lourd que l'atmosphère ambiante.

À ce Bernard dégonflé, le Sauvage témoigna une sympathie à laquelle il ne s'attendait pas.

— Vous ressemblez davantage à ce que vous étiez lors de votre séjour à Malpais, dit-il, quand Bernard lui eut conté sa lamentable histoire. Vous rappelez-vous quand nous avons commencé à causer ? Devant la petite maison. Vous ressemblez à l'être que vous étiez alors.

— Parce que je suis de nouveau malheureux ; voilà pourquoi.

— Eh bien, j'aimerais mieux être malheureux que de connaître cette espèce de bonheur faux et menteur dont vous jouissez ici !

— Vous en avez de bonnes ! dit Bernard avec amertume. Alors que c'est vous qui êtes cause de tout ! Vous refusez de venir à ma soirée, et ainsi vous les tournez tous contre moi !

Il savait que ce qu'il disait était absurde d'injustice ; il reconnut en son for intérieur, et en fin de compte même en paroles, la vérité de ce que lui débita à présent le Sauvage sur le peu de valeur de ces amis qui pouvaient se transformer, après un affront si léger, en ennemis persécuteurs. Mais bien qu'il sût cela et le reconnût, bien que le soutien et la sympathie de son ami fussent maintenant son seul réconfort, Bernard n'en continua pas moins à entretenir perversement, coexistant avec son affection parfaitement sincère, un grief secret contre le Sauvage, et à méditer une campagne de petites vengeances à exercer contre lui. Entretenir un grief contre l'Archi-Chantre était chose inutile ; il n'y avait aucune possibilité d'être vengé du Chef Metteur-en-Flacons ou du Prédestinateur Adjoint. En tant que victime, le Sauvage possédait, pour Bernard, cette supériorité énorme sur les autres : c'est qu'il était accessible. L'une des fonctions principales d'un ami consiste à subir (sous une forme plus douce, et symbolique) les châtiments que nous désirerions, sans le pouvoir, infliger à nos ennemis.

Bernard eut pour second ami-victime Helmholtz. Lorsque, déconfit, il vint redemander cette amitié que, dans sa prospérité, il n'avait pas jugé utile de conserver, Helmholtz la lui rendit ; et il la rendit sans un reproche, sans un commentaire, comme s'il avait oublié qu'il y eût jamais eu une querelle. Touché, Bernard se sentit en même temps humilié par cette magnanimité, magnanimité d'autant plus extraordinaire, et, partant, d'autant plus humiliante, qu'elle ne devait rien au *soma,* mais devait tout au caractère de Helmholtz. C'était le Helmholtz de la vie quotidienne qui oubliait et pardonnait, et non le Helmholtz du congé que donne un demi-gramme de *soma.* Bernard se montra reconnaissant, comme il se doit (c'était un réconfort énorme, que d'avoir retrouvé son ami) mais également plein de ressentiment (ce serait un plaisir de tirer vengeance sur Helmholtz de sa générosité).

Lors de leur première rencontre après leur séparation, Bernard déversa l'histoire de ses misères et accepta les consolations offertes. Ce n'est que quelques jours plus tard qu'il apprit, à son étonnement et avec une honte lancinante, qu'il n'était pas le seul qui eût été en difficulté. Helmholtz, lui aussi, s'était mis en conflit avec l'Autorité.

— C'est à propos de quelques vers, expliqua-t-il. Je faisais mon cours habituel de Technique Émotionnelle, le cours supérieur, pour les étudiants de troisième année. Douze conférences, dont la septième traite des vers. « De l'emploi des Vers dans la Propagande Morale et la Publicité », pour être précis. J'illustre toujours ma conférence d'une masse d'exemples techniques. Cette fois je pensai leur en donner un que je venais d'écrire moi-même. C'était de la folie pure, bien entendu, mais je n'ai pas pu y résister. – Il se mit à rire. – J'étais curieux de savoir quelles seraient leurs réactions. D'ailleurs, ajouta-t-il plus gravement, je voulais faire un brin de propagande ; j'essayais de les amener à ressentir ce que j'avais éprouvé en écrivant ces vers. Ford ! – Il eut un nouveau rire. – Quel *tollé* ce fut ! Le Directeur me fit venir et me menaça de me mettre à la porte immédiatement. Je suis un homme repéré !

— Mais qu'était-ce, vos vers ? demanda Bernard.

— Ils traitaient de la solitude.

Bernard arqua les sourcils.

— Je vais vous les réciter, si vous voulez. – Et Helmholtz commença ainsi :

L'ombre d'un jour de Comité
Rôde ; mais, en écho rapide,
Minuit épars sur la Cité
Résonne au fond du décor vide :
Visages clos, lèvres sans gestes,
Machines au repos – quel glas !
Les lieux muets, semés de restes,
Que tantôt la foule peupla...
Tous ces silences, à la fois

Tristes, joyeux, doux, ou sonores,
Ils parlent, mais de quelle voix ?
De quelle voix ? Ah ! je l'ignore…
L'absence des bras de Suzon,
Celle des lèvres d'Égérie,
Leur corps qui manque sans raison,
Ce vide qui me contrarie,
Finit par faire une présence.
Vaine folie !… Et cependant
Quelque absurde qu'en soit l'essence.
Cette ombre où n'est que du néant
Peuple bien mieux – mirage, bulle –
La nuit au grand vide subtil
Que ce avec quoi l'on copule
Si tristement, me semble-t-il !

— Voilà : je leur ai donné cela comme exemple, et ils m'ont dénoncé au Directeur.

— Cela ne m'étonne pas, dit Bernard. C'est nettement contraire à tout leur enseignement pendant le sommeil. Rappelez-vous : on leur a seriné au moins un quart de million de fois l'avertissement contre la solitude.

— Je le sais bien. Mais je me disais que je voudrais bien voir quel effet cela produirait.

— Eh bien, maintenant, vous l'avez vu.

Helmholtz se contenta de rire :

— Il me semble, dit-il après un silence, que je commence précisément à avoir un sujet sur quoi écrire, que je commence à être capable de faire usage de ce pouvoir dont je sens l'existence en *moi,* ce pouvoir supplémentaire, latent. Il me semble que cela me vient.

Malgré tous ses ennuis, il paraissait, songeait Bernard, profondément heureux.

Helmholtz et le Sauvage éprouvèrent immédiatement de la sympathie l'un pour l'autre. Si cordiale même, que Bernard en ressentit une jalousie cuisante. Au bout de tant de semaines, il n'avait su parvenir, avec le Sauvage, à un degré d'intimité aussi proche que celui auquel Helmholtz atteignit immédiatement. Les observant, écoutant leur conversation, il se prenait parfois à regretter, plein de ressentiment, de les avoir amenés à se connaître. Il avait honte de sa jalousie, et tour à tour faisait des efforts de volonté et prenait du *soma* pour s'empêcher de l'éprouver. Mais les efforts ne furent pas très heureux, et entre les congés de *soma,* il y avait, de toute nécessité, des intervalles. Le sentiment odieux persistait à revenir.

Lors de sa troisième rencontre avec le Sauvage, Helmholtz récita ses vers sur la Solitude.

— Qu'en pensez-vous ? demanda-t-il lorsqu'il eut terminé.

Le sauvage hocha la tête.

— Écoutez ceci, fit-il en guise de réponse ; et, ouvrant d'un tour de clef le tiroir dans lequel il conservait son livre mangé aux souris, il l'ouvrit et lut :

Que l'oiseau du plus fort ramage
Sur l'unique arbre d'Arabie,
Soit héraut triste et soit trompette…

Helmholtz écouta avec une surexcitation croissante. Après « l'unique arbre d'Arabie », il sursauta ; après « toi, messager criard », il sourit de plaisir soudain ; après « tout oiseau d'aile tyrannique », le sang lui afflua aux joues ; mais après « musique funèbre », il pâlit, et trembla d'une émotion toute neuve. Le Sauvage continua à lire :

Le sens du mien fut atterré
De ce moi qui n'est pas le même ;
Nature unique et double nom,
Qu'on n'appelait ni deux ni un.
Et puis la raison confondue
Vit la division s'accroître en elle...[1]

— *Orginet-Porginet !* dit Bernard, interrompant la lecture d'un rire sonore et désagréable. C'est tout bonnement un cantique d'Office de Solidarité.

Il se vengeait sur ses deux amis de ce qu'ils éprouvassent l'un pour l'autre plus d'affection que pour lui.

Au cours des deux ou trois réunions qui suivirent, il répéta fréquemment ce petit acte de vengeance. Il était simple, et puisque Helmholtz et le Sauvage étaient l'un et l'autre affreusement peinés de voir briser et souiller un cristal poétique qui leur était cher, extrêmement efficace. En fin de compte, Helmholtz menaça de le mettre à la porte en lui bottant le derrière s'il osait interrompre de nouveau. Et pourtant, chose étrange, l'interruption suivante, la plus honteuse de toutes, vint de Helmholtz lui-même.

Le Sauvage lisait tout haut *Roméo et Juliette,* il lisait (car tout au long il se voyait sous les traits de Roméo, et Lenina sous ceux de Juliette) avec une passion intense et vibrante. Helmholtz avait écouté avec un intérêt intrigué la scène de la rencontre des deux amants. La scène du verger l'avait ravi par sa poésie ; mais les sentiments exprimés l'avaient fait sourire. Se mettre dans un tel état à propos d'une femme, cela lui semblait plutôt ridicule. Mais, à prendre pièce à pièce chaque détail verbal, quel travail superbe de génie émotif !

1. *The Phœnix and the Turtle.*

— Ce vieux bonhomme-là, dit-il, fait paraître absolument sots nos meilleurs techniciens de la propagande !

Le Sauvage eut un sourire de triomphe et reprit sa lecture. Tout alla raisonnablement bien jusqu'à l'endroit où, dans la dernière scène du troisième acte, Capulet et Lady Capulet commencent à persuader Juliette, par force, d'épouser Paris. Helmholtz avait fait preuve d'agitation tout au long de la scène entière ; mais lorsque, avec la mimique pathétique du Sauvage, Juliette s'était écriée :

Ne repose-t-il point de pitié dans les nues.
Qui voie le tréfonds de ma douleur ?
Ô ma douce mère, ne me repousse point !
Retarde ce mariage d'un mois, d'une semaine ;
Ou sinon, fais que le lit nuptial
Soit dans cette sombre chapelle où repose Tybalt…

Lorsque Juliette avait dit cela, Helmholtz éclata d'un gros rire dont il ne put contenir l'explosion.

La mère et le père (obscénité grotesque) obligeant la fille à prendre quelqu'un dont elle ne voulait pas ! Et cette fille stupide ne disant pas qu'elle en prenait un autre, que (pour le moment du moins) elle préférait ! Dans son absurdité dégoûtante, la situation était irrésistiblement comique ! Il était parvenu, d'un effort héroïque, à contenir la pression croissante de son hilarité ; mais « douce mère » (sur le ton tremblant d'angoisse dont l'avait dit le Sauvage) et l'allusion à Tybalt étendu mort, mais manifestement non incinéré et gaspillant son phosphore dans une chapelle sombre, cela, c'en fut trop pour lui. Il rit aux éclats jusqu'à ce que les larmes se missent à lui ruisseler sur le visage, il rit d'un rire inextinguible cependant que, blême de la conscience de l'outrage, le Sauvage le regardait par-dessus le bord de son livre, et puis, le rire continuant toujours, le refermait avec indignation, se levait, et, du geste de quelqu'un qui retire sa perle de devant les pourceaux, le rangeait dans son tiroir, qu'il ferma à clef.

— Et pourtant, dit Helmholtz quand, ayant suffisamment repris haleine pour pouvoir s'excuser, il eut apaisé le Sauvage au point de l'amener à écouter ses explications, je sais fort bien qu'on a besoin de situations ridicules et folles, comme celles-là ; on ne peut vraiment bien écrire sur aucun autre sujet. Pourquoi ce vieux bonhomme était-il un technicien si merveilleux de la propagande ? Parce qu'il avait tant de choses insensées, follement douloureuses, sur lesquelles il pouvait se surexciter. Il faut qu'on soit blessé, troublé ; sans quoi, l'on ne trouve pas les expressions véritablement bonnes, pénétrantes, les phrases à rayons X. Mais les pères et les mères !… – Il hocha la tête. – Vous ne pouvez pas attendre de moi que je garde mon sérieux à propos des pères et mères. Et qui donc va se surexciter sur la question de savoir si un homme prendra une femme ou ne la prendra pas ? (Le Sauvage eut un frémissement de douleur ; mais Helmholtz, les yeux pensivement fixés sur le sol, ne vit rien.) Non, conclut-il, avec un soupir, cela ne va pas. Il nous faut quelque autre espèce de démence et de violence. Mais laquelle ? Ah ! laquelle ? Où peut-on la trouver ? – Il se tut ; puis, hochant la tête : – Je n'en sais rien, dit-il enfin, je n'en sais rien.

13

La silhouette de Henry Foster apparut dans la pénombre du Dépôt des Embryons.

— Voulez-vous venir au Cinéma Sentant, ce soir ?

Lenina refusa d'un hochement de tête, sans mot dire.

— Vous sortez avec quelqu'un d'autre ? – Cela l'intéressait de savoir lesquels de ses amis, hommes et femmes, étaient présentement ensemble. – Est-ce avec Benito ? demanda-t-il.

Elle hocha de nouveau la tête.

Henry perçut la lassitude dans ces yeux pourpres, la pâleur sous ce regard de lupus, la tristesse aux commissures de la bouche cramoisie et sans sourire.

— Vous ne vous sentez pas malade, dites ? demanda-t-il, avec une pointe d'inquiétude, craignant qu'elle ne souffrît de l'une des quelques maladies contagieuses qui subsistaient encore.

Une fois encore, Lenina hocha la tête.

— En tout cas, vous devriez aller voir le médecin, dit Henry. « Un médecin par jour – foin du mal d'alentour », ajouta-t-il du fond du cœur, faisant pénétrer bien à fond, d'une tape sur l'épaule, son adage hypnopédique. – Peut-être avez-vous besoin d'un Succédané de Grossesse, hasarda-t-il, ou bien d'un traitement de Succédané de Passion Violente extra-fort. Parfois, n'est-ce pas, le Succédané de Passion normal n'est pas tout à fait…

— Oh ! pour l'amour de Ford, dit Lenina, rompant son silence obstiné, taisez-vous ! – Et elle se retourna vers ses embryons négligés.

Un traitement de S.P.V., en vérité ! Elle en aurait ri, si elle n'avait pas été sur le point de pleurer. Comme si elle n'avait pas suffisamment de P.V. pour son compte ! Elle soupira profondément en remplissant sa seringue. « John, murmura-t-elle pour elle-même, John… » Puis : « Mon Ford, se demanda-t-elle, ai-je donné à celui-ci son injection de maladie du sommeil, ou non ? » Il lui fut absolument impossible de s'en souvenir. En fin de compte, elle résolut de ne pas courir le risque de lui en donner une seconde dose, et s'avança le long de la rangée vers le flacon suivant.

À vingt-deux ans, huit mois et quatre jours de ce moment, un jeune Alpha-Moins plein de promesses, administrateur à Mouanza-Mouanza, devait mourir de trypanosomiase – premier cas depuis plus d'un demi-siècle. Soupirant, Lenina reprit son travail.

Une heure plus tard, au vestiaire, Fanny protestait énergiquement :

— Mais c'est absurde, de se laisser mettre dans un état pareil. Tout bonnement absurde, répéta-t-elle. Et à propos de quoi ? D'un homme, d'*un* homme !

— Mais c'est celui que je veux.

— Comme s'il n'y avait pas des millions d'autres hommes au monde.

— Mais je n'en veux pas.

— Comment pouvez-vous le savoir avant d'avoir essayé ?

— J'ai essayé.

— Mais combien ? demanda Fanny, haussant les épaules avec mépris. Un, deux ?

— Des douzaines. Mais – avec un hochement de tête – ça n'a servi de rien, ajouta-t-elle.

— Eh bien, il faut persévérer, dit Fanny d'un ton sentencieux. – Mais il était évident que sa confiance en sa propre ordonnance avait été ébranlée. – On ne peut arriver à rien sans persévérance.

— Mais en attendant…

— N'y pensez pas.

— Je ne peux pas m'en empêcher.

— Prenez du *soma,* alors.

— C'est ce que je fais.

— Eh bien, continuez.

— Mais dans les intervalles, il me plaît encore. Il me plaira toujours.

— Eh bien, s'il en est ainsi, dit Fanny, d'un ton décidé, pourquoi n'allez-vous pas tout bonnement le prendre, que cela lui plaise ou non ?

— Mais si vous saviez comme il est terriblement bizarre !

— Raison de plus pour choisir une ligne de conduite ferme.

— C'est très joli à *dire,* cela.

— Ne tolérez pas de bêtises. Agissez. – La voix de Fanny était une trompette ; elle aurait pu être une conférencière de la Y.W.F.A. faisant une causerie du soir à des Bêtas-Moins adolescentes. – Oui, agissez, immédiatement. Faites-le dès maintenant.

— J'aurais la frousse, dit Lenina.

— Eh bien, il n'y a qu'à prendre d'abord un demi-gramme de *soma.* Et maintenant, je vais prendre mon bain.

Elle partit d'un pas décidé, traînant derrière elle sa serviette.

La sonnerie retentit, et le Sauvage, qui espérait impatiemment que Helmholtz viendrait cet après-midi-là (car s'étant enfin décidé à parler à Helmholtz de Lenina, il ne pouvait pas supporter de retarder d'un instant ses confidences), se mit debout d'un bond et courut à la porte.

— J'ai eu un pressentiment que c'était vous, Helmholtz, cria-t-il en l'ouvrant.

Sur le seuil, vêtue d'un costume marin blanc en satin à l'acétate, un béret blanc posé avec crânerie sur l'oreille gauche, se tenait Lenina.

— Oh ! dit le Sauvage, comme si quelqu'un lui avait porté un coup vigoureux.

Un demi-gramme avait suffi à faire oublier à Lenina ses craintes et ses embarras.

— Eh bien, John, dit-elle avec un sourire, et elle passa devant lui pour entrer dans la pièce.

Automatiquement il ferma la porte et la suivit. Lenina s'assit. Il y eut un long silence.

— Vous ne paraissez pas très content de me voir, John, dit-elle enfin.

— Pas content ? – Le Sauvage la regarda d'un air de reproche ; puis il tomba soudain à genoux devant elle, et, prenant la main de Lenina, la baisa révérencieusement. – Pas content ? Ah ! si seulement vous saviez ! murmura-t-il, et, rassemblant son courage pour lever les yeux sur son visage : Lenina que j'admire, reprit-il, sommet même de l'admiration, digne de ce qu'il y a de plus cher au monde… – Elle lui sourit avec une tendresse délicieuse. – Ô, vous si parfaite (elle se penchait vers lui, les lèvres entrouvertes), créée si parfaite et sans égale (de plus en plus près), faite de ce qu'il y a de meilleur chez tous les êtres[1]… – Encore plus près. Le Sauvage se redressa soudain debout. – C'est pourquoi, dit-il, parlant en détournant les yeux, je voulais d'abord accomplir quelque chose… Je veux dire : prouver que j'étais digne de vous. Non pas que je puisse y réussir véritablement jamais. Mais je voulais du moins prouver que je ne suis pas absolument *indigne.* Je voulais *accomplir* quelque chose.

— Pourquoi estimez-vous donc nécessaire ?…

Lenina commença la phrase, mais la laissa inachevée. Il y avait une note d'irritation dans sa voix. Quand on s'est penchée en avant, de plus en plus près, les lèvres entrouvertes – pour se trouver sans plus, tout à coup, tandis qu'un lourdaud imbécile se remet debout, penchée sur une place vide – mon Ford, on a quelque sujet, même avec un demi-gramme de *soma* circulant dans son sang en mouvement, on a quelque raison sérieuse d'être contrariée.

— À Malpais, bredouillait le Sauvage d'un ton incohérent, il fallait lui apporter la dépouille d'un lion des montagnes, je veux dire : quand on désirait épouser quelqu'un. Ou bien un loup.

— Il n'y a pas de lions en Angleterre, dit Lenina d'un ton presque tranchant.

— Et si même il y en avait, ajouta le Sauvage, avec un ressentiment méprisant et soudain, on les tuerait en hélicoptère, je suppose, avec des gaz toxiques ou quelque chose de ce genre. Moi, je ne ferais pas cela,

1. *Admir'd Miranda!*
Indeed, the top of admiration; worth
What's dearest in the world…
You, o you
So perfect and so peerless, are created
Of every creature's best. (*Tempest,* III, 1.)

Lenina ! – Il rejeta les épaules en arrière, il s'enhardit à la regarder, et croisa son regard d'incompréhension contrariée. Confus : – Je ferai n'importe quoi, reprit-il, avec une incohérence croissante. Tout ce que vous me commanderez. Il est des jeux qui sont douloureux, vous le savez. Mais la difficulté en rehausse les délices[1]. Voilà ce que j'éprouve. Je veux dire que je balaierais le sol si vous le désiriez.

— Mais nous avons des aspirateurs ici, dit Lenina abasourdie, ce n'est pas nécessaire.

— Non, bien entendu, ce n'est pas *nécessaire*. Mais il est certaines choses basses qu'on subit noblement[2]. Je voudrais subir quelque chose noblement. Vous ne voyez donc pas ?

— Mais puisqu'il y a des aspirateurs…

— Là n'est pas la question.

— Et des Epsilons Semi-Avortons pour les faire fonctionner, reprit-elle, alors, en vérité, *pourquoi* ?

— Pourquoi ? Mais pour vous, pour *vous* ! Rien que pour prouver que je…

— Et quel rapport peut-il bien y avoir entre les aspirateurs et les lions ?…

— Pour vous prouver combien…

— Ou entre les lions et le fait que vous soyez content de me voir, moi ?…

Elle devenait de plus en plus exaspérée.

— Combien je vous aime, Lenina, parvint-il à dire, quasiment en désespoir de cause.

Comme un emblème du flux intérieur de joie tressaillante, le sang monta aux joues de Lenina.

---

1. *There be some sports are painful, and their baseness*
Delight in them sets off. (*Tempest,* II, 1.)
2. *… some kinds of labour*
Are nobly undergone. (*Tempest,* III, 1.)

— Est-ce vrai, John ?

— Mais je n'avais pas l'intention de le dire, s'écria le Sauvage, joignant les mains dans une sorte de paroxysme de douleur. – Pas avant que… Écoutez, Lenina, à Malpais, on se marie.

— On… quoi ? – L'irritation avait recommencé à envahir sa voix. De quoi parlait-il maintenant ?

— À jamais. On fait la promesse de vivre ensemble à jamais.

— Quelle idée affreuse ! – Lenina fut sincèrement scandalisée.

— « Durant plus que l'éclat extérieur de la beauté, d'un esprit qui renouvelle plus vite que le sang ne flétrit[1] ».

— *Quoi ?*

— C'est comme cela dans Shakespeare aussi : « Si tu romps le nœud virginal avant que toutes les cérémonies saintes puissent, de leur rite complet et sacré[2]… »

— Pour l'amour de Ford, John, dites des choses sensées ! Je ne comprends pas un mot de ce que vous dites. D'abord, il s'agit d'aspirateurs ; ensuite, de nœuds. Vous me rendez folle ! – Elle se mit debout d'un bond, et, comme si elle craignait qu'il pût s'enfuir devant elle physiquement, comme il le faisait en esprit, elle lui saisit le poignet. – Répondez à cette question : est-ce que je vous plais réellement, ou non ?

Il y eut un moment de silence ; puis, d'une voix très basse :

— Je vous aime plus que tout au monde, dit-il.

---

1. *Outliving beauty's outward, with a mind*
That doth renew swifter than blood decays.
(*Troilus and Cressida,* III, 2.)

2. *If thou dost break her virgin knot before*
All sanctimonious ceremonies may
With full and holy rite… (*Tempest,* IV, 1.)

— Alors pourquoi donc ne le disiez-vous pas ? s'écria-t-elle ; et son exaspération était si intense qu'elle lui enfonça ses ongles tranchants dans la peau du poignet. – Au lieu de radoter sans fin à propos de nœuds, d'aspirateurs et de lions, et de me faire souffrir des semaines et des semaines ! – Elle lui lâcha la main et la rejeta avec colère. – Si vous ne me plaisiez pas tant, dit-elle, je vous en voudrais avec fureur !

Et soudain elle lui avait passé les bras autour du cou ; il sentit les lèvres de Lenina pressées mollement contre les siennes. Si délicieusement douces, si tièdes, si électriques, qu'inévitablement il se prit à songer aux embrassements de *Trois semaines en Hélicoptère.* Ouh ! ouh ! la blonde stéréoscopique, et aah ! le nègre plus que réel ! Horreur, horreur, horreur !... Il tenta de se dégager ; mais Lenina resserra son étreinte.

— Pourquoi ne le disiez-vous pas ? murmura-t-elle, reculant son visage pour le regarder. – Elle avait les yeux pleins de tendre reproche.

— « L'antre le plus sombre, le lieu le plus opportun (la voix de la conscience tonnait poétiquement), tout ce que notre plus mauvais génie peut nous proposer de pire, ne fera jamais fondre mon honneur en vil désir[1]. » Jamais, jamais ! – Telle fut sa résolution.

— Grosse bête ! disait-elle, je vous voulais si ardemment ! Et si vous me vouliez aussi, pourquoi n'avez-vous pas ?...

— Mais, Lenina..., commença-t-il à protester ; – et comme elle desserrait immédiatement les bras, qu'elle

---

1. *The murkicst den,*
The most opportune place, the strongs't suggestion
Our worser genius can, shall never melt
Mine honour into lust. (*Tempest,* IV, 1.)

se reculait devant lui, il crut, un instant, qu'elle agissait selon l'indication muette qu'il avait donnée. Mais lorsqu'elle déboucla sa cartouchière de cuir verni blanc et la pendit avec soin au dossier d'une chaise, il commença à soupçonner qu'il s'était trompé. – Lenina ! répéta-t-il avec appréhension.

Elle porta la main à son cou et tira d'un long geste vertical ; sa blouse blanche de marin était ouverte jusqu'au bord inférieur ; le soupçon se condensa en réalité solide, par trop solide.

— Lenina, ah ! que faites-vous ?

Zip, zip ! Sa réponse se passa de paroles. Elle se dégagea de son pantalon à pattes d'éléphant. Sa combinaison-culotte à fermeture éclair était d'un rose pâle de coquillage. Le T d'or de l'Archi-Chantre pendait sur sa poitrine.

« Car ces mamelles qui, au travers des barreaux des fenêtres, percent les yeux des hommes[1]... » Les paroles chantantes, grondantes, magiques, la faisaient paraître doublement dangereuse, doublement tentante. Douces, douces, mais combien perçantes ! Perçant et forant la raison, creusant un tunnel à travers la résolution. – « Les serments les plus puissants ne sont que paille pour le feu qui est dans le sang. Pratique plus d'abstinence, sinon[2]... »

Zip ! La rondeur rose s'ouvrit comme une pomme proprement tranchée. Un frétillement des bras, le soulèvement d'abord du pied droit, ensuite du gauche :

---

1. *For those milk paps that through the window bars*
Bore at men's eyes. (*Timon of Athens,* IV, 3.)

2. *The strongest oaths are straw*
To the fire in the blood : be more abstemious,
Or else good-night your now. (*Tempest,* IV, I.)

la combinaison-culotte à fermeture éclair gisait à terre sans vie, comme si elle eût été dégonflée.

Vêtue encore de ses chaussettes et de ses souliers, et coiffée de son béret blanc crânement planté de côté, elle s'avança vers lui.

— Chéri, *Chéri !* Si seulement vous aviez dit cela plus tôt ! – Elle tendit les bras.

Mais au lieu de dire, lui aussi : « Chérie ! » et de tendre les bras à son tour, le Sauvage, terrorisé, battit en retraite, agitant les mains vers elle comme s'il essayait de chasser quelque animal importun et dangereux. Quatre pas en arrière, et il fut acculé contre le mur.

— Mon coco ! dit Lenina, et, lui posant ses mains sur les épaules, elle se serra contre lui. – Entoure-moi de tes bras, ordonna-t-elle, presse-moi, blesse-moi, caresse-moi sans cesse. – Elle avait, elle aussi, de la poésie à son service, elle connaissait des mots qui chantaient, qui exerçaient une envoûte et faisaient un battement de tambours. – Embrasse-moi… – Elle ferma les yeux, sa voix ne fut plus qu'un murmure ensommeillé. – Embrasse-moi jusqu'au coma ; presse-moi sans faiblesse, caresse-moi…

Le Sauvage l'agrippa par les poignets, arracha de ses épaules les mains de Lenina, la rejeta brutalement à bout de bras.

— Aïe, tu me fais mal, tu… oh ! – Elle se tut soudain. Prise de terreur, elle en oublia la douleur. Ouvrant les yeux, elle avait vu ce visage, non pas le visage de John, mais celui d'un étranger féroce, tordu, convulsé de quelque fureur insensée, inexplicable. Épouvantée : – Mais qu'y a-t-il donc, John chuchota-t-elle. – Il ne répondit pas, se contentant de la dévisager de ses yeux déments. Les mains qui tenaient les poignets de Lenina étaient tremblantes. John respirait par bouffées profondes et irrégulières. Faiblement, au point d'être un bruit à peine perceptible, mais effrayant, elle l'entendit soudain grincer des dents. – Qu'y a-t-il ? fit-elle, presque dans un hurlement.

Et comme s'il avait été réveillé par son cri, il la prit par les épaules et la secoua.

— Catin ! hurla-t-il. – Catin ! Impudente courtisane[1] !

— Oh ! non, non…, protesta-t-elle d'une voix rendue grotesquement tremblante par les secousses qu'il lui donnait.

— Catin !

— Je vous en supplie-ie !

— Maudite catin !

— Avec un centicu… ube…, commença-t-elle.

Le Sauvage la repoussa avec une telle violence qu'elle trébucha et tomba.

— Va-t'en, vocoféra-t-il, debout à côté d'elle et la dominant d'un regard menaçant, hors de ma vue, ou je te tue ! – Il serra les poings.

Lenina leva le bras pour s'en couvrir le visage.

— Non, je vous en prie, John…

— Dépêche-toi… Vite !

Le bras toujours levé, et suivant d'un œil terrifié chacun des mouvements de John, elle se remit sur ses pieds accroupie et se couvrant toujours la tête, elle bondit vers la salle de bains.

Le bruit de la claque prodigieuse par laquelle son départ fut accéléré fut pareil à un coup de pistolet.

— Aïe ! et Lenina bondit en avant.

Arrivée en sécurité dans la salle de bains, où elle s'enferma à clef, elle eut le loisir de passer en revue ses blessures. Debout, le dos au miroir, elle tordit la tête en arrière. Regardant par-dessus son épaule gauche, elle voyait l'empreinte d'une main ouverte se

1. *Impudent strumpet !* (*Othello,* IV, 2.)

détacher, distincte et cramoisie, sur la chair nacrée. Délicatement, elle frotta la région meurtrie.

Dehors, dans l'autre pièce, le Sauvage arpentait le plancher, marchait, marchait, à l'accompagnement des tambours et de la musique de paroles magiques. « Le roitelet s'y jette, et la petite mouche dorée se livre à la concupiscence sous mes yeux[1]. » Elles lui grondaient aux oreilles, à l'affoler. « La fouine ni le cheval souillé ne s'y jettent avec un appétit plus déréglé. Au-dessous de la taille, elles sont des Centaures, bien qu'au-dessus elles soient femmes. Les dieux n'héritent que jusqu'à la ceinture. Au-dessous, tout est aux démons. Il y a l'enfer, il y a les ténèbres, il y a l'abîme de soufre, qui brûle, qui ébouillante, la puanteur, la destruction ; fi, fi, fi, pouah, pouah ! Donnez-moi une once de civette, bon apothicaire, pour m'adoucir l'imagination[2]. »

— John ! s'enhardit à dire, depuis la salle de bains, une petite voix insinuante, John !

« Ô mauvaise herbe, qui es si belle et dont le parfum est si doux que le sens en souffre ! Ce livre si charmant était-il donc fait pour qu'on y inscrivît "catin" ? Le ciel, à son approche, se bouche le nez[3]... »

Mais le parfum de Lenina flottait encore autour de lui, son veston était tout blanc de la poudre qui avait parfumé le corps velouté de la jeune femme. « Courtisane impudente, courtisane impudente ! » Le rythme inexorable se martelait sans fin de lui-même « Courtisane... »

— John, ne croyez-vous pas que je pourrais reprendre mes vêtements ?

Il ramassa le pantalon à pattes d'éléphant, la blouse, la combinaison-culotte à fermeture éclair.

---

1. 2. *King Lear,* IV, 6.
3. *Othello,* IV, 2.

— Ouvrez ! commanda-t-il, donnant un coup de pied dans la porte.

— Non, non. – La voix était apeurée et pleine de défi.

— Alors, comment voulez-vous que je vous les donne ?

— Passez-les à travers le vasistas au-dessus de la porte.

Il fit ce qu'elle proposait, et se remit à marcher de long en large, inquiet, par la pièce. « Courtisane impudente, courtisane impudente. Le démon Luxure avec sa grosse croupe et son doigt en gingembre[1]... »

— John !

Il ne voulut pas répondre. « Grosse croupe et doigt en gingembre. »

— John !

— Qu'est-ce qu'il y a ? demanda-t-il brutalement.

— Je me demande si vous ne voudriez pas me donner mon ceinturon malthusien.

Lenina resta assise, écoutant le bruit des pas dans l'autre pièce, et se demandant, tout en écoutant, combien de temps il pourrait bien continuer à arpenter ainsi le plancher ; s'il lui faudrait attendre qu'il eût quitté l'appartement, ou s'il serait prudent, après avoir accordé à la folie de John un délai raisonnable pour se calmer, d'ouvrir la porte de la salle de bains et de se précipiter dehors d'un bond.

Elle fut interrompue au milieu de ces spéculations inquiètes par le bruit de la sonnerie du téléphone qui retentit dans l'autre pièce. Les allées et venues sur le plancher cessèrent d'une façon abrupte. Elle entendit la voix du Sauvage parlementant avec le silence.

« Allô ! »

...

1. ... *The devil Luxury, with his fat rump and potatofinger.*
(*Troilus and Cressida*, V, 2.)

« Oui. »

…

« Oui, si je ne me prends pas moi-même pour un autre. »

…

« Oui, vous ne m'avez donc pas entendu le dire ? C'est M. le Sauvage qui est à l'appareil. »

…

« Hein ? Qui est-ce qui est malade ? Bien sûr que cela m'intéresse. »

…

« Mais est-ce sérieux ? Elle va réellement mal ? J'y vais tout de suite… »

…

« Elle n'est plus dans son appartement ? Où l'a-t-on transportée ? »

…

« Oh ! Mon Dieu ! Donnez-moi l'adresse ! »

…

« Trois, Park Lane – c'est bien cela ? Trois ? Merci. »

Lenina entendit le cliquetis du récepteur qu'on raccrochait, puis des pas précipités. Une porte se referma avec fracas. Puis, le silence. Était-il vraiment parti ?

Avec des précautions infinies elle entrebâilla la porte d'un demi-centimètre ; elle hasarda un coup d'œil par la fente ; elle fut encouragée par la vue de la pièce vide ; elle ouvrit un peu plus grand, passa la tête entière ; et finalement entra dans la pièce sur la pointe des pieds ; elle demeura quelques secondes, le cœur battant violemment, écoutant, écoutant ; puis courut à la porte d'entrée, l'ouvrit, s'y glissa, la claqua et s'enfuit. C'est seulement lorsqu'elle fut dans l'ascenseur, dans la cage duquel elle s'enfonçait effectivement, qu'elle commença à se sentir en sécurité.

14

L'HÔPITAL de Park Lane pour Mourants était une tour de soixante étages en carreaux céramiques de teinte primevère. Comme le Sauvage descendait de son taxicoptère, un convoi de corbillards aériens aux couleurs gaies s'éleva, en vrombissant, du toit, et fila par-dessus le Parc, vers l'ouest, à destination du Crématorium de Slough. À la grille de l'ascenseur le portier en chef lui donna les renseignements dont il avait besoin, et il descendit à la Salle 81 (une salle pour Sénilité Galopante, expliqua le portier), au dix-septième étage.

C'était une vaste pièce, claire sous le soleil et la peinture jaune, et contenant vingt lits, tous occupés. Linda mourait en compagnie – en compagnie, et avec tout le confort moderne. L'air était constamment vivifié par des mélodies synthétiques gaies. Au pied de chaque lit, en face de son occupant moribond, il y avait une boîte à télévision. On laissait fonctionner la télévision, tel un robinet ouvert, du matin jusqu'au soir. Tous les quarts d'heure, le parfum dominant de la salle était changé automatiquement.

— Nous essayons, expliqua l'infirmière, qui avait pris en main le Sauvage dès la porte, nous essayons de créer ici une atmosphère complètement agréable – quelque chose d'intermédiaire entre un hôtel de premier ordre et un palace de Cinéma Sentant, si vous saisissez ce que je veux dire.

— Où est-elle ? demanda le Sauvage, sans prêter la moindre attention à ces explications courtoises.

L'infirmière fut froissée.

— Comme vous êtes pressé ! dit-elle.

— Y a-t-il quelque espoir ? demanda-t-il.

— Vous voulez dire : qu'elle ne meure pas ? (Il fit un signe de tête affirmatif.) – Non, bien sûr qu'il n'y en a aucun. Quand on envoie quelqu'un ici, il n'y a pas d'… – Prise de saisissement à l'expression de détresse du visage blême de John, elle s'arrêta court. – Quoi, qu'y a-t-il donc ? demanda-t-elle. – Elle n'était pas habituée à des manifestations de ce genre chez les visiteurs. (Ce n'est pas, au surplus, qu'il y eût beaucoup de visiteurs ; ni aucune raison pour qu'il y en eût beaucoup.) – Vous ne vous sentez pas malade, dites ?

Il secoua la tête.

— C'est ma mère, dit-il d'une voix à peine perceptible.

L'infirmière lui lança un regard de ses yeux saisis d'horreur ; puis elle se détourna bien vite. De la gorge aux tempes, son visage n'était plus qu'une rougeur brûlante.

— Menez-moi vers elle, dit le Sauvage, faisant effort pour parler d'un ton ordinaire.

Toujours rougissante, elle le conduisit à travers la salle. Des visages encore frais et non flétris (car la sénilité galopait si vite qu'elle n'avait pas le temps de vieillir les joues, rien que le cœur et le cerveau) se retournèrent tandis qu'ils passaient. Leur marche était suivie par les yeux vagues, sans curiosité, de la seconde enfance. Le Sauvage frémit en regardant.

Linda était étendue dans le dernier lit de la seconde rangée, contre le mur. Calée par des oreillers, elle regardait les demi-finales du Championnat Sud-Américain de Tennis sur surface de Riemann, qui se déroulaient en reproduction silencieuse et réduite sur l'écran de la boîte à télévision au pied du lit. Les petites silhouettes se précipitaient çà et là sur leur carré de verre illuminé, tels des poissons dans un aquarium, habitants silencieux mais agités d'un autre monde.

Linda contemplait le spectacle, souriant vaguement et sans comprendre. Son visage pâle et bouffi avait une expression de bonheur imbécile. À chaque instant ses paupières se fermaient, et pendant quelques secondes elle paraissait sommeiller. Puis, avec un petit sursaut, elle se réveillait – se réveillait aux jeux d'aquarium des Champions de Tennis, à l'audition par Wurlitzeriana-Super-Vox de « Presse-moi, blesse-moi, caresse-moi sans cesse », à la bouffée tiède de verveine soufflée par le vasistas au-dessus de sa tête, elle se réveillait à toutes ces choses, ou plutôt, à un rêve dont ces choses, transformées et embellies par le *soma* qu'elle avait dans le sang, étaient les constituants merveilleux, et souriait de nouveau de son sourire brisé, décoloré, de contentement infantile.

— Et maintenant, il faut que je m'en aille, dit l'infirmière. J'ai ma bande d'enfants qui vont venir. Et puis, il y a le numéro 3. – Elle tendit le doigt vers l'autre bout de la salle. – Prêt à s'en aller d'une minute à l'autre, à présent… Mais installez-vous à votre aise. – Elle s'éloigna d'un bon pas.

Le Sauvage s'assit à côté du lit.

— Linda, murmura-t-il, lui prenant la main.

Au bruit de son nom, elle se retourna. Ses yeux vagues eurent une lueur de connaissance. Elle lui pressa la main, elle sourit, elle remua les lèvres ; puis tout à coup sa tête retomba en arrière. Elle était endormie. Il resta là à la regarder, à chercher, parmi la chair fatiguée, à chercher et à retrouver ce visage jeune et vif qui s'était penché sur son enfance à Malpais ; à se souvenir (et il ferma les yeux) de sa voix, de ses gestes, de tous les événements de leur vie commune. « Sur mon streptocoque ailé – Volez à Banbury T… » Comme ses chants avaient été beaux ! Et ces vers enfantins, comme ils étaient magiquement étranges et mystérieux !

A, B, C, Vitamine D.
L'huile est au foie, la morue a nagé.

Il sentit les larmes brûlantes lui sourdre derrière les paupières tandis qu'il se rappelait les paroles et la voix de Linda les répétant. Et puis, les leçons de lecture : le chat est sur le plat, le rôt est dans le pot ; et les Instructions Élémentaires à l'usage des Travailleurs Bêtas-Moins du Dépôt d'Embryons. Et les longues soirées au coin du feu, ou, en été, sur le toit de la petite maison, pendant lesquelles elle lui contait ces histoires de Là-Bas, d'en dehors de la Réserve ; de Là-Bas merveilleux, merveilleux, dont il conservait encore le souvenir comme d'un paradis de bonté et de beauté, complet et intact, impollué par le contact avec la réalité de ce Londres réel, de ces hommes et de ces femmes effectivement civilisés.

Un bruit soudain de voix aiguës l'obligea à ouvrir les yeux, et, après avoir hâtivement essuyé ses larmes, à se retourner. Ce qui paraissait être un flux continu de jumeaux mâles identiques de huit ans s'engouffrait dans la pièce. Un jumeau après l'autre, un jumeau après l'autre, ils arrivaient, véritable cauchemar. Leur visage, ce visage qui se répétait, car il n'y en avait qu'un seul pour eux tous, s'écarquillait, camus, tout en narines et en yeux pâles et ronds comme des verres de lunettes. Leur uniforme était kaki. Tous avaient la bouche ouverte et la lèvre pendante. Ils entrèrent en piaillant et en bavardant. Au bout d'un instant, sembla-t-il, la pièce en fut grouillante. Ils se pressaient en essaim entre les lits, grimpaient par-dessus, rampaient par-dessous, jetaient les yeux dans les boîtes à télévision, faisaient des grimaces aux malades.

Linda leur causa de la surprise, et quelque inquiétude. Il y en eut un groupe qui resta rassemblé au pied de son lit, la dévisageant avec la curiosité apeurée et stupide des animaux qui se trouvent soudain face à face avec l'inconnu. – Oh ! regardez, regardez ! – Ils parlaient à voix basse, effarée. – Qu'est-ce qu'elle a donc ? Pourquoi qu'elle est grosse comme ça ?

Ils n'avaient jamais vu de visage pareil à celui de Linda, ils n'avaient jamais vu de visage qui ne fût jeune et n'eût la peau tendue, de corps qui eût cessé d'être mince et droit. Toutes ces sexagénaires moribondes avaient l'aspect de jeunes filles presque enfants. À quarante-quatre ans, Linda paraissait être, par contraste, un monstre de sénilité flasque et distordu.

— N'est-ce pas qu'elle est affreuse ? tels furent les commentaires chuchotés. – Regarde donc ses dents !

Soudain, de sous le lit, un jumeau à face camuse apparut entre la chaise de John et le mur, et se mit à dévisager la figure endormie de Linda.

— Dites donc…, commença-t-il ; mais sa phrase se termina prématurément dans un piaillement. Le Sauvage l'avait saisi par le col, soulevé carrément au-dessus de la chaise, et, d'une gifle retentissante, renvoyé en hurlant.

Ses cris amenèrent l'Infirmière-chef qui se précipita au secours.

— Qu'est-ce que vous lui avez fait ? demanda-t-elle avec fureur. Je n'admets pas que vous battiez les enfants !

— Eh bien, alors, éloignez-les de ce lit-ci. – La voix du Sauvage tremblait d'indignation. – D'ailleurs, qu'est-ce qu'ils font ici, ces sales morveux ? C'est honteux !

— Honteux ? Mais que voulez-vous dire ? On les conditionne à la mort. Et laissez-moi vous dire, fit-elle sur un ton d'avertissement féroce, que, si je vous y prends encore, à gêner leur conditionnement, je ferai venir les porteurs et vous ferai mettre dehors.

Le Sauvage se mit debout et fit deux pas vers elle. Ses mouvements et l'expression de son visage étaient si menaçants que l'infirmière se recula, terrorisée. D'un effort violent il se contint, et, sans mot dire, se détourna et se rassit à côté du lit.

Rassurée, mais avec une dignité qui était un tantinet creuse et incertaine :

— Je vous ai averti, dit l'infirmière : tenez-vous-le pour dit. – Néanmoins, elle écarta les jumeaux trop curieux, et leur fit prendre part à la partie de zipfuret qui avait été organisée par une de ses collègues à l'autre extrémité de la salle.

— Allez-vous-en à présent prendre votre tasse de solution de caféine, ma bonne, dit-elle à l'autre infirmière. – L'exercice de l'autorité rétablit sa confiance en soi, lui fit du bien. – Allons, mes enfants, cria-t-elle.

Linda s'était agitée, inquiète, avait ouvert les yeux un instant, jeté un vague regard à la ronde, et s'était de nouveau assoupie. Assis à son côté, le Sauvage fit des efforts violents pour ressaisir son humeur d'il y a quelques minutes. « A, B, C, Vitamine D », se répétait-il à lui-même, comme si ces mots étaient un sortilège qui rappellerait à la vie le passé défunt. Mais le sortilège demeura sans effet. Obstinément, les souvenirs merveilleux refusèrent de se lever ; il n'y eut qu'une résurrection affreuse de jalousies, de laideurs et de misères. Popé, tout dégoûtant du sang qui coulait de son épaule entaillée ; et Linda hideusement endormie, tandis que les mouches bourdonnaient autour du *mescal* répandu par terre à côté du lit ; et les gamins criant tous ces noms en passant… Ah ! non, non ! Il ferma les yeux, il secoua la tête en dénégation vigoureuse de ces souvenirs. « A, B, C, Vitamine D… » Il essaya de songer aux moments où il était assis sur les genoux de Linda, où elle l'entourait de ses bras et chantait, recommençant sans fin, le berçant, le berçant pour l'endormir : « A, B, C, Vitamine D, Vitamine D, Vitamine D… »

Le Wurlitzeriana-Super-Vox s'était élevé à un crescendo sanglotant, et soudain la verveine fit place, dans l'appareil à circulation de parfums, à un patchouli intense. Linda s'agita, se réveilla, regarda avec ébahissement, quelques instants, les demi-finalistes, puis, soulevant le visage, renifla une fois ou deux l'air nouvellement parfumé, et sourit tout à coup, d'un sourire d'extase enfantine.

— Popé ! murmura-t-elle, et elle referma les yeux. Oh ! comme j'aime cela, comme j'aime… – Elle soupira, et se laissa retomber sur ses oreillers.

— Voyons, Linda ! – Le Sauvage parla d'un ton implorant. – Tu ne me reconnais pas ? – Il s'était si bien efforcé, il avait fait absolument de son mieux ; pourquoi ne lui permettait-elle pas d'oublier ? Il lui pressa la main molle presque violemment, comme s'il voulait la forcer à quitter ce rêve de plaisirs ignobles, ces souvenirs vils et détestables, pour rentrer dans le présent, dans la réalité : le présent effarant, l'épouvantable réalité, mais sublimes, mais lourds de signification, mais désespérément importants précisément à cause de l'imminence de ce qui les rendait si effrayants. – Tu ne me reconnais pas, Linda ?

Il sentit la légère pression de sa main en réponse. Il en eut les larmes aux yeux. Il se pencha sur elle et l'embrassa.

Elle remua les lèvres : « Popé ! » murmura-t-elle de nouveau, et il eut la sensation qu'on lui jetait à la figure un seau d'ordure.

La colère bouillonna soudain en lui. Contrariée pour la deuxième fois, la passion de sa douleur avait trouvé une autre issue, s'était transformée en passion de colère au paroxysme.

— Mais je suis John ! cria-t-il, je suis John ! – Et dans sa douleur furieuse il lui saisit bel et bien l'épaule et la secoua.

Les yeux de Linda s'ouvrirent avec un battement des paupières ; elle le vit, le reconnut « John ! » mais situa le visage réel, les mains réelles et violentes dans un monde imaginaire, parmi les équivalents intérieurs et personnels du patchouli et du Super-Wurlitzer, parmi les souvenirs transfigurés et les sensations étrangement transposées qui constituaient l'univers de son rêve. Elle le reconnaissait comme étant John, son fils, mais se le représentait comme un intrus dans ce Malpais paradisiaque où elle passait son congé de *soma* avec Popé. Il était en colère parce qu'elle aimait Popé, il la secouait parce que Popé était là, dans son lit – comme s'il y avait là quelque chose de mal, comme si tous les gens civilisés n'agissaient pas de même. « Chacun appartient à... » La voix de Linda s'évanouit soudain jusqu'à n'être plus qu'un croassement haletant, à peine perceptible ; sa bouche s'ouvrit ; elle fit un effort désespéré pour remplir d'air ses poumons. Mais ce fut comme si elle ne savait plus respirer. Elle essaya d'appeler, mais nul son ne sortit ; seule la terreur de ses yeux écarquillés révélait l'intensité de sa souffrance. Elle porta les mains à sa gorge, elle agrippa convulsivement l'air, l'air qu'elle ne pouvait plus respirer, l'air qui, pour elle, avait cessé d'exister.

Le Sauvage était debout, penché sur elle.

— Qu'est-ce qu'il y a, Linda ? Qu'est-ce qu'il y a ? – Sa voix était implorante ; on eût dit qu'il la suppliait de le rassurer.

Le regard qu'elle lui jeta était chargé d'une terreur indicible – de terreur, et, lui sembla-t-il, de reproche. Elle essaya de se soulever sur son lit, mais retomba sur les oreillers. Elle avait le visage horriblement tordu, les lèvres bleues.

Le Sauvage se retourna et courut vers l'autre bout de la salle.

— Vite, vite ! cria-t-il. Vite !

Debout au centre d'une ronde de jumeaux jouant au zipfuret, l'Infirmière-chef se retourna. Le premier instant d'étonnement fit place presque instantanément à la désapprobation.

— Ne criez donc pas ! Songez aux petits, dit-elle, fronçant les sourcils. Vous risquez de les déconditionner… Mais que faites-vous ? – Il avait rompu la ronde. – Faites donc attention ! – L'un des enfants hurlait.

— Vite, vite ! – Il saisit l'infirmière par la manche, la traîna derrière lui. – Vite ! Il s'est passé quelque chose ! Je l'ai tuée !

Lorsqu'ils furent revenus à l'extrémité de la salle, Linda était morte.

Le Sauvage resta un instant debout, figé dans le silence, puis tomba à genoux à côté du lit, et, se couvrant le visage de ses mains, sanglota éperdument.

L'infirmière était dans l'irrésolution, regardant tantôt la forme agenouillée près du lit (quelle scandaleuse exhibition !) et tantôt (pauvres enfants !) les jumeaux qui avaient interrompu leur partie de zipfuret et regardaient, ébahis, vers l'autre bout de la salle, les yeux et les narines écarquillés, la scène scandaleuse qui se déroulait autour du lit n° 20. Fallait-il lui parler ? Tâcher de le ramener au sentiment des convenances ? Lui rappeler où il se trouvait ? Quel tort fatal il risquait de causer à ces pauvres innocents ! Détruire ainsi tout leur bon conditionnement à la mort par cette dégoûtante explosion de cris, comme si la mort était quelque chose de terrible, comme si quiconque avait une telle importance ! Cela pourrait leur donner les idées les plus désastreuses sur la question, les bouleverser et les faire réagir d'une façon totalement erronée, complètement antisociale.

Elle s'avança vers lui, elle lui toucha l'épaule.

— Vous ne pouvez donc pas vous conduire convenablement ? dit-elle d'une voix basse, courroucée.

Mais, tournant la tête, elle vit qu'une demi-douzaine de jumeaux étaient déjà debout et s'avançaient à travers la salle. La ronde se désagrégeait. Encore un instant, et… Non, le risque était trop considérable ; le Groupe entier risquait d'être mis en retard de six ou sept mois dans son conditionnement. Elle retourna en courant vers ceux dont elle avait la charge, et qui étaient menacés.

— Allons, qui est-ce qui veut un éclair au chocolat ? demanda-t-elle d'une voix forte et joyeuse.

— Moi ! hurla en chœur tout le Groupe Bokanovsky.

Le lit n° 20 était complètement oublié.

« Oh ! Dieu, Dieu. Dieu !… » continuait à répéter à lui-même le Sauvage. Parmi le chaos de douleur et de remords qui lui emplissait l'esprit, c'était le seul mot qui s'articulât. « Dieu ! » il le chuchota tout haut. « Dieu… »

— Qu'est-ce donc qu'il dit ? dit une voix toute proche, distincte et perçante à travers les piaillements du Super-Wurlitzer.

Le Sauvage sursauta violemment, et, se découvrant le visage, regarda autour de lui. Cinq jumeaux en kaki, tenant chacun dans la main droite le bout d'un long éclair, le visage identique diversement barbouillé de chocolat liquide, se tenaient en ligne, écarquillant sur lui leurs yeux ronds comme des verres de lunettes.

Ils croisèrent son regard et se mirent à ricaner simultanément. L'un d'eux tendit le bout de son éclair.

— Elle est morte ? demanda-t-il.

Le Sauvage les dévisagea un instant en silence. Puis, en silence, il se leva, en silence il se dirigea lentement vers la porte.

— Elle est morte ? répéta le jumeau curieux qui trottait à son côté.

Le Sauvage abaissa son regard sur lui, et, toujours sans mot dire, le repoussa. Le jumeau tomba par terre et se mit immédiatement à hurler. Le Sauvage ne se retourna même pas.

15

Le personnel domestique de l'Hôpital de Park Lane pour Mourants se composait de cent soixante-deux Deltas répartis en deux Groupes Bokanovsky, comprenant respectivement quatre-vingt-quatre jumelles rousses et soixante-dix-huit jumeaux dolichocéphales aux cheveux noirs. À six heures, leur journée de travail terminée, les deux Groupes se rassemblaient dans le vestibule de l'Hôpital et recevaient des mains du Sous-Économe par intérim leur ration de *soma.*

Sortant de l'ascenseur, le Sauvage fit irruption parmi eux. Mais il avait l'esprit ailleurs, avec la mort, avec sa douleur, avec son remords ; machinalement, sans avoir conscience de ce qu'il faisait, il se mit à se frayer à coups d'épaule un passage à travers la foule.

— Qui êtes-vous à pousser comme ça ? Où donc croyez-vous aller ?

Sur un ton aigu et sur un ton bas, issues d'une multitude de gorges distinctes, deux voix seulement piaillèrent ou grognèrent. Répétés à l'infini, ainsi que dans une succession de miroirs, deux visages, l'un en forme de lune glabre pleine de taches de rousseur et entourée d'un halo orangé, l'autre en masque d'oiseau mince et crochu, hirsute d'une barbe de deux jours, se retournèrent vers lui avec colère. Leurs paroles, et, dans les côtes, des coups de coude vigoureux brisèrent sa coquille d'inconscience. Il se réveilla de nouveau à la réalité extérieure, regarda autour de lui, reconnut ce qu'il vit, le reconnut, avec une sensation horrible et répugnante de chute dans le vide, comme étant le délire sans cesse renouvelé de ses jours et de ses nuits, le cauchemar de cet essaim d'identité que rien ne permet de distinguer. Des jumeaux, des jumeaux… Comme des larves, ils étaient venus en bande souiller le mystère de la mort de Linda. Larves encore, mais plus grosses, complètement adultes, ils rampaient à présent sur sa douleur et son repentir. Il s'arrêta, et, les yeux ébahis et horrifiés, jeta un regard circulaire sur la foule en kaki, au milieu de laquelle il se trouvait, la dominant de toute une tête. « Comme il y a ici des êtres charmants ! » Les mots chantants le bafouèrent de leur raillerie. « Comme l'humanité est belle ! Ô nouveau monde… admirable. »

— Distribution de *soma,* cria une voix forte. En bon ordre, s'il vous plaît. Dépêchez-vous un peu, là-bas.

Une porte avait été ouverte, on avait apporté une table et une chaise dans le vestibule. La voix était celle d'un jeune Alpha pimpant qui était entré et portait une cassette en tôle noire. Un murmure de satisfaction s'éleva parmi les jumeaux impatients d'attendre. Ils oublièrent complètement le Sauvage. Leur attention était à présent concentrée sur la cassette noire, que le jeune homme avait placée sur la table et dont il s'était mis en devoir d'ouvrir la serrure. Le couvercle fut levé.

« Ou-ouh ! » firent simultanément tous les cent soixante-deux, comme s'ils avaient contemplé un feu d'artifice.

Le jeune homme en tira une poignée de minuscules boîtes à pilules.

— Maintenant, dit-il d'un ton péremptoire, avancez, je vous prie. Un par un, et ne poussez pas.

Un par un, et sans pousser, les jumeaux s'avancèrent. D'abord deux hommes, puis une femme, puis un autre homme, ensuite trois femmes, puis…

Le Sauvage restait là, contemplant la scène.

« Ô nouveau monde admirable, ô nouveau monde admirable… » Dans son esprit, les mots chantants parurent changer de ton. Ils l'avaient bafoué au travers de sa misère et de ses remords, bafoué avec quelle note hideuse de raillerie cynique ! Riant comme des démons, ils avaient insisté sur la saleté vile, la laideur nauséabonde de ce cauchemar. À présent, tout à coup, ils claironnaient un appel aux armes. « Ô nouveau monde admirable ! » Miranda proclamait la possibilité de la splendeur, la possibilité de transformer jusqu'à ce cauchemar en quelque chose de beau et de noble. « Ô nouveau monde admirable ! » C'était un défi, un commandement.

— Ne poussons pas, voyons ! vociféra le Sous-Économe par intérim, en fureur. – Il referma avec fracas le couvercle de la cassette. – J'arrête la distribution si je n'obtiens pas qu'on se conduise convenablement !

Les Deltas murmurèrent, se poussèrent un peu les uns les autres, et se turent. La menace avait été efficace. La privation de *soma* – quelle idée affreuse !

— Ça va mieux, dit le jeune homme, et il rouvrit sa cassette.

Linda avait été une esclave, Linda était morte ; d'autres, du moins, vivraient en liberté, et une beauté nouvelle rayonnerait sur le monde. C'était une réparation, un devoir. Et soudain apparut au Sauvage, avec une clarté lumineuse, ce qu'il avait à faire ; ce fut comme si un volet avait été ouvert, un rideau tiré.

— Allons-y, dit le Sous-Économe.

Une autre femme en kaki s'avança.

— Arrêtez ! cria le Sauvage, d'une voix forte et retentissante. Arrêtez !

Il se fraya un passage jusqu'à la table ; les Deltas le dévisagèrent avec étonnement.

— Ford ! dit le Sous-Économe par intérim, plus bas que le souffle. C'est le Sauvage ! – Il se sentit apeuré.

— Écoutez-moi, je vous en supplie, cria le Sauvage avec une ardeur sérieuse. Prêtez-moi l'oreille[1]... – Il n'avait encore jamais parlé en public, et éprouvait beaucoup de difficulté à exprimer ce qu'il voulait dire : – Ne prenez pas cette affreuse drogue. C'est du poison, c'est du poison.

— Dites donc, monsieur le Sauvage, dit le Sous-Économe par intérim, souriant d'un sourire propitiatoire, cela ne vous dérangerait pas de me laisser... ?

— Du poison pour l'âme aussi bien que pour le corps.

— Oui, mais laissez-moi continuer ma distribution, voyons ! Soyez gentil. – Tendrement, prudemment, comme on caresse un animal notoirement méchant, il tapota le bras du Sauvage. – Laissez-moi donc...

— Jamais ! cria le Sauvage.

— Mais dites donc, mon vieux...

— Jetez tout cela, cet affreux poison !

Les mots : « Jetez tout cela » parvinrent à percer les couches enveloppantes d'incompréhension et à péné-

---

1. *Friends, Romans, countrymen, lend me your ears.*
(*Julius Caesar,* III, 1.)

trer au vif de la conscience des Deltas. Un murmure courroucé s'éleva de la foule.

— Je viens vous apporter la liberté, dit le Sauvage, se retournant vers les jumeaux. Je viens…

Le Sous-Économe par intérim n'en entendit pas davantage ; il s'était glissé hors du vestibule et cherchait un numéro dans l'annuaire du téléphone.

— Pas dans son appartement, résuma Bernard. Pas dans le mien, pas dans le vôtre. Pas à l'Aphroditœum ; pas au Centre, ni au Collège. Où peut-il être passé ?

Helmholtz haussa les épaules. Ils étaient rentrés de leur travail, espérant trouver le Sauvage qui les attendait à l'un ou l'autre de leurs rendez-vous habituels, et il n'y avait aucun signe de lui nulle part. C'était bien contrariant, car ils avaient eu l'intention de filer à Biarritz dans le sporticoptère à quatre places de Helmholtz. Ils seraient en retard pour le dîner s'il n'arrivait pas bientôt.

— Donnez-lui encore cinq minutes, dit Helmholtz. S'il n'a pas fait son apparition d'ici là, nous…

La sonnerie du téléphone l'interrompit. Il prit le récepteur.

— Allô. C'est lui-même. – Puis, après un long intervalle d'écoute : – Ford du Tacot ! sacra-t-il, j'y vais tout de suite.

— Qu'est-ce que c'est ? demanda Bernard.

— Un type que je connais à l'Hôpital de Parke Lane, dit Helmholtz. C'est là qu'est le Sauvage. Il semble être devenu fou. En tout cas, il y a urgence. Venez-vous avec moi ?

Ils se précipitèrent tous deux le long du couloir vers les ascenseurs.

— Mais vous plaît-il d'être des esclaves ? disait le Sauvage au moment où ils pénétrèrent dans l'Hôpital. – Son visage était empourpré, ses yeux flamboyaient d'ardeur et d'indignation. – Vous plaît-il d'être des bébés ? Oui, des bébés, vagissants et bavants, ajouta-t-il exaspéré par leur stupidité bestiale, au point de lancer des injures à ceux qu'il était venu sauver. – Les injures rebondirent sur leur carapace de stupidité épaisse ; ils le dévisageaient, les yeux pleins d'une expression vide de ressentiment hébété et sombre. – Oui, bavants, vociféra-t-il franchement. – La douleur et le remords, la compassion et le devoir, tout cela était oublié à présent, et en quelque sorte absorbé dans une haine intense qui dominait tout à l'égard de ces monstres moins qu'humains. – Vous ne voulez donc pas être libres, être des hommes ? Ne comprenez-vous même pas ce que c'est que l'état d'homme, que la liberté ? – La rage faisait de lui un orateur cohérent ; les mots arrivaient facilement, en flux serré. – Vous ne comprenez pas ? répéta-t-il, mais il ne reçut pas de réponse à sa question. Eh bien, alors, reprit-il d'un ton farouche, je vais vous l'apprendre : je vous *imposerai* la liberté, que vous le vouliez ou non ! Et, entrouvrant une fenêtre qui donnait sur la cour intérieure de l'Hôpital il se mit à jeter dehors par poignées les petites boîtes à pilules contenant des comprimés de *soma*.

Pendant un instant, la foule en kaki resta silencieuse, pétrifiée, devant le spectacle de ce sacrilège voulu, d'ébahissement et d'horreur.

— Il est fou, murmura Bernard, écarquillant tout grands les yeux. Ils vont le tuer. Ils…

Un grand cri s'éleva soudain parmi la foule ; une vague de mouvement la poussa, menaçante, vers le Sauvage.

— Ford lui vienne en aide ! dit Bernard ; et il détourna les yeux.

— Ford vient en aide à ceux qui s'aident eux-mêmes. – Et, avec un rire, un véritable rire de triomphe, Helmholtz Watson se fraya un chemin à travers la foule.

— La liberté, la liberté ! cria le Sauvage, et d'une main il continuait à jeter le *soma* dans la courette tandis que, de l'autre, il tapait sur la figure de ses assaillants que rien ne distinguait l'une de l'autre. – La liberté ! – Et voilà qu'apparut soudain Helmholtz à son côté – Ah ! Ce bon vieux Helmholtz ! – tapant lui aussi, – Enfin, des hommes ! – et, dans l'intervalle, jetant aussi le poison par la fenêtre, à pleines mains : – Oui, des hommes, des hommes ! – et il ne resta plus de poison. Il souleva la cassette et leur en montra l'intérieur, noir et vide. – Vous l'avez, la liberté !

Hurlant, les Deltas chargèrent avec une fureur redoublée.

Hésitant, restant à la lisière de la bataille :

— Ils sont fichus, dit Bernard, et, mû d'une impulsion soudaine, il courut en avant à leur secours ; – puis il se ravisa et s'arrêta ; puis, honteux, s'avança de nouveau ; puis il se ravisa de nouveau, et il était là, souffrant le martyre de l'indécision humiliée, songeant qu'ils risquaient, eux, d'être tués s'il ne les aidait pas, et qu'il en risquait autant, lui, s'il les aidait, lorsque (Ford soit loué !), les yeux tout ronds et avec le museau de cochon que leur donnaient leurs masques à gaz, les policiers firent irruption dans le local.

Bernard se précipita au-devant d'eux. Il agita les bras ; et c'était de l'action : il faisait quelque chose. Il cria plusieurs fois :

— Au secours ! de plus en plus fort, afin de se donner l'illusion d'être utile à quelque chose : Au secours ! *Au secours !* AU SECOURS !

Les policiers l'écartèrent de leur chemin et continuèrent leur besogne. Trois hommes portant des pulvérisateurs attachés aux épaules par des courroies répandirent dans l'air d'épais nuages de vapeur de *soma*. Deux autres étaient occupés avec la Boîte à Musique Synthétique. Munis de pistolets à eau chargés d'un anesthésique puissant, quatre autres s'étaient frayé un passage à travers la foule, et mettaient méthodiquement hors de combat, d'un jet succédant à l'autre, les plus féroces d'entre les combattants.

— Vite, vite ! hurla Bernard, ils seront tués si vous ne vous dépêchez pas. Ils… Oh !

Agacé par son bavardage, l'un des policiers avait tiré sur lui un coup de son pistolet à eau. Bernard resta debout une seconde ou deux, flageolant d'une façon incertaine sur des jambes qui semblaient avoir perdu leurs os, leurs tendons, leurs muscles, être devenues de simples bâtons de gelée, et en fin de compte pas même de gelée – d'eau : il s'écroula à terre comme une masse.

Tout à coup, de la Boîte à Musique Synthétique, une Voix se mit à parler. La Voix de la Raison, la Voix de la Bienveillance. Le rouleau d'impression sonore se dévidait pour servir le Discours Synthétique Numéro Deux (Force Moyenne) Contre les Émeutes. Jailli du fond d'un cœur non existant. « Mes amis, mes amis ! dit la Voix d'un ton si touchant, avec une note de reproche si infiniment tendre que, derrière leurs masques à gaz, les yeux des policiers eux-mêmes s'embuèrent momentanément de larmes, que signifie donc tout ceci ? Pourquoi n'êtes-vous pas tous réunis là, heureux et sages ? Heureux et sages, répéta la Voix, en paix, en paix. » – Elle trembla, s'amortit dans un murmure, et expira un instant. – « Oh ! comme je désire que vous soyez heureux, reprit-elle, pleine d'une ardeur convaincue. Comme je désire que vous soyez sages ! Je vous en prie, je vous en prie, soyez sages et… »

Au bout de deux minutes, la Voix et les vapeurs de *soma* avaient produit leur effet. En larmes, les Deltas s'embrassaient et échangeaient des caresses, par demi-douzaines de jumeaux réunis dans une large étreinte. Il n'est pas jusqu'à Helmholtz et au Sauvage qui ne fussent près de pleurer. On apporta de l'Économat un nouvel approvisionnement de boîtes à pilules ; on fit en hâte une nouvelle distribution, et, au son des bénédictions d'adieu barytonnées par la Voix d'un ton tout chargé d'affection, les jumeaux se dispersèrent, sanglotant à fendre le cœur. « Au revoir, mes chers amis, mes bien chers amis, Ford vous garde ! Au revoir, mes chers amis, mes bien chers amis, Ford vous garde ! Au revoir, mes chers amis, mes bien… »

Quand le dernier des Deltas fut parti, le policier coupa le courant. La Voix angélique se tut.

— Êtes-vous disposés à venir en douceur ? demanda le Sergent, ou bien faudra-t-il que nous vous anesthésiions ? – Il braqua son pistolet à eau d'un geste menaçant.

— Oh ! nous viendrons en douceur, répondit le Sauvage, étanchant tour à tour une lèvre fendue, un cou égratigné et une main gauche mordue.

Tenant toujours son mouchoir à son nez saignant, Helmholtz fit un signe de tête en confirmation.

Ranimé, et ayant recouvré l'usage de ses jambes, Bernard avait profité de cet instant pour se diriger vers la porte en se faisant remarquer le moins possible.

— Hé ! là-bas, vous ! appela le Sergent, et, un policier à masque de porc se précipita à travers la pièce et mit la main à l'épaule du jeune homme.

Bernard se retourna avec une expression d'innocence indignée. S'échapper ? Il n'en avait pas eu la moindre idée.

— Et cependant, pourquoi diable avez-vous besoin de *moi* ? dit-il au Sergent, je n'en sais véritablement rien.

— Vous êtes un ami des prévenus, n'est-ce pas ?

— Mon Ford…, dit Bernard, et il hésita. – Non, il ne pouvait pas le nier, à la vérité : – Pourquoi ne le serais-je pas ? demanda-t-il.

— Alors, arrivez ici, dit le Sergent, et il ouvrit la marche vers la porte et la voiture de la police qui les attendait.

16

La pièce dans laquelle on les introduisit tous les trois était le bureau de l'Administrateur.

— Sa Forderie va descendre dans un instant.

Le maître d'hôtel Gamma les abandonna à eux-mêmes.

Helmholtz se mit à rire tout haut.

— Ça ressemble plutôt à une réunion d'amis prenant une solution de caféine qu'à un jugement, dit-il et il se laissa tomber dans le plus luxueux des fauteuils pneumatiques. Haut les cœurs ! Bernard, ajouta-t-il, comme son regard tomba sur le visage verdâtre et malheureux de son ami.

Mais Bernard ne voulait pas être rasséréné ; sans répondre, sans même regarder Helmholtz, il alla s'asseoir sur la chaise la moins confortable de la pièce, choisie avec soin dans l'obscur espoir de conjurer de quelque façon la colère des puissances supérieures.

Cependant, le Sauvage errait autour de la pièce, en état d'agitation, jetant des regards d'une vague curiosité superficielle sur les livres des rayons, sur les rouleaux à inscriptions sonores et les bobines de machines à lire, dans leurs casiers numérotés. Sur la table, sous la fenêtre, il y avait un volume massif relié en pseudocuir noir souple, et marqué de grands T dorés. Il le prit et l'ouvrit. MA VIE ET MON ŒUVRE PAR NOTRE FORD. Le livre avait été publié à Détroit par la Société pour la Propagation de la Connaissance Fordienne. D'un geste oisif il feuilleta les pages, lut une phrase par-ci, un paragraphe par-là, et il venait d'arriver à la conclusion que le livre ne l'intéressait pas, lorsque la porte s'ouvrit, et l'Administrateur Mondial Régional de l'Europe Occidentale entra d'un pas vif dans la pièce.

Mustapha Menier leur serra la main à tous les trois ; mais c'est au Sauvage qu'il s'adressa.

— Ainsi donc, vous n'aimez guère la civilisation, monsieur le Sauvage, dit-il.

Le Sauvage le regarda. Il était venu disposé à mentir, à faire le fanfaron, à se cantonner dans une réserve sombre ; mais rassuré par l'intelligence bienveillante du visage de l'Administrateur, il résolut de dire la vérité, en toute franchise. « Non. » Il hocha la tête.

Bernard sursauta et prit un air horrifié. Que penserait l'Administrateur ? Être catalogué comme l'ami d'un homme qui dit qu'il n'aime pas la civilisation, qui le dit ouvertement, et à l'Administrateur, encore, entre tous, c'était terrible.

— Voyons, John…, commença-t-il.

Un regard de Mustapha Menier le réduisit au silence le plus humble.

— Bien entendu, se mit en devoir de reconnaître le Sauvage, il y a des choses qui sont très agréables. Toute cette musique aérienne, par exemple…

— « Parfois, mille instruments sonnants chantonnent à mon oreille, et parfois des voix[1]. »

---

1. *Sometimes a thousand twangling instruments*
Will hum about my ears, and sometimes voices.
(*Tempest,* III, 2.)

Le visage du Sauvage s'éclaira d'un plaisir soudain.

— Vous l'avez lu, vous aussi ? demanda-t-il. Je croyais que personne n'avait entendu parler de ce livre-là, ici en Angleterre.

— Pour ainsi dire personne. Je suis l'une des très rares exceptions. Il est interdit, n'est-ce pas. Mais comme c'est moi qui fais les lois ici, je puis également les enfreindre. Avec impunité. Mr. Marx, ajouta-t-il, se tournant vers Bernard. Alors que, je le crains bien, vous ne pouvez pas en faire autant, vous.

Bernard fut plongé dans un état de misère encore plus désespérée.

— Mais pourquoi est-il interdit ? demanda le Sauvage. – Dans son émotion de se trouver en présence d'un homme qui avait lu Shakespeare, il avait momentanément oublié toute autre chose.

L'Administrateur haussa les épaules.

— Parce qu'il est vieux, voilà la raison principale. Ici, nous n'avons pas l'emploi des vieilles choses.

— Même si elles sont belles ?

— Surtout si elles sont belles. La beauté attire, et nous ne voulons pas qu'on soit attiré par les vieilles choses. Nous voulons qu'on aime les neuves.

— Mais les neuves sont si stupides, si affreuses ! Ces spectacles, où il n'y a rien que des hélicoptères volant de tous côtés, et où l'on *sent* les gens qui s'embrassent ! – Il fit la grimace. – Des boucs et des singes ! – Ce n'est qu'en répétant les paroles d'Othello qu'il put donner cours convenablement à son mépris et à sa haine.

— Des animaux bien gentils, pas méchants, en tout cas, murmura l'Administrateur en manière de parenthèse.

— Pourquoi ne leur faites-vous pas plutôt voir *Othello* ?

— Je vous l'ai dit : c'est vieux. D'ailleurs, ils ne le comprendraient pas.

Oui, c'était vrai. Il se rappela comme Helmholtz avait ri de *Roméo et Juliette.*

— Eh bien, alors, dit-il, après un silence, quelque chose de neuf qui ressemble à *Othello,* et qu'ils soient en état de comprendre.

— C'est là ce que nous avons tous désiré d'écrire, dit Helmholtz, rompant un silence prolongé.

— Et c'est ce que vous n'écrirez jamais, dit l'Administrateur, parce que, si cela ressemblait réellement à *Othello,* personne ne serait en état de le comprendre. Et si c'était nouveau, il ne se pourrait pas que cela ressemblât à *Othello.*

— Pourquoi pas ?

— Oui, pourquoi pas ? répéta Helmholtz. – Il oubliait, lui aussi, les réalités de la situation. Vert d'inquiétude et d'appréhension, Bernard seul s'en souvenait ; les autres ne faisaient pas attention à lui – Pourquoi pas ?

— Parce que notre monde n'est pas le même que celui d'Othello. On ne peut pas faire de tacots sans acier, et l'on ne peut pas faire de tragédies sans instabilité sociale. Le monde est stable, à présent. Les gens sont heureux ; ils obtiennent ce qu'ils veulent, et ils ne veulent jamais ce qu'ils ne peuvent obtenir. Ils sont à l'aise ; ils sont en sécurité ; ils ne sont jamais malades ; ils n'ont pas peur de la mort ; ils sont dans une sereine ignorance de la passion et de la vieillesse ; ils ne sont encombrés de nuls pères ni mères ; ils n'ont pas d'épouses, pas d'enfants, pas d'amants, au sujet desquels ils pourraient éprouver des émotions violentes ; ils sont conditionnés de telle sorte que, pratiquement, ils ne peuvent s'empêcher de se conduire comme ils le doivent. Et si par hasard quelque chose allait de travers, il y a le *soma* – que vous flanquez froidement par la fenêtre au nom de la liberté, monsieur le Sauvage. *La liberté !* – Il se mit à rire. – Vous vous attendez à ce que les Deltas sachent ce que c'est que la liberté ! Et voilà que vous vous attendez à ce qu'ils comprennent *Othello* ! Mon bon ami !

Le Sauvage resta un moment silencieux.

— Malgré tout, insista-t-il avec obstination, *Othello,* c'est bien ; *Othello,* c'est mieux que ces films sentants.

— Bien entendu, acquiesça l'Administrateur. Mais c'est là la rançon dont il nous faut payer la stabilité. Il faut choisir entre le bonheur et ce qu'on appelait autrefois le grand art. Nous avons sacrifié le grand art. Nous avons à la place les films sentants et l'orgue à parfums.

— Mais ils n'ont aucun sens.

— Ils ont leur sens propre ; ils représentent, pour les spectateurs, un tas de sensations agréables.

— Mais ils… ils sont contés par un idiot[1].

L'Administrateur se mit à rire.

— Vous n'êtes pas fort poli envers votre ami Mr. Watson. Un de nos Ingénieurs en Émotion les plus distingués…

— Mais il a raison, dit Helmholtz, avec une tristesse sombre. C'est effectivement idiot. Écrire quand il n'y a rien à dire…

— Précisément. Mais cela exige l'habileté la plus énorme. Vous fabriquez des tacots avec le minimum absolu d'acier, des œuvres d'art avec pratiquement rien d'autre que la sensation pure.

Le Sauvage hocha la tête.

---

1. *Life is a tale*
Told by an idiot, full sound and fury,
Signifying nothing. (*Macbeth,* V, 9.)

— Tout cela me paraît absolument affreux.

— Bien entendu. Le bonheur effectif paraît toujours assez sordide en comparaison des larges compensations qu'on trouve à la misère. Et il va de soi que la stabilité, en tant que spectacle, n'arrive pas à la cheville de l'instabilité. Et le fait d'être satisfait n'a rien du charme magique d'une bonne lutte contre le malheur, rien du pittoresque d'un combat contre la tentation, ou d'une défaite fatale sous les coups de la passion ou du doute. Le bonheur n'est jamais grandiose.

— Sans doute, dit le Sauvage après un silence. – Mais est-il indispensable qu'il atteigne le degré d'horreur de tous ces jumeaux ? Il se passa la main sur les yeux comme s'il essayait d'effacer le souvenir de l'image de ces longues rangées de nains identiques aux établis de montage, de ces troupeaux de jumeaux faisant la queue à l'entrée de la station du monorail à Brentford, de ces larves humaines envahissant le lit de mort de Linda, du visage indéfiniment répété de ses assaillants. Il regarda sa main gauche entourée d'un pansement, et frémit. – Horrible !

— Mais combien utile ! Je vois que vous n'aimez pas nos Groupes Bokanovsky ; mais, je vous en donne l'assurance, ils constituent la fondation sur laquelle est édifié tout le reste. Ils sont le gyroscope qui stabilise l'avion-fusée de l'État dans sa marche inflexible. – La voix profonde vibrait à faire palpiter ; la main gesticulante représentait implicitement tout l'espace et l'élan de l'irrésistible machine. Le talent oratoire de Mustapha Menier était presque à la hauteur des modèles synthétiques.

— Je me demandais, dit le Sauvage, pourquoi vous les tolérez, à tout prendre, attendu que vous pouvez produire ce que vous voulez dans ces flacons. Pourquoi ne faites-vous pas de chacun un Alpha-Plus-Plus, pendant que vous y êtes ?

Mustapha Menier se mit à rire.

— Parce que nous n'avons nul désir de nous faire égorger, répondit-il. Nous croyons au bonheur et à la stabilité. Une société composée d'Alphas ne saurait manquer d'être instable et misérable. Imaginez une usine dont tout le personnel serait constitué par des Alphas, c'est-à-dire par des individus distincts, sans relations de parenté, de bonne hérédité, et conditionnés de façon à être capables (dans certaines limites) de faire librement un choix et de prendre des responsabilités. Imaginez cela ! répéta-t-il.

Le Sauvage essaya de se l'imaginer, sans grand succès.

— C'est une absurdité. Un homme décanté en Alpha, conditionné en Alpha, deviendrait fou s'il avait à effectuer le travail d'un Epsilon-Semi-Avorton, il deviendrait fou, ou se mettrait à tout démolir. Les Alphas peuvent être complètement socialisés, mais seulement à condition qu'on leur fasse faire du travail d'Alphas. On ne peut demander qu'à un Epsilon de faire des sacrifices d'Epsilon, pour la bonne raison que, pour lui, ce ne sont pas des sacrifices ; c'est la ligne de moindre résistance. Son conditionnement a pesé des rails le long desquels il lui faut marcher. Il ne peut s'en empêcher ; il est fatalement prédestiné. Même après la décantation, il est toujours à l'intérieur d'un flacon, d'un invisible flacon de fixations infantiles et embryonnaires. Chacun de nous, bien entendu, poursuivit méditativement l'Administrateur, traverse la vie à l'intérieur d'un flacon. Mais si nous nous trouvons être des Alphas, notre flacon est, relativement parlant, énorme. Nous souffririons intensément si nous étions confinés dans un espace plus étroit. On ne peut pas verser du pseudo-champagne pour castes supérieures dans des flacons de caste inférieure. C'est théoriquement évident. Mais cela a également été démontré dans la pratique réelle. Le résultat de l'expérience de Chypre a été convaincant.

— Qu'est-ce que c'est que cela ? demanda le Sauvage.

Mustapha Menier sourit.

— Ma foi, on peut, si l'on veut, l'appeler une expérience de reflaconnage. Cela commença en l'an 473 de N.F. Les Administrateurs firent évacuer l'île de Chypre par tous les habitants existants, et la recolonisèrent avec un lot spécialement préparé de vingt-deux mille Alphas. Tout l'équipement agricole et industriel leur fut confié, et on leur laissa le soin de mener leurs affaires. Le résultat fut exactement conforme à toutes les prédictions théoriques. La terre ne fut pas convenablement travaillée ; il y eut des grèves dans toutes les usines ; les lois étaient tenues pour zéro ; on désobéissait aux ordres donnés ; tous les gens détachés pour effectuer une besogne d'ordre inférieur passaient leur temps à fomenter des intrigues pour obtenir des tâches d'ordre plus relevé, et tous les gens à tâches supérieures fomentaient des contre-intrigues pour pouvoir, à tout prix, rester où ils étaient. En moins de six ans ils étaient en guerre civile de première classe. Lorsque, sur les vingt-deux mille, il y en eut dix-neuf de tués, les survivants lancèrent à l'unanimité une pétition aux Administrateurs Mondiaux afin qu'ils reprissent le gouvernement de l'île. Ce qu'ils firent. Et c'est ainsi que se termina la seule société d'Alphas que le monde ait jamais vue.

Le Sauvage poussa un profond soupir.

— La population optima, dit Mustapha Menier, est sur le modèle de l'iceberg : huit neuvièmes au-dessous de la ligne de flottaison, un neuvième au-dessus.

— Et ils sont heureux, au-dessous de la flottaison ?

— Plus heureux qu'au-dessus. Plus heureux que vos amis que voici, par exemple. – Il les désigna du doigt.

— En dépit de ce travail affreux ?

— Affreux ? Ils ne le trouvent pas tel, eux. Au contraire, il leur plaît. Il est léger, il est d'une simplicité enfantine. Pas d'effort excessif de l'esprit ni des muscles. Sept heures et demie d'un travail léger, nullement épuisant, et ensuite la ration de *soma,* les sports, la copulation sans restriction, et le Cinéma Sentant. Que pourraient-ils demander de plus ? Certes, ajouta-t-il, ils pourraient demander une journée de travail plus courte. Et, bien entendu, nous pourrions la leur donner. Techniquement, il serait parfaitement simple de réduire à trois ou quatre heures la journée de travail des castes inférieures. Mais en seraient-elles plus heureuses ? Non, nullement. L'expérience a été tentée, il y a plus d'un siècle et demi. Toute l'Irlande fut mise au régime de la journée de quatre heures. Quel en fut le résultat ? Des troubles et un accroissement considérable de la consommation de *soma ;* voilà tout. Ces trois heures et demie de loisir supplémentaire furent si éloignées d'être une source de bonheur, que les gens se voyaient obligés de s'en évader en congé. Le Bureau des Inventions regorge de plans de dispositifs destinés à faire des économies de main-d'œuvre. Il y en a des milliers. – Mustapha Menier fit un geste large. – Et pourquoi ne les mettons-nous pas à exécution ? Pour le bien des travailleurs ; ce serait cruauté pure de leur infliger des loisirs excessifs. Il en est de même de l'agriculture. Nous pourrions fabriquer par synthèse la moindre parcelle de nos aliments, si nous le voulions. Mais nous ne le faisons pas. Nous préférons garder à la terre un tiers de la population. Pour leur propre bien, parce qu'il faut *plus longtemps* pour obtenir des aliments à partir de la terre qu'à partir d'une usine. D'ailleurs, il nous faut songer à notre stabilité. Nous ne voulons pas changer. Tout changement est une menace pour la stabilité. C'est là une autre raison pour que nous soyons si peu enclins à utiliser des inventions nouvelles. Toute découverte de la science pure est subversive en puissance ; toute science doit parfois être traitée comme un ennemi possible. Oui, même la science.

La science ? Le Sauvage fronça tes sourcils. Il connaissait ce mot. Mais ce qu'il signifiait au juste, John n'eût pas su le dire. Shakespeare et les vieillards du pueblo n'avaient jamais fait mention de la science, et de Linda il n'avait reçu que les indications les plus vagues : la science, c'est quelque chose dont on fait les hélicoptères, quelque chose qui fait que l'on se moque des Danses du Blé, quelque chose qui vous empêche d'avoir des rides et de perdre vos dents. Il fit un effort désespéré pour saisir ce que voulait dire l'Administrateur.

— Oui, disait Mustapha Menier, c'est là un autre article au passif de la stabilité. Ce n'est pas seulement l'art qui est incompatible avec le bonheur ; il y a aussi la science. La science est dangereuse ; nous sommes obligés de la tenir bien soigneusement enchaînée et muselée.

— Comment ? dit Helmholtz, tout étonné. Mais nous répétons constamment que la science est tout au monde. C'est un truisme hypnopédique.

— Trois fois par semaine, de treize à dix-sept ans, contribua Bernard.

— Et toute la propagande scientifique que nous effectuons au Collège…

— Oui, mais quelle espèce de science ? demanda sarcastiquement Mustapha Menier. Vous n'avez pas reçu de culture scientifique, de sorte que vous ne pouvez pas en juger. Moi, j'étais assez bon physicien, de mon temps. Trop bon, suffisamment bon pour me rendre compte que toute notre science est tout simplement un livre de cuisine, avec une théorie orthodoxe de l'art culinaire que personne n'a le droit de mettre en doute, et une liste de recettes auxquelles il ne faut rien ajouter, sauf par permission spéciale du premier Chef. C'est moi le premier Chef, à présent. Mais il fut un temps où j'étais un jeune marmiton plein de curiosité. Je me mis à faire un peu de cuisine à ma manière. De la cuisine hétérodoxe, de la cuisine illicite. Un peu de science véritable, en somme. – Il se tut.

— Qu'arriva-t-il ? demanda Helmholtz Watson.

L'Administrateur soupira.

— À peu de chose près ce qui va vous arriver, à vous autres jeunes gens. J'ai été sur le point d'être envoyé dans une île.

Ces paroles galvanisèrent Bernard, chez qui elles suscitèrent une activité violente et déplacée.

— M'envoyer dans une île, *moi* ? – Il se mit debout d'un bond, traversa la pièce en courant, et se campa en gesticulant devant l'Administrateur. – Vous ne pouvez pas m'y envoyer, moi. Je n'ai rien fait. Ce sont les autres. Je jure que ce sont les autres. – Il désigna d'un doigt accusateur Helmholtz et le Sauvage. – Oh ! je vous en prie, ne m'envoyez pas en Islande. Je promets de faire ce que j'ai à faire. Accordez-moi encore une chance de réussir. Je vous en prie, donnez-moi encore une chance ! – Les larmes commencèrent à couler. – C'est leur faute, je vous le dis, sanglota-t-il. Et pas en Islande. Oh ! je vous en prie, Votre Forderie, je vous en prie… – Et dans un paroxysme de basse humilité, il se jeta à genoux devant l'Administrateur.

Mustapha Menier tenta de le faire relever ; mais Bernard persista dans son agenouillement, le flot de paroles se déversa inépuisablement. En fin de compte, l'Administrateur fut obligé de sonner pour appeler son quatrième secrétaire.

— Amenez-moi trois hommes, ordonna-t-il, et conduisez Mr. Marx dans une chambre à coucher. Donnez-lui une bonne vaporisation de *soma,* et mettez-le ensuite au lit et laissez-le seul.

Le quatrième secrétaire sortit et revint avec trois laquais jumeaux en uniforme vert. Ils emmenèrent Bernard, toujours criant et sanglotant.

— On dirait qu'on va l'égorger, dit l'Administrateur, comme la porte se refermait. Tandis que, s'il avait le moindre bon sens, il comprendrait que sa punition est en réalité une récompense. On l'envoie dans une île. C'est-à-dire qu'on l'envoie dans un lieu où il fraiera avec la société la plus intéressante d'hommes et de femmes qui se puisse trouver nulle part au monde. Tous les gens qui, pour une raison ou une autre, ont trop individuellement pris conscience de leur *moi* pour pouvoir s'adapter à la vie en commun, tous les gens que ne satisfait pas l'orthodoxie, qui ont des idées indépendantes bien à eux, tous ceux, en un mot, qui sont quelqu'un. C'est tout juste si je ne vous envie pas, M. Watson.

Helmholtz se mit à rire.

— Alors, pourquoi n'êtes-vous pas vous-même dans une île ?

— Parce que, en fin de compte, j'ai préféré ceci, répondit l'Administrateur. On me donna le choix : être envoyé dans une île, où j'aurais pu continuer mes études de science pure, ou bien être admis au Conseil Suprême, avec la perspective d'être promu en temps utile à un poste d'Administrateur. J'ai choisi ceci et lâché la science. – Au bout d'un petit silence : – Parfois, ajouta-t-il, je me prends à regretter la science. Le bonheur est un maître exigeant, surtout le bonheur d'autrui. Un maître beaucoup plus exigeant, si l'on n'est pas conditionné pour l'accepter sans poser de questions, que la vérité. – Il soupira, retomba dans le silence, puis reprit d'un ton plus vif : – Enfin, le devoir est le devoir. On ne peut pas consulter ses préférences personnelles. Je m'intéresse à la vérité, j'aime la science. Mais la vérité est une menace, la science est un danger public. Elle est aussi dangereuse qu'elle a été bienfaisante. Elle nous a donné l'équilibre le plus stable que l'histoire ait enregistré. Celui de la Chine était, en comparaison, désespérément peu sûr ; les matriarcats primitifs mêmes n'étaient pas plus assurés que nous ne le sommes. Grâce, je le répète, à la science. Mais nous ne pouvons pas permettre à la science de défaire le bon travail qu'elle a accompli. Voilà pourquoi nous limitons avec tant de soin le rayon de ses recherches, voilà pourquoi je faillis être envoyé dans une île. Nous ne lui permettons de s'occuper que des problèmes les plus immédiats du moment. Toutes autres recherches sont le plus soigneusement découragées. Il est curieux, reprit-il après une courte pause, de lire ce qu'on écrivait à l'époque de Notre Ford sur le progrès scientifique. On paraissait s'imaginer qu'on pouvait lui permettre de se poursuivre indéfiniment, sans égard à aucune autre chose. Le savoir était le dieu le plus élevé, la vérité, la valeur suprême ; tout le reste était secondaire et subordonné. Il est vrai que les idées commençaient à se modifier, dès cette époque. Notre Ford lui-même fit beaucoup pour enlever à la vérité et à la beauté l'importance qu'on y attachait, et pour l'attacher au confort et au bonheur. La production en masse exigeait ce déplacement. Le bonheur universel maintient les rouages en fonctionnement bien régulier ; la vérité et la beauté en sont incapables. Et, bien entendu, chaque fois que les masses se saisissaient de la puissance politique, c'était le bonheur, plutôt que la vérité et la beauté, qui était important. Néanmoins, et en dépit de tout, les recherches scientifiques sans restriction étaient encore autorisées. On continuait toujours à parler de la vérité et de la beauté comme si c'étaient là des biens souverains. Jusqu'à l'époque de la Guerre de Neuf Ans. Cela les fit chanter sur un autre ton, je vous en fiche mon billet ! Quel sel ont la vérité ou la beauté quand les bombes à anthrax éclatent tout autour de vous ? C'est alors que la science commença à être tenue en bride, après la Guerre de Neuf Ans. À ce moment-là, les gens étaient disposés à ce qu'on tînt en bride jusqu'à leur appétit. N'importe quoi, pourvu qu'on pût vivre tranquille. Nous avons continué, dès lors, à tenir la bride. Cela n'a pas été une fort bonne chose pour la vérité, bien entendu. Mais ç'a été excellent pour le bonheur. Il est impossible d'avoir quelque chose pour rien. Le bonheur, il faut le payer. Vous le payez, Mr. Watson, vous payez, parce qu'il se trouve que vous vous intéressez trop à la beauté. Moi je m'intéressais trop à la vérité ; j'ai payé, moi aussi.

— Mais vous n'êtes pas allé dans une île, vous, dit le Sauvage, rompant un long silence.

L'Administrateur sourit.

— C'est comme cela que j'ai payé. En choisissant de servir le bonheur. Celui des autres, pas le mien. Il est heureux, ajouta-t-il après un silence, qu'il y ait tant d'îles au monde. Je ne sais pas ce que nous ferions sans elles. Nous vous mettrions tous dans la chambre asphyxiante, je suppose. À propos, Mr. Watson, un climat tropical vous plairait-il ? Les Marquises, par exemple ; ou Samoa ? Ou bien quelque chose de plus vivifiant ?

Helmholtz se leva de son siège pneumatique.

— J'aimerais un climat foncièrement mauvais, répondit-il. Il me semble qu'on pourrait mieux écrire si le climat était mauvais. S'il y avait du vent et des tempêtes en masse, par exemple…

L'Administrateur marqua son approbation d'un signe de tête.

— Votre courage me plaît, Mr. Watson. Il me plaît énormément. Autant que je le désapprouve officiellement. – Il sourit – Que penseriez-vous des Îles Falkland ?

— Oui, je crois qu'elles feraient l'affaire, répondit Helmholtz. Et maintenant, si vous le permettez, je vais aller voir ce que devient ce pauvre Bernard.

17

— L'art, la science, il me semble que vous avez payé votre bonheur un bon prix, dit le Sauvage, quand ils furent seuls. Est-ce tout ?

— Mais, il y a encore la religion, bien entendu, répondit l'Administrateur. Il y avait autrefois quelque chose qu'on appelait Dieu, avant la Guerre de Neuf Ans. Mais j'oubliais ; vous savez bien ce que c'est que Dieu, n'est-ce pas ?…

— Ma foi… – Le Sauvage hésita. Il eût voulu dire quelques mots de la solitude ; de la nuit ; de la mesa s'étendant, pâle, sous la lune ; du précipice ; du plongeon dans les ténèbres pleines d'ombre ; de la mort. Il eût voulu parler ; mais il n'y avait pas de mots. Pas même dans Shakespeare.

L'Administrateur, cependant, avait traversé toute la pièce et ouvrait un grand coffre-fort encastré dans le mur entre les rayons des livres. La lourde porte s'ouvrit. Fouillant dans l'obscurité du coffre :

— C'est un sujet, dit-il, qui m'a toujours vivement intéressé. – Il en tira un gros volume noir. – Vous n'avez jamais lu ceci, par exemple.

Le Sauvage le prit. « *La Sainte Bible, contenant l'Ancien et le Nouveau Testament* », lut-il tout haut sur la page de titre.

— Ni ceci. – C'était un petit livre, qui avait perdu sa couverture. « *L'Imitation de Jésus-Christ.* » – Ni ceci. – Il tendit un autre volume.

« *Les Variétés de l'Expérience religieuse.* Par William James. »

— Et j'en ai encore des tas, continua Mustapha Menier, reprenant son siège, toute une collection de vieux livres pornographiques. Dieu dans le coffre-fort et Ford sur les rayons ! – Il désigna en riant sa bibliothèque avouée, les rayons chargés de livres, les casiers pleins de bobines pour machines à lire et de rouleaux à impression sonore.

— Mais si vous êtes renseigné sur Dieu, pourquoi ne leur en parlez-vous pas ? demanda le Sauvage avec indignation. Pourquoi ne leur donnez-vous pas ces livres sur Dieu ?

— Pour une raison identique à celle en vertu de laquelle nous ne leur donnons pas *Othello :* ils sont vieux ; ils traitent de Dieu tel qu'il était il y a des centaines d'années. Non pas de Dieu tel qu'il est à présent.

— Mais Dieu ne change pas.

— Mais les hommes changent, eux.

— Quelle différence cela fait-il ?

— Tout un monde de différence, dit Mustapha Menier. – Il se leva de nouveau et alla au coffre-fort. – Il était un homme qui s'appelait le cardinal Newman, dit-il. Un cardinal, s'écria-t-il par manière de parenthèse, c'était une sorte d'Archi-Chantre.

— « Moi, Pandolphe, de la belle Milan le Cardinal[1] »… J'ai lu des choses sur eux, dans Shakespeare.

1. *King John,* III, 1

— Assurément. Eh bien, comme je le disais, il était un homme qui s'appelait le cardinal Newman. Ah ! voici le livre. – Il le tira. – Et pendant que j'y suis, je vais prendre également celui-ci. Il est d'un homme qui s'appelait Maine de Biran. C'était un philosophe, – si vous savez ce que c'était que cela.

— Un homme qui rêve de moins de choses qu'il n'en existe au ciel et sur la terre[1], dit promptement le Sauvage.

— Parfaitement. Dans un instant je vous lirai l'une des choses dont il rêva effectivement. En attendant, écoutez ce qu'a dit ce vieil Archi-Chantre. – Il ouvrit le livre à un endroit marqué d'un signet et se mit à lire : « Nous ne nous appartenons pas plus à nous-mêmes que ne nous appartient ce que nous possédons. Ce n'est pas nous qui nous sommes faits, nous ne pouvons avoir la juridiction suprême sur nous-mêmes. Nous ne sommes pas notre maître. Nous sommes la propriété de Dieu. N'est-ce pas notre bonheur d'envisager la chose de cette manière ? Est-ce, à titre quelconque, un bonheur, ou un réconfort, de considérer que nous nous appartenons à nous-mêmes ? Ceux qui sont jeunes et en état de prospérité peuvent le croire. Ceux-là peuvent croire que c'est une grande chose que de pouvoir tout ordonner à leur idée, comme ils le supposent, de ne dépendre de personne, de n'avoir à penser à rien qui soit hors de vue, de n'avoir pas à se préoccuper de la reconnaissance continue, de la prière continue, de l'obligation continue de rapporter à la volonté d'un autre ce qu'ils font. Mais à mesure que le temps s'écoule, ils s'apercevront, comme tous

1. *There are more things in heaven and earth, Horatio,*
Than are dreamt of in your philosophy. (*Hamlet,* I, 5.)

les hommes, que l'indépendance n'a pas été faite pour l'homme, qu'elle est un état antinaturel, qu'elle peut suffire pour un moment, mais ne nous mène pas en sécurité jusqu'au bout… » Mustapha Menier s'arrêta, posa le premier livre, et, prenant l'autre, en feuilleta les pages. – Prenez ceci, par exemple, dit-il, et, de sa voix profonde, il se remit à lire : « On vieillit, on a le sentiment radical de faiblesse, d'atonie, de malaise, qui tient au progrès de l'âge, et on se dit malade, on se berce de l'idée que cet état pénible tient à quelque cause particulière, dont on espère se guérir comme d'une maladie. Vaines imaginations ! La maladie, c'est la vieillesse, et elle est misérable ; il faut s'y résigner… On dit que, si les hommes deviennent religieux ou dévots en avançant en âge, c'est qu'ils ont peur de la mort et de ce qui doit la suivre dans une autre vie. Mais j'ai, quant à moi, la conscience que, sans aucune terreur semblable, sans aucun effet d'imagination, le sentiment religieux peut se développer à mesure que nous avançons en âge : parce que les passions étant calmées, l'imagination et la sensibilité moins excitées ou excitables, la raison est moins troublée dans son exercice, moins offusquée par les images ou les affections qui l'absorbaient ; alors Dieu, le Souverain Bien, sort comme des nuages ; notre âme le sent, le voit, en se tournant vers lui, source de toute lumière ; parce que, tout échappant dans le monde sensible, l'existence phénoménique n'étant plus soutenue par les impressions externes et internes, on sent le besoin de s'appuyer sur *quelque chose qui reste et qui ne trompe pas,* sur une réalité, sur une vérité absolue, éternelle ; parce que, enfin, ce sentiment religieux, si pur, si doux à éprouver, peut compenser toutes les autres pertes… » – Mustapha Menier ferma le livre et s'adossa en arrière dans son fauteuil. – L'une des nombreuses choses du ciel et de la terre dont n'aient pas rêvé ces philosophes, c'est ceci (il brandit la main), c'est nous, c'est le monde moderne. « On ne peut être indépendant de Dieu que pendant qu'on a la jeunesse et la prospérité. » Eh bien, voilà que nous avons la jeunesse et la prospérité jusqu'à la fin dernière. Qu'en résulte-t-il ? Manifestement, que nous pouvons être indépendants de Dieu. « Le sentiment religieux compensera toutes nos pertes : » Mais il n'y a pas, pour nous, de pertes à compenser ; le sentiment religieux est superflu. Et pourquoi irions-nous à la recherche d'un succédané des désirs juvéniles, quand les désirs juvéniles ne nous font jamais défaut ? D'un succédané de distractions, quand nous continuons à jouir de toutes les vieilles bêtises absolument jusqu'au bout ? Quel besoin avons-nous de repos, quand notre esprit et notre corps continuent à se délecter dans l'activité ? de consolation, alors que nous avons le *soma* ? de quelque chose d'immuable, quand il y a l'ordre social ?

— Alors vous croyez qu'il n'y a pas de Dieu ?

— Non, je crois qu'il y en a fort probablement un.

— Alors pourquoi ?…

Mustapha Menier l'arrêta.

— Mais il se manifeste de façon différente aux différents hommes ! Dans les temps prémodernes, il se manifestait comme l'être qui est décrit dans ces livres. À présent…

— Comment se manifeste-t-il, à présent ? demanda le Sauvage.

— Eh bien, il se manifeste en tant qu'absence ; comme s'il n'existait absolument pas.

— Cela, c'est votre faute.

— Dites que c'est la faute de la civilisation. Dieu n'est pas compatible avec les machines, la médecine scientifique, et le bonheur universel. Il faut faire son choix. Notre civilisation a choisi les machines, la médecine et le bonheur. C'est pourquoi il faut que je garde ces livres enfermés dans le coffre-fort. Ils sont de l'ordure. Les gens seraient scandalisés si…

Le Sauvage l'interrompit.

— Mais n'est-ce pas une chose *naturelle* de sentir qu'il y a un Dieu ?

— Vous pourriez tout aussi bien demander s'il est naturel de fermer son pantalon avec une fermeture éclair, dit l'Administrateur d'un ton sarcastique. Vous me rappelez un autre de ces anciens, du nom de Bradley. Il définissait la philosophie comme l'art de trouver une mauvaise raison à ce que l'on croit d'instinct. Comme si l'on croyait quoi que ce soit d'instinct ! On croit les choses parce qu'on a été conditionné à les croire. L'art de trouver de mauvaises raisons à ce que l'on croit en vertu d'autres mauvaises raisons, c'est cela, la philosophie. On croit en Dieu parce qu'on a été conditionné à croire en Dieu.

— Pourtant, malgré tout, insista le Sauvage, il est naturel de croire en Dieu quand on est seul, tout seul, la nuit, quand on songe à la mort…

— Mais on n'est jamais seul, à présent, dit Mustapha Menier. Nous faisons en sorte que les gens détestent la solitude ; et nous disposons la vie de telle sorte qu'il leur soit à peu près impossible de la connaître jamais.

Le Sauvage acquiesça d'un signe de tête, avec tristesse. À Malpais, il avait souffert parce qu'on l'avait exclu des activités communes du pueblo ; dans le Londres civilisé, il souffrait parce qu'il ne pouvait jamais s'évader de ces activités communes, parce qu'il ne pouvait jamais être tranquille et seul.

— Vous souvenez-vous de ce passage du *Roi Lear* ? dit enfin le Sauvage. « Les dieux sont justes, et de nos vices aimables font des instruments pour nous tourmenter ; l'endroit sombre et corrompu où il te conçut lui coûta les yeux » ; et Edmund répond – vous vous souvenez, il est blessé, il est mourant : « Tu as dit vrai ; c'est la vérité. La roue a fait son tour complet ; et me voilà. » Qu'en dites-vous, voyons ? Ne semble-t-il pas qu'il y ait un Dieu dirigeant les choses, punissant, récompensant ?

— Eh ! le semble-t-il ? interrogea à son tour l'Administrateur. Vous pouvez vous livrer avec une neutre à tous les vices aimables qu'il vous plaira, sans courir le risque de vous faire crever les yeux par la maîtresse de votre fils : « La roue a fait son tour complet ; et me voilà. » Mais où donc serait Edmund, de nos jours ? Assis dans un fauteuil pneumatique, passant le bras autour de la taille d'une femme, suçant sa gomme à mâcher à l'hormone sexuelle, assistant à un film sentant. Les dieux sont justes. Sans doute. Mais leur code de lois est dicté, en dernier ressort, par des gens qui organisent la société ; la Providence reçoit son mot d'ordre des hommes.

— En êtes-vous sûr ? demanda le Sauvage. Êtes-vous bien sûr qu'Edmund dans ce fauteuil pneumatique n'a pas été puni tout aussi sévèrement que l'Edmund blessé et saignant à mort ? Les dieux sont justes. N'ont-ils pas fait usage de ces vices aimables pour le dégrader ?

— Le dégrader de quelle situation ? Comme citoyen heureux, assidu au travail, consommateur de richesses, il est parfait. Bien entendu, si vous choisissez un modèle d'existence différent du nôtre, alors peut-être pourrez-vous dire qu'il est dégradé. Mais il faut s'en tenir à une série de postulats. On ne peut pas jouer au Golf-Electro-Magnétique suivant les règles de la Ballatelle Centrifuge.

— « Mais la valeur ne réside pas dans la volonté particulière, dit le Sauvage. Elle maintient l'estime et la dignité aussi bien là où elle est précieuse en elle-même que chez celui qui la prise[1]. »

— Allons, allons, protesta Mustapha Menier, cela, c'est aller un peu trop loin, vous ne trouvez pas ?

— Si vous vous laissiez aller à penser à Dieu, vous ne vous laisseriez pas dégrader par des vices aimables. Vous auriez une raison pour supporter patiemment les choses, pour faire les choses avec courage. J'ai vu cela chez les Indiens.

— J'en suis convaincu, dit Mustapha Menier. Mais aussi, nous ne sommes pas des Indiens. Un homme civilisé n'a nul besoin de supporter quoi que ce soit de sérieusement désagréable. Et quant à faire les choses – Ford le garde d'avoir jamais cette idée en tête ! Tout l'ordre social serait bouleversé si les hommes se mettaient à faire les choses de leur propre initiative.

— Et le renoncement, alors ? Si vous aviez un Dieu, vous auriez un motif de renoncement.

— Mais la civilisation industrielle n'est possible que lorsqu'il n'y a pas de renoncement. La jouissance jusqu'aux limites extrêmes que lui imposent l'hygiène et les lois économiques. Sans quoi les rouages cessent de tourner.

---

1. *But value dwells not in particular will.*
It hoids his estimate and dignity
As well wherein't is predous in itself
As in the prizer. (*Troilus,* II, 2.)

— Vous auriez un motif de chasteté ! dit le Sauvage, rougissant légèrement tandis qu'il prononçait ces paroles.

— Mais qui dit chasteté, dit passion ; qui dit chasteté, dit neurasthénie. Et la passion et la neurasthénie, c'est l'instabilité. Et l'instabilité, c'est la fin de la civilisation. On ne peut avoir une civilisation durable sans une bonne quantité de vices aimables.

— Mais Dieu est la raison d'être de tout ce qui est noble, beau, héroïque. Si vous aviez un Dieu…

— Mon cher jeune ami, dit Mustapha Menier, la civilisation n'a pas le moindre besoin de noblesse ou d'héroïsme. Ces choses-là sont des symptômes d'incapacité politique. Dans une société convenablement organisée comme la nôtre, personne n'a l'occasion d'être noble ou héroïque. Il faut que les conditions deviennent foncièrement instables avant qu'une telle occasion puisse se présenter. Là où il y a des guerres, là où il y a des serments de fidélité multiples et divisés, là où il y a des tentations auxquelles on doit résister, des objets d'amour pour lesquels il faut combattre ou qu'il faut défendre, là, manifestement, la noblesse et l'héroïsme ont un sens. Mais il n'y a pas de guerres, de nos jours. On prend le plus grand soin de vous empêcher d'aimer exagérément qui que ce soit. Il n'y a rien qui ressemble à un serment de fidélité multiple ; vous êtes conditionné de telle sorte que vous ne pouvez vous empêcher de faire ce que vous avez à faire. Et ce que vous avez à faire est, dans l'ensemble, si agréable, on laisse leur libre jeu à un si grand nombre de vos impulsions naturelles, qu'il n'y a véritablement pas de tentations auxquelles il faille résister. Et si jamais, par quelque malchance, il se produisait d'une façon ou d'une autre quelque chose de désagréable, eh bien, il y a toujours le *soma* qui vous permet de prendre un congé, de vous évader de la réalité. Et il y a toujours le *soma* pour calmer votre colère, pour vous réconcilier avec vos ennemis, pour vous rendre patient et vous aider à supporter les ennuis. Autrefois, on ne pouvait accomplir ces choses-là qu'en faisant un gros effort et après des années d'entraînement moral pénible. À présent, on avale deux ou trois comprimés d'un demi-gramme, et voilà. Tout le monde peut être vertueux, à présent. On peut porter sur soi, en flacon, au moins la moitié de sa moralité. Le christianisme sans larmes, voilà ce qu'est le *soma*.

— Mais les larmes sont nécessaires. Ne vous souvenez-vous pas de ce qu'a dit Othello ? « Si, après toute tempête, il advient de tels calmes, alors, que les vents soufflent jusqu'à ce qu'ils aient réveillé la mort ! » Il y a une histoire que nous contait l'un des vieux Indiens, au sujet de la Fille de Matsaki. Les jeunes gens qui désiraient l'épouser devaient passer une matinée à sarcler son jardin avec une houe. Cela semblait facile ; mais il y avait des mouches et des moustiques, tous enchantés. La plupart des jeunes gens étaient absolument incapables de supporter les morsures et les piqûres. Mais celui qui en était capable, celui-là obtenait la jeune fille.

— Charmant ! Mais dans les pays civilisés, dit l'Administrateur, on peut avoir des jeunes filles sans sarcler pour elles avec une houe ; et il n'y a pas de mouches ni de moustiques pour vous piquer. Il y a des siècles que nous nous en sommes complètement débarrassés.

Le Sauvage eut un signe de tête d'acquiescement, avec un froncement des sourcils.

— Vous vous en êtes débarrassés. Oui, c'est bien là votre manière. Se débarrasser de tout ce qui est désagréable, au lieu d'apprendre à s'en accommoder.

« Savoir s'il est plus noble en esprit de subir les coups et les flèches de la fortune adverse, ou de prendre les armes contre un océan de malheurs, et, en leur tenant tête, d'y mettre fin[1] » … Mais vous ne faites ni l'un ni l'autre. Vous ne subissez ni ne tenez tête. Vous abolissez tout bonnement les coups et les flèches. C'est trop facile.

Il se tut tout à coup, songeant à sa mère. Dans sa chambre du trente-septième étage, Linda avait flotté dans une mer de lumières chantantes et de caresses parfumées ; elle était partie en flottant, hors de l'espace, hors du temps, hors de la prison de ses souvenirs, de ses habitudes, de son corps vieilli et bouffi. Et Tomakin, ex-Directeur de l'Incubation et du Conditionnement, Tomakin était en congé, évadé de l'humiliation et de la douleur, dans un monde où il ne pouvait pas entendre ces paroles, ce rire railleur, où il ne pouvait pas voir ce visage hideux, sentir ces bras moites et flasques autour de son cou, dans un monde de splendeur.

— Ce qu'il vous faut, reprit le Sauvage, c'est quelque chose qui comporte des larmes, au contraire, en guise de changement. Rien ne s'achète assez cher, ici.

(« Douze millions cinq cent mille dollars, avait protesté Henry Foster quand le Sauvage lui avait dit cela. Douze millions cinq cent mille, voilà ce qu'a coûté le nouveau Centre de Conditionnement. Pas un *cent* de moins. »)

---

1. *Whether't is worthier in the minci to suffer*
The slings and arrows of outrageons fortune,
Or to take arms against a sea of troubles,
And by opposing end them (*Hamlet,* III, 1)

— « Exposer ce qui est mortel, fût-ce pour une coquille d'œuf, au hasard, au danger, à la mort[1]. » N'est-ce pas quelque chose, cela ? demanda-t-il, levant le regard sur Mustapha Menier. Même en faisant totalement abstraction de Dieu, et pourtant Dieu en constituerait, bien entendu, une raison. N'est-ce pas quelque chose, que de vivre dangereusement ?

— Je crois bien, que c'est quelque chose ! répondit l'Administrateur. Les hommes et les femmes ont besoin qu'on leur stimule de temps en temps les capsules surrénales.

— Comment ? interrogea le Sauvage, qui ne comprenait pas.

— C'est l'une des conditions de la santé parfaite. C'est pourquoi nous avons rendu obligatoires les traitements de S.P.V.

— S.P.V. ?

— Succédané de Passion Violente. Régulièrement, une fois par mois, nous irriguons tout l'organisme avec un flot d'adrénaline. C'est l'équivalent physiologique complet de la peur et de la colère. Tous les effets toniques que produit le meurtre de Desdémone et le fait d'être tuée par Othello, sans aucun des désagréments.

— Mais cela me plaît, les désagréments.

— Pas à nous, dit l'Administrateur. Nous préférons faire les choses en plein confort.

— Mais je n'en veux pas, du confort. Je veux Dieu, je veux de la poésie, je veux du danger véritable, je veux de la liberté, je veux de la bonté. Je veux du péché.

---

1. *Exposing what is mortal and unsure*
To all that fortune, death and danger dare,
Even for an eggshell. (*Hamlet,* IV 4.)

— En somme, dit Mustapha Menier, vous réclamez le droit d'être malheureux.

— Eh bien, soit, dit le Sauvage d'un ton de défi, je réclame le droit d'être malheureux.

— Sans parler du droit de vieillir, de devenir laid et impotent ; du droit d'avoir la syphilis et le cancer ; du droit d'avoir trop peu à manger ; du droit d'avoir des poux ; du droit de vivre dans l'appréhension constante de ce qui pourra se produire demain ; du droit d'attraper la typhoïde ; du droit d'être torturé par des douleurs indicibles de toutes sortes.

Il y eut un long silence.

— Je les réclame tous, dit enfin le Sauvage.

Mustapha Menier haussa les épaules.

— On vous les offre de grand cœur, dit-il.

18

La porte était entrouverte ; ils entrèrent.

— John !

De la salle de bains arriva un bruit désagréable et caractéristique.

— Qu'est-ce donc qui ne va pas ? cria Helmholtz.

Il n'y eut pas de réponse. Le bruit désagréable fut répété deux fois ; il y eut un silence. Puis, avec un cliquetis métallique, la porte de la salle de bains s'ouvrit, et, tout pâle, le Sauvage apparut.

— Dites donc, s'écria Helmholtz avec sollicitude, vous avez réellement l'air malade, John !

— Avez-vous mangé quelque chose qui n'a pas passé ? demanda Bernard.

Le Sauvage fit un signe de tête affirmatif.

— J'ai mangé la civilisation.

— Hein ?

— Elle m'a empoisonné ; j'étais souillé. Et ensuite, ajouta-t-il, d'une voix plus basse, j'ai mangé mon propre péché.

— Oui, mais quoi donc, au juste ?... Je veux dire : à l'instant, vous...

— Maintenant, je suis purifié, dit le Sauvage. J'ai bu de la moutarde avec de l'eau tiède.

Les autres le dévisagèrent avec étonnement.

— Vous voulez dire que vous le faisiez exprès ? demanda Bernard.

— C'est comme cela que les Indiens se purifient toujours. – Il s'assit, et, soupirant, se passa la main sur le front. – Je vais me reposer quelques instants, dit-il. Je suis un peu fatigué.

— Eh bien, ça ne m'étonne pas, dit Helmholtz. Après un silence : Nous venons vous dire au revoir, reprit-il sur un autre ton. Nous partons demain matin.

— Oui, nous partons demain matin, dit Bernard, sur le visage de qui le Sauvage remarqua une expression nouvelle de détermination résignée. Et, à propos, John, continua-t-il, se penchant en avant sur sa chaise et posant une main sur le genou du Sauvage, je voudrais vous dire combien je regrette tout ce qui s'est passé hier. – Il rougit. – Combien j'ai honte, reprit-il, malgré sa voix incertaine, combien, en vérité…

Le Sauvage l'interrompit tout net, et, lui prenant la main, la pressa affectueusement.

— Helmholtz a été extraordinairement gentil pour moi, reprit Bernard, après une petite pause. Sans lui j'aurais…

— Allons, allons, protesta Helmholtz.

Il y eut un silence. Malgré leur tristesse, à cause de leur tristesse, même, car leur tristesse était le symptôme de l'affection qu'ils ressentaient les uns pour les autres, les trois jeunes gens étaient heureux.

— Je suis allé voir l'Administrateur ce matin, dit enfin le Sauvage.

— Pourquoi ?

— Pour demander si je ne pourrais pas aller aux îles avec vous.

— Et qu'a-t-il dit ? demanda avidement Helmholtz.

Le Sauvage hocha la tête.

— Il n'a pas voulu me le permettre.

— Pourquoi pas ?

— Il a dit qu'il voulait poursuivre l'expérience. Mais je veux que le diable m'emporte, ajouta le Sauvage, avec une fureur soudaine, je veux que le diable m'emporte si je continue à servir de sujet d'expériences. Pas pour tous les Administrateurs du monde. Moi aussi, je m'en irai demain.

— Mais où ? demandèrent les autres en unisson.

Le Sauvage haussa les épaules.

— N'importe où. Ça m'est égal. Pourvu que je puisse être seul.

De Guildford, la voie aérienne descendante suivait la vallée de la Wey jusqu'à Godalming, puis, par Milford et Witley, se dirigeait sur Haslemere, et continuait, par Petersfield, vers Portsmouth. Suivant un tracé à peu près parallèle, la voie montante passait par Worplesden, Tongham, Puttenham, Elstead et Grayshott. Entre la crête de Hog's Back et Hind-head, il y avait des endroits où les deux lignes n'étaient pas distantes de plus de six ou sept kilomètres. Cette distance était trop faible pour les aviateurs négligents, surtout la nuit et quand ils avaient absorbé un demi-gramme de trop. Il y avait eu des accidents. Des accidents sérieux. On avait décidé de dévier la voie montante de quelques kilomètres vers l'ouest. Entre Grayshott et Tongham, quatre phares aériens abandonnés jalonnaient le tracé de l'ancienne route de Portsmouth à Londres. Les cieux au-dessus d'eux étaient silencieux et déserts. C'est par Selborne, Borden et Farnham, que, ronflant et rugissant, passaient à présent sans discontinuer les hélicoptères.

Le Sauvage avait choisi pour ermitage le vieux phare qui se dressait sur la crête du coteau entre Puttenham et Elstead. Le bâtiment était en béton armé et en excellent état, presque trop confortable, avait pensé le Sauvage lorsqu'il avait pour la première fois exploré les lieux, presque trop luxueusement civilisé. Il apaisa sa conscience en se promettant en compensation une discipline personnelle plus rigoureuse, des purifications d'autant plus complètes et foncières. Sa première nuit dans l'ermitage fut, de propos délibéré, une nuit d'insomnie. Il la passa à genoux, adressant ses prières tantôt à ce Ciel auprès duquel le coupable Claudius avait mendié son pardon, tantôt, en zuñi, à Awonawilona, tantôt à Jésus et Poukong, tantôt à son propre animal gardien, l'aigle. De temps à autre il étendait les bras comme s'il était en croix, et les tint ainsi durant de longues minutes d'une douleur qui croissait jusqu'à devenir un paroxysme de torture frémissante ; il les tenait ainsi, en crucifixion volontaire, tandis qu'il répétait entre ses dents serrées (cependant que la sueur lui ruisselait le long du visage) : « Oh ! Pardonnez-moi ! Purifiez-moi ! Ô ! secourez-moi pour que je sois vertueux ! » à plusieurs reprises, jusqu'à ce qu'il fût sur le point de s'évanouir de douleur.

Quand arriva le matin, il éprouva la sensation d'avoir gagné le droit d'habiter le phare : oui, quoiqu'il y eût encore des vitres à la plupart des fenêtres, quoique la vue qu'on avait de la plate-forme fût si belle. Car la raison même pour laquelle il avait choisi le phare était devenue presque immédiatement une raison d'aller ailleurs. Il avait résolu de vivre là parce que la vue était si belle, parce que, de ce point dominant le paysage, il lui paraissait contempler au large l'incarnation d'une chose divine. Mais qui était-il donc, pour être comblé par le spectacle quotidien, voire horaire, de la beauté ? Qui était-il donc, pour vivre dans la présence visible de Dieu ? Tout ce qu'il méritait, en fait d'habitation, c'est quelque étable crasseuse, quelque trou sans lumière dans le sol. Encore tout courbaturé et endolori après sa longue nuit de souffrance, mais pour cette raison même rassuré intérieurement, il grimpa à la plate-forme de sa tour, il contempla le monde brillant à l'aube, qu'il avait de nouveau gagné le droit d'habiter. Au nord, la vue était limitée par la longue arête de craie de la crête de Hog's Back, derrière l'extrémité orientale de laquelle s'élevaient les tours des sept gratte-ciel qui constituaient Guildford. Les apercevant, le Sauvage fit la grimace ; mais il devait se réconcilier avec elles par la suite ; car, la nuit, elles scintillaient gaiement en constellations géométriques, ou bien, éclairées par des projecteurs, elles dirigeaient leurs doigts lumineux (d'un geste que personne, en Angleterre, si ce n'est le Sauvage, ne comprenait à présent) avec solennité vers les mystères insondables des cieux.

Dans la vallée qui séparait la crête de Hog's Back de la colline sablonneuse sur laquelle s'élevait le phare, Puttenham était un petit village modeste, haut de neuf étages, avec des silos, un établissement d'élevage de volaille, et une petite usine à vitamine D. De l'autre côté du phare, vers le sud, le terrain descendait en longues pentes couvertes de bruyère, jusqu'à une succession d'étangs.

Au-delà, au-dessus des bois intermédiaires, s'élevait la tour à quatorze étages d'Elstead. Vaguement perceptibles sur le fond brumeux de l'air d'Angleterre, Hindhead et Selborne sollicitaient les regards vers un lointain bleu et romanesque. Mais ce n'était pas le lointain seul qui avait attiré le Sauvage à son phare ; les abords étaient aussi séduisants que les lointains. Les bois, les étendues libres de bruyères et de genêts jaunes, les massifs de pins d'Écosse, les étangs luisants avec leurs bouleaux surplombants, leurs nénuphars, leurs lits de roseaux, tout cela était magnifique, et, pour un œil habitué aux aridités du désert américain, étonnant. Et puis, la solitude ! Des journées entières se passèrent, au cours desquelles il ne vit même pas un être humain. Le phare n'était qu'à un quart d'heure de vol de la Tour de Charing-T ; mais les montagnes de Malpais étaient à peine plus désertes que cette lande de Surrey. Les foules qui quittaient quotidiennement Londres ne le quittaient que pour jouer au Golf Électro-Magnétique ou au Tennis. Puttenham ne possédait pas de terrain de golf ; les surfaces de Riemann les plus rapprochées étaient à Guildford. Les fleurs et le paysage étaient, ici, les seules attractions. De sorte que, comme il n'y avait pas de bonne raison d'y venir, personne n'y venait. Pendant les premiers jours, le Sauvage vécut seul, sans être dérangé.

De l'argent que, lors de son arrivée, John avait reçu pour ses dépenses personnelles, la plus grande partie avait été dépensée pour son équipement. Avant de quitter Londres, il avait acheté quatre couvertures en laine à la viscose, de la corde et de la ficelle, des clous, de la colle, quelques outils, des allumettes (bien qu'il eût l'intention, par la suite, de fabriquer un rouet à feu), quelques pots et quelques casseroles, deux douzaines de paquets de graines, et dix kilogrammes de farine de froment. « Non, *pas* de pseudo-farine à l'amidon synthétique et aux déchets de coton, avait-il insisté. Quand bien même elle serait plus nourrissante. » Mais lorsqu'il se fut agi de biscuits panglandulaires et de pseudo-bœuf vitaminé, il n'avait pas pu résister aux phrases persuasives du boutiquier. Contemplant à présent les boîtes en fer-blanc, il se reprocha amèrement sa faiblesse. Odieux produits civilisés ! Il avait résolu de ne jamais les manger, même s'il mourait de faim. « Ça leur apprendra », songeat-il vindicativement. Cela lui apprendrait aussi, à lui.

Il compta son argent. Le peu qui lui restait suffirait, espérait-il, à lui permettre de passer l'hiver. Dès le printemps prochain, son jardin produirait de quoi le rendre indépendant du monde extérieur. En attendant, il y aurait toujours du gibier. Il avait vu des lapins en quantité, et il y avait des oiseaux aquatiques sur les étangs. Il se mit à l'œuvre immédiatement pour faire un arc et des flèches.

Il y avait des frênes près du phare, et, pour le bois des flèches, tout un petit taillis de jeunes noisetiers merveilleusement droits. Il commença par abattre un jeune frêne, découpa deux mètres de tronc sans branches, l'écorça et, couche par couche, enleva tout le bois blanc, comme le lui avait appris le vieux Mitsima, jusqu'à ce qu'il eût une douve aussi haute que lui, rigide en son centre plus épais, nerveuse et vive aux extrémités amincies. Le travail lui procura un plaisir intense. Après toutes ces semaines d'oisiveté à Londres, au cours desquelles il n'avait eu rien à faire, chaque fois qu'il désirait quelque chose, qu'à appuyer sur un commutateur ou à tourner une manivelle, ce lui fut un pur délice d'être occupé à faire quelque chose qui exigeait de l'adresse et de la patience.

Il avait presque fini de tailler la verge suivant la forme voulue, lorsqu'il se rendit compte avec un sursaut qu'il chantait – qu'il *chantait* ! Ce fut comme si, tombant par hasard de l'extérieur sur lui-même, il s'était soudain trahi, il s'était pris en faute flagrante. Il rougit comme un coupable. Après tout, ce n'est pas pour chanter et s'amuser qu'il était venu là. C'était pour échapper à la contamination envahissante par l'ordure de la vie civilisée ; c'était pour être purifié et rendu vertueux ; c'était pour se racheter par l'activité. Il se rendit compte, à sa consternation, qu'absorbé par la taille de son arc, il avait oublié ce dont il s'était juré de se souvenir constamment, la pauvre Linda, et sa propre dureté assassine envers elle, et ces odieux jumeaux, grouillant comme des poux sur le mystère de sa mort, insultant, par leur présence, non seulement à son chagrin et à son repentir personnels, mais jusqu'aux dieux eux-mêmes. Il avait juré de se souvenir, il avait juré de se consacrer à réparer tout cela. Et voilà qu'il était assis, heureux, travaillant à la verge de son arc ; chantant, chantant en vérité…

Il rentra, ouvrit la boîte de moutarde, et mit de l'eau à bouillir sur le feu.

Une demi-heure plus tard, trois travailleurs agricoles Deltas-Moins de l'un des Groupes Bokanovsky de Puttenham se trouvèrent conduire un camion à Elstead et, au sommet du coteau, furent surpris de voir un jeune homme debout devant le phare abandonné, nu jusqu'à la ceinture, et se flagellant avec un fouet de cordes nouées. Il avait le dos zébré horizontalement de carmin, et de chacune des marques à la suivante coulaient de minces filets de sang. Le conducteur du camion stoppa sur le côté de la route, et, avec ses deux compagnons, contempla, les yeux écarquillés, bouche bée, ce spectacle extraordinaire. Un, deux, trois, ils comptèrent les coups. Après le huitième, le jeune homme interrompit le châtiment qu'il s'infligeait, pour courir à la lisière du bois et y vomir violemment. Quand il eut fini, il ramassa le fouet et se remit à se frapper. Neuf, dix, onze, douze…

— Ford ! murmura le conducteur.

Et ses jumeaux étaient du même avis.

— Fordey ! dirent-ils.

Trois jours plus tard, comme des balbuzards s'abattant sur une charogne, les reporters arrivèrent.

Séché et durci sur un feu doux de bois vert, l'arc était prêt. Le Sauvage était occupé à confectionner ses flèches. Trente baguettes de noisetier avaient été taillées et séchées, munies à la pointe d'un clou acéré et, au talon, d'une encoche soigneusement coupée. – Il avait fait une descente, une nuit, sur l'établissement d'élevage de volaille de Puttenham, et avait, à présent, des plumes en quantité suffisante pour équiper toute une armurerie. C'est en plein travail, occupé à garnir de plumes le bois de ses flèches, que le trouva le premier des reporters. Sans bruit, grâce à ses souliers pneumatiques, l'homme le rejoignit par-derrière.

— Bonjour, monsieur le Sauvage, dit-il. Je suis le représentant du *Radio Horaire.*

Sursautant comme sous la morsure d'un serpent, le Sauvage fut debout d'un bond, éparpillant flèches, plumes, pot à colle et pinceau dans toutes les directions.

— Je vous demande pardon, dit le reporter, avec un regret sincère. Je n'avais nullement l'intention… – Il porta le doigt à son chapeau, le tuyau de poêle en aluminium dans lequel il portait son récepteur et son transmetteur de T.S.F. – Excusez-moi de ne pas l'ôter, dit-il. Il est un peu lourd… Alors, comme je le disais, je suis le représentant du *Radio*…

— Qu'est-ce que vous voulez ? demanda le Sauvage, le regardant de travers.

Le reporter lui fit, en retour, son sourire le plus engageant.

— Eh bien, mais, naturellement, nos lecteurs s'intéresseraient vivement à… – Il mit la tête de côté, son sourire devint presque un artifice de coquetterie. – Simplement quelques paroles de vous, monsieur le Sauvage. – Et, rapidement, d'une série de gestes rituels, il déroula deux fils métalliques reliés à la batterie portative qu'il portait bouclée à la ceinture ; il les ficha simultanément dans les parois de son chapeau d'aluminium ; toucha un ressort sur le fond, – et des antennes se dressèrent en l'air ; toucha un autre ressort à la lisière du bord – et, comme un diable d'une boîte à surprise, il en sortit d'un bond un microphone qui resta là suspendu, tremblotant, à quinze centimètres devant son nez ; il rabattit deux récepteurs par-dessus ses oreilles ; pressa un commutateur sur le côté gauche du chapeau – et de l'intérieur arriva un léger bourdonnement de guêpe ; il tourna un bouton à droite, et le bourdonnement fut interrompu par un sifflotement et un toussotement stéthoscopiques, par des hoquets et des piaillements soudains. – Allô, dit-il au microphone. C'est vous, Edzel ? Ici, Primo Mellon. Oui, je l'ai déniché. M. le Sauvage va maintenant prendre le microphone et dire quelques mots. N'est-ce pas, monsieur le Sauvage ? – Il leva les yeux sur le Sauvage avec un autre de ces sourires engageants qu'il savait si bien pratiquer. – Veuillez simplement dire à nos lecteurs pourquoi vous êtes venu ici. Ce qui vous a fait quitter Londres (ne coupez pas, Edzel !) si brusquement. Et, bien entendu, parlez-leur de votre fouet. (Le Sauvage sursauta. Comment savaient-ils ce qui avait trait au fouet ?) Nous brûlons tous d'envie de savoir quelque chose au sujet du fouet. Et puis quelque chose sur la Civilisation. Vous savez bien le genre que je veux dire : « Ce que je pense de la Femme Civilisée. » Quelques mots seulement, très peu…

Le Sauvage obéit d'une façon si littérale qu'elle en fut déconcertante. Il prononça cinq paroles, pas davantage, cinq mots les mêmes que ceux qu'il avait dits à Bernard au sujet de l'Archi-Chantre de Canterbury. « *Hàni ! Sons éso tse-nà !* » Et, saisissant le reporter par l'épaule, il le fit pivoter (le jeune homme se révéla capitonné à souhait), visa, et, de toute la force et la précision d'un de ces maudits footballeurs de championnat, décocha un coup de pied véritablement prodigieux.

Huit minutes plus tard, une nouvelle édition du *Radio Horaire* était en vente dans les rues de Londres. « *Un reporter du* Radio Horaire *reçoit du Sauvage Mystérieux un coup de pied au coccyx* », disait la manchette de la première page. « *Situation sensationnelle dans le Surrey.* »

« Situation sensationnelle même à Londres », songea le reporter, lorsque, à son retour, il lut ces mots-là. Sensationnelle et fort douloureuse, qui plus est. Il s'assit avec précaution pour déjeuner.

Sans être arrêtés par cette contusion donnée en guise d'avertissement au coccyx de leur collègue, quatre autres reporters, représentant le *Times* de New York, le *Continuum à Quatre Dimensions* de Francfort, le *Moniteur de la Science Fordienne,* et le *Miroir des Deltas,* se rendirent cet après-midi-là au phare et furent reçus avec une violence régulièrement croissante.

D'une distance suffisante pour qu'il fût en sécurité, et se frottant encore les fesses :

— Imbécile ignare ! cria l'homme du *Moniteur de la Science Fordienne,* pourquoi ne prenez-vous pas de *soma* ?

— Fichez-moi le camp ! – Le Sauvage lui montra le poing.

L'autre battit en retraite de quelques pas, puis se retourna.

— Le mal est une chose irréelle si l'on en prend deux grammes.

— *Kohakva iyathokyai !* – Le ton de sa voix était celui de la moquerie menaçante.

— La douleur est une illusion.

— Ah ! vraiment ? dit le Sauvage ; et, ramassant une épaisse baguette de noisetier, il s'avança sur lui.

L'homme du *Moniteur de la Science Fordienne* se précipita d'un bond vers son hélicoptère.

Après cela, on laissa quelque temps en paix le Sauvage. Quelques hélicoptères vinrent planer avec curiosité aux abords de la tour. Il décocha une flèche sur celui qui s'approcha avec le plus d'importunité. Elle troua le plancher en aluminium de la cabine ; il y eut un hurlement perçant, et l'appareil fit dans l'air un bond de toute l'accélération que put lui donner son super-chargeur. Les autres, dès lors, se tinrent respectueusement à bonne distance. Traitant par le mépris leur bourdonnement fastidieux (il se compara, en imagination, à l'un des soupirants de la Fille de Matsaki, impassible et persistant parmi la vermine ailée), le Sauvage bêchait ce qui devait devenir son jardin. Au bout d'un certain temps, la vermine se lassait manifestement et s'envolait ; pendant des heures de suite, le ciel au-dessus de sa tête était vide, et silencieux, n'eussent été les alouettes.

Il faisait chaud, le temps était lourd ; l'air était chargé de tonnerre. Il avait bêché toute la matinée, et se reposait, étendu par terre. Et tout à coup la pensée de Lenina fut une présence réelle, nue et tangible, disant : « Mon chéri ! » et : « Entoure-moi de tes bras ! » – vêtue seulement de ses chaussettes et de ses souliers, et parfumée. Courtisane impudente ! Mais – oh ! oh ! ses bras autour du cou de John, le soulèvement de ses seins, sa bouche ! « L'éternité était dans nos lèvres et nos yeux, Lenina… » Non, non, non, non ! Il fut debout d'un bond, et tel qu'il était, à demi nu, il sortit de la maison en courant. Au bord de la lande s'élevait une touffe de genévriers chenus. Il s'y jeta et serra, non pas le corps poli de ses désirs, mais une brassée d'épines vertes. Acérées, de leurs mille pointes elles te piquèrent. Il essaya de penser à la pauvre Linda, haletante et muette, avec ses mains qui faisaient le geste d'agripper, et les yeux pleins de cette terreur inexprimable, à la pauvre Linda, dont il avait juré de se souvenir. Mais ce fut toujours la présence de Lenina qui l'obséda. Même sous les coups et les piqûres des aiguilles de genévrier, sa chair frémissante avait conscience d'elle, de sa présence réelle à laquelle il ne pouvait s'échapper : « Mon chéri, mon chéri… Et si tu me voulais aussi, pourquoi ne… »

Le fouet pendait à un clou à côté de la porte, à portée de la main pour le cas où arrivaient des reporters. Dans un paroxysme de frénésie le Sauvage retourna en courant à la maison, le saisit, le fit tournoyer. Les cordes nouées lui mordirent la chair.

« Courtisane ! Courtisane ! » cria-t-il à chacun des coups, comme si ç'avait été Lenina (et avec quelle frénésie, sans le savoir, il désirait que ce le fût !), cette Lenina au corps blanc, tiède, parfumé, qu'il flagellait ainsi. « Courtisane ! » Et alors, d'une voix désespérée : « Oh ! Linda, pardonne-moi ! Pardonne-moi, Dieu ! Je suis vil. Je suis méchant. Je suis… Non, non. – Ah ! toi, courtisane – ah ! toi, courtisane ! »

De sa cachette construite avec soin dans le bois à trois cents mètres de là, Darwin Bonaparte, le plus expert des photographes de fauves de la Compagnie Générale des Films Sentants, avait observé toute la scène. La patience et l'adresse avaient été récompensées. Il avait passé trois jours, assis dans le tronc creux d'un chêne artificiel, trois nuits à ramper sur le ventre à travers la bruyère, à dissimuler des microphones dans des buissons d'ajoncs, à enterrer des fils dans le sable gris et mou. Soixante-douze heures de méconfort profond. Mais à présent l'instant solennel était venu, le plus solennel, Darwin Bonaparte eut le temps d'y réfléchir, tandis qu'il se déplaçait parmi ses instruments, le plus solennel depuis sa prise de vues du fameux Sentant cent pour cent hurlant et stéréoscopique du mariage des gorilles. « Épatant », se dit-il à lui-même, tandis que le Sauvage commençait ses agissements étranges. « Épatant ! » Il maintint ses appareils de prise de vues télescopiques bien centrés sur leur but, collés à leur mouvant objet ; installa une bonnette d'approche plus puissante pour obtenir un gros plan final du visage affolé et distordu (« admirable ! ») ; déclencha, pendant une demi-minute, la prise de vues au ralenti (effet d'un comique exquis, se promit-il) ; écouta, pendant ce temps, au récepteur, les coups, les gémissements, les paroles farouches et démentes qui s'enregistraient sur la bande sonore au bord de son film ; essaya l'effet d'une légère amplification (oui, c'était mieux ainsi, décidément) ; fut ravi d'entendre, dans un silence momentané, le chant perçant d'une alouette ; eût voulu que le Sauvage se retournât, de façon qu'il pût obtenir un bon gros plan final du sang qui lui coulait sur le dos – et presque immédiatement (quelle chance étonnante !) le garçon complaisant se retourna effectivement, et il put prendre un gros plan final parfait.

« Eh bien, ça, c'était formidable ! se dit-il, quand tout fut terminé. Réellement formidable ! » Il s'essuya le visage. Après qu'on aurait introduit les effets du « sentant », au studio, ce serait un film merveilleux. Presque aussi bon, songea Darwin Bonaparte, que la *Vie Amoureuse du Cachalot,* et cela, par Ford, ce n'était pas peu dire !

Douze jours plus tard, *le Sauvage de Surrey* était projeté, et pouvait se voir, s'entendre, et se sentir dans tous les palaces de Cinéma Sentant de premier ordre de l'Europe Occidentale.

L'effet produit par le film de Darwin Bonaparte fut immédiat et énorme. L'après-midi qui en suivit la présentation au public, la solitude rustique de John fut soudain violée par l'arrivée, dans les airs, de tout un gros essaim d'hélicoptères.

Il bêchait son jardin, il bêchait également son esprit, ramenant laborieusement à la surface la substance de ses pensées. La mort – et il enfonçait une fois sa bêche, puis de nouveau – encore. Et tous nos hiers ont éclairé à des sots le chemin poudreux de la mort. Il grondait à travers ces mots un tonnerre probant. Il souleva encore une pelletée de terre. Pourquoi Linda était-elle morte ? Pourquoi avait-on permis qu'elle devînt graduellement moins qu'humaine, et enfin ?... Il frémit. Une charogne bonne à baiser[1]. Il planta son pied sur sa bêche et l'enfonça farouchement dans le sol dur. Des mouches pour des gamins méchants, voilà ce que nous sommes pour les dieux ; ils nous tuent pour s'amuser[2]. De nouveau, du tonnerre ; des mots qui se proclamaient vrais, plus vrais, en quelque sorte, que la vérité même. Et pourtant, ce même Gloucester les avait appelés des dieux toujours doux. D'ailleurs, le meilleur de ton repos, c'est le sommeil, et tu le provoques souvent de toi-même ; cependant, tu crains violemment la mort qui n'est rien de plus[3]. Rien de plus que le sommeil. Dormir. Rêver, peut-être... Sa bêche buta contre une pierre ;

---

1. *A good kissing carrion.* (*Hamlet,* II, 2.)
2. *As flies to want on boys are we to the gods:*
   They kill us for their sport. (*Lear,* IV, 1.)
3. *Thy best of rest is sleep.*
   And that thou oft provok'st; yet grossly fear'st
   Thy death which is no more. (*Measure for Measure,* III, 1.)

il se baissa pour la ramasser… Car dans ce sommeil de la mort, quels rêves[1]… ?

Un bourdonnement au-dessus de sa tête était devenu un rugissement ; et soudain il fut dans l'ombre, il y eut quelque chose entre le soleil et lui. Il leva les yeux, sursauta en quittant son travail à la bêche, en quittant ses pensées ; il leva les yeux dans un ébahissement ébloui, l'esprit errant encore dans cet autre monde plus vrai que la vérité, encore concentré sur les immensités de la mort et des dieux ; il leva la tête et vit, là-haut et tout près, l'essaim des appareils planant. Ils arrivaient comme des sauterelles, restaient suspendus, immobiles, descendaient tout autour de lui sur la bruyère. Et du ventre de ces sauterelles géantes sortaient des hommes en complet de flanelle blanche à la viscose, des femmes (car il faisait chaud) en pyjamas de shantoung à l'acétate ou en culotte courte de velours de coton et jersey sans manches, à fermeture éclair à demi ouverte, un couple par appareil. Au bout de quelques minutes il y en eut des douzaines, disposés suivant une vaste circonférence tout autour du phare, écarquillant les yeux, riant, déclenchant leurs appareils photographiques, lançant (comme à un singe) des cacahuètes, des paquets de gomme à mâcher à l'hormone sexuelle, des petits-beurre panglandulaires. Et à chaque instant – car, franchissant la crête de Hog's Back, le flot de la circulation coulait à présent sans arrêt – leur nombre augmentait. Comme dans un cauchemar, les douzaines devenaient des vingtaines, les vingtaines, des centaines.

Le Sauvage avait battu en retraite vers un abri, et à présent, dans la pose d'un animal aux abois, il se

1. *Hamlet,* III, 1.

tenait le dos au mur du phare, portant son regard d'un visage à l'autre en horreur muette, comme un homme dément.

Il fut réveillé de cette stupeur à une conscience plus immédiate de la réalité par le choc contre sa joue d'un paquet de gomme à mâcher lancé avec précision. Un sursaut de douleur et de surprise, et il se trouva réveillé en plein, réveillé et pris d'une colère farouche.

— Allez-vous-en ! hurla-t-il.

Le singe avait parlé ; il y eut une explosion de rires et de battements de mains. « Ce bon vieux Sauvage ! À la bonne heure, donc ! » Et parmi la confusion des voix il entendit des cris de : « Fouet, fouet, le fouet ! »

Obéissant à ce que suggérait ce mot, il saisit à son clou derrière la porte la touffe de cordes nouées, et la brandit avec colère devant ses tortionnaires.

Il y eut un hurlement d'applaudissements ironiques.

Il marcha sur eux d'un air menaçant. Une femme poussa un cri d'effroi. La ligne fléchit en son point le plus immédiatement exposé, puis se redressa, se maintint ferme. La conscience d'être en force écrasante donnait à ces curieux un courage auquel le Sauvage ne s'était pas attendu de leur part. Surpris, il s'arrêta et jeta un regard à la ronde.

— Pourquoi ne voulez-vous donc pas me laisser en paix ?

Il y avait une note presque plaintive à sa colère.

— Prenez quelques amandes salées au magnésium ! dit l'homme qui, si le Sauvage venait à s'avancer, serait le premier attaqué. Il tendit un paquet. – Elles sont réellement très bonnes, je vous assure, ajouta-t-il, avec un sourire propitiatoire un peu nerveux, et les sels de magnésium contribueront à vous maintenir jeune.

Le Sauvage traita son offre par le mépris.

— Que me voulez-vous ? demanda-t-il, se tournant de l'un à l'autre des visages ricanants. – Que me voulez-vous ?

— Le fouet ! répondirent confusément cent voix. Faites-nous le coup du fouet ! Faites-nous voir le coup du fouet !

Puis à l'unisson, et sur un rythme lent et lourd :

— Nous-vou-lons-le-fouet ! cria un groupe à l'extrémité de la ligne, nous-vou-lons-le-fouet !

D'autres reprirent aussitôt le cri, et la phrase fut répétée, à la manière des perroquets, maintes et maintes fois, avec un volume de son sans cesse croissant, si bien qu'à partir de la septième ou huitième répétition nul autre mot ne fut plus prononcé. « Nous-vou-lons-le-fouet ! »

Ils criaient tous ensemble ; et, grisés par le bruit, par l'unanimité, par le sens de la communion rythmique, ils auraient pu, semblait-il, continuer pendant des heures, – presque indéfiniment. Mais vers la vingt-cinquième répétition, la manœuvre fut soudain interrompue. Un hélicoptère de plus était arrivé d'au-delà de la crête de Hog's Back, resta suspendu au-dessus de la foule, puis se posa à quelques mètres de l'endroit où se tenait le Sauvage, dans l'espace libre entre la ligne des curieux et le phare. Le fracas des hélices couvrit momentanément les cris ; puis, tandis que l'appareil touchait le sol et que les moteurs s'arrêtaient, ils reprirent : « Nous-vou-lons-le-fouet ; nous-vou-lons-le-fouet ! » du même ton fort, insistant, monotone.

La porte de l'hélicoptère s'ouvrit, et il en sortit d'abord un jeune homme blond à la figure rouge, puis, vêtue d'une culotte courte en velours de coton vert, d'une chemise blanche, et coiffée d'une casquette de jockey, une jeune femme.

À la vue de la jeune femme, le Sauvage tressaillit, recula, pâlit.

La jeune femme resta debout, souriant vers lui, d'un sourire incertain, implorant, tout chargé d'humilité, eût-on dit. Les secondes se passèrent. Ses lèvres remuèrent – elle disait quelque chose ; mais le bruit de sa voix était couvert par le refrain réitéré et vigoureux des curieux.

« Nous-vou-lons-le-fouet ! Nous-vou-lons-le-fouet ! »

La jeune femme appuya les deux mains contre son flanc gauche, et sur son visage luisant comme une pêche, joli comme celui d'une poupée, apparut une expression étrangement incongrue de détresse chargée d'ardent désir. Ses yeux bleus semblèrent s'agrandir, devenir plus brillants ; et soudain deux larmes lui roulèrent le long des joues. Sans qu'on pût l'entendre, elle parla de nouveau ; puis, d'un geste vif et passionné, elle tendit les bras vers le Sauvage, elle s'avança.

« Nous-vou-lons-le-fouet ! Nous-vou-lons… »

Et tout à coup ils eurent ce qu'ils voulaient.

— Courtisane ! – Le Sauvage s'était précipité sur elle comme un fou. – Fouine ! – Comme un fou, il s'était mis à la cingler de son fouet de cordes minces.

Terrifiée, elle avait fait demi-tour pour s'enfuir, avait trébuché, et était tombée parmi les bruyères.

— Henry ! Henry ! cria-t-elle.

Mais son compagnon à la figure rouge s'était sauvé à l'abri du danger derrière l'hélicoptère.

Avec un hurlement de surexcitation ravie, la ligne se rompit. Il y eut une ruée convergente vers ce centre d'attraction magnétique. La douleur était une horreur qui les fascinait.

— Chauffe, luxure, chauffe[1] !

Avec frénésie, le Sauvage la cingla de nouveau.

Avidement ils se rassemblèrent alentour, poussant et se pressant comme des porcs autour de l'auge.

— Oh ! la chair ! – Le Sauvage grinça des dents. Cette fois, c'est sur ses propres épaules que s'abattit le fouet. – À mort ! À mort !

Attirés par la fascination de l'horreur de la douleur, et intérieurement, poussés par cette habitude de l'action commune, ce désir d'unanimité et de communion, que leur conditionnement avait si indélébilement implantés en eux, ils se mirent à mimer la frénésie de ses gestes, se frappant les uns les autres tandis que le Sauvage frappait sa propre chair rebelle, ou cette incarnation potelée de la turpitude qui se tordait dans la bruyère à ses pieds.

— À mort, à mort, à mort !... continuait à crier le Sauvage.

Puis, soudain, quelqu'un commença à chanter : « *Orginet-Porginet !* » et en un instant ils eurent tous repris le refrain, et, chantant, se mirent à danser. *Orginet-Porginet,* tournant, tournant, et tournant en rond, se frappant l'un l'autre en mesure à six-huit. *Orginet-Porginet...*

Il était plus de minuit lorsque le dernier des hélicoptères prit son vol. Stupéfié de *soma,* et épuisé par une frénésie prolongée de sensualité, le Sauvage était étendu, endormi, sur la bruyère. Le soleil était déjà haut dans le ciel quand il se réveilla. Il resta étendu un moment, les yeux clignotants à la lumière dans une

1. *Fry, lechery, fry !* (*Troilus and Cressida,* V, 2.)

incompréhension de hibou ; puis tout à coup il se souvint… de tout.

« Oh ! mon Dieu, mon Dieu ! » Il se couvrit le visage de ses mains.

Ce soir-là, le vol d'hélicoptères qui arrivèrent en bourdonnant par-dessus la crête de Hog's Back était un nuage sombre de dix kilomètres de long. La desription de l'orgie de communion de la nuit dernière vait paru dans tous les journaux.

— Sauvage ! appelèrent les premiers arrivants, tanis qu'ils descendaient de leurs appareils. Monsieur le uvage !

Il n'y eut pas de réponse.

La porte du phare était entrouverte. Ils la poussèrent et entrèrent dans un crépuscule de volets clos. Par une arche à l'autre bout de la pièce ils apercevaient le pied de l'escalier qui montait aux étages supérieurs. Juste sous la clef de voûte pendaient deux pieds.

— Monsieur le Sauvage !

Lentement, très lentement, comme deux aiguilles de boussole que rien ne presse, les pieds se tournèrent vers la droite ; nord, nord-est, est, sud-est, sud, sud-sud-ouest ; puis ils s'arrêtèrent, et, au bout de quelques secondes, revinrent avec aussi peu de hâte vers la gauche. Sud-sud-ouest, sud, est…

Composé par Nord Compo
à Villeneuve-d'Ascq (Nord)

Imprimé en Espagne par
Liberdúplex
à Sant Llorenç d'Hortons (Barcelone)
en juin 2022

POCKET – 92, avenue de France – 75013 Paris

Dépôt légal : 1er trimestre 1977
S28303/08